suhrkamp taschenbuch 2164

»Mein ehemaliger Programmdirektor«, so der Autor in seinem Vorwort, »pflegte zu sagen, das Fernsehen könne nicht besser sein als seine Mitarbeiter. Eher schlechter. Alles komme darauf an, wer sie auswählt. Ist der Personalchef ein Idiot, rekrutiert er Idioten. Am meisten schätzt er Leute, die noch dümmer sind als er. Dann ist er König. Im Reich der Arschbacken – sagen die Juden – ist auch der Furz eine Nachtigall. Ich habe mich daran gewöhnt, unter Nachtigallen zu arbeiten. Und nun fragen Sie mich, wie ich das ertragen konnte. Einunddreißig Jahre lang. Das will ich ihnen verraten.«
Mit und in den *Flimmergeschichten*, einer Sammlung von zehn Erzählungen.
»Kaum jemals sind die Tücken des Massenmediums so brillant analysiert und in knappen Anekdoten geschildert worden wie in Kaminskis *Flimmergeschichten*. Die Mechanismen polnischer Zensur und Propaganda sind die eine Seite dieser Erzählungen; eine andere ist die wahrheitsfälschende, das Demagogische immer schon in sich tragende Eigengesetzlichkeit des Fernsehens, die auch uns westliche Zuschauer angeht.«

Jens Jessen, Frankfurter Allgemeine Zeitung
André Kaminski, geboren 1923 in Genf, Erzähler, Stückeschreiber, Dramaturg und Reporter, arbeitete von 1945 bis zu seiner Ausbürgerung (1968) in Polen, danach in Israel, Nord- und Äquatorialafrika und in der Schweiz. Er starb 1991 in Zürich.
Von André Kaminski liegen im suhrkamp taschenbuch vor: *Die Gärten des Mulay Abdallah. Neun wahre Geschichten* (st 930). *Herzflattern. Neun wilde Geschichten* (st 1080), *Nächstes Jahr in Jerusalem* (st 1519), *Schalom allerseits. Tagebuch einer Deutschlandreise* (st 1637) und *Kiebitz* (st 1807).

André Kaminski
Flimmergeschichten

Suhrkamp

Umschlagabbildung von Hans-Jörg Brehm

suhrkamp taschenbuch 2164
Erste Auflage 1993
© Insel Verlag Frankfurt am Main 1990
Lizenzausgabe mit freundlicher Genehmigung des
Insel Verlags Frankfurt am Main und Leipzig
Suhrkamp Taschenbuch Verlag
Druck: Ebner Ulm
Printed in Germany
Umschlag nach Entwürfen von
Willy Fleckhaus und Rolf Staudt

1 2 3 4 5 6 – 98 97 96 95 94 93

für Doris

FLIMMERGESCHICHTEN

Flimmern. Das ist ein regelmäßiges Zeitwort. Und eine Promenadenmischung zwischen Flunkern und Schimmern. Warum eine Promenadenmischung? Weil sie auf der Promenade zustande kam. Auf der Straße. Durch Kreuzung zwischen einem Köter und einer streunenden Hündin. Leibniz hat einmal gesagt, der Hund sei ein von Flöhen bewohnter Organismus, der bellt. Heute hält man sich – neben Hunden – vor allem Fernsehapparate, und Leibniz würde jetzt sagen, das Fernsehen sei ein von Parasiten bewohnter Organismus, der flimmert. Eine plebejische Angelegenheit. Ein Begleiter, der flunkert und schimmert. Das jämmerliche Produkt zweier Bastarde: Film und Radio. Ein Bastard der dritten Generation, könnte man sagen. Und dieser Superbastard hat die Welt auf den Kopf gestellt. Zwei Milliarden Erdbewohner verbringen die Hälfte ihres Daseins vor dem Flimmerkasten. Ich persönlich ging noch weiter: Ich verbrachte die Hälfte meines Lebens damit, ihn zum Flimmern zu bringen. Als Reporter, Dramaturg und Regisseur.
Ich war ein sogenannter Publikumsliebling. Ich durfte sagen, was niemand zu sagen wagte. Ich durfte flunkern und schimmern. Flittern und glimmen. Sogar die Wahrheit durfte ich sagen, denn ich gehörte zu den wenigen Auserwählten, die vor der Kamera stehen und sich dort zur Schau stellen. Dafür wurde ich bezahlt. Als Exhibitionist vom Dienst, als Unterhaltungsstratege und Wahrsager für Anspruchslose. Ich gehörte zu den Eintagsfliegen, die sich von Einschaltquoten ernähren. Ich wußte: Wenn wir den Massen nicht mehr gefallen, schalten sie ab, und unsere Karriere

ist vorbei. Je besser wir sind, desto schlechter. Unser Erfolg ist umgekehrt proportional zum Gewicht unseres Hirns. Ich habe es im Flimmergeschäft 31 Jahre lang ausgehalten. Das spricht gegen mich. Theoretisch. Aber nicht praktisch. Sie werden gleich sehen, warum.

Mein ehemaliger Programmdirektor, Jerzy Panski, pflegte zu sagen, das Fernsehen könne nicht besser sein als seine Mitarbeiter. Eher schlechter. Alles komme darauf an, wer sie auswählt. Ist der Personalchef ein Idiot, rekrutiert er Idioten. Am meisten schätzt er Leute, die noch dümmer sind als er. Dann ist er König. Im Reich der Arschbacken – sagen die Juden – ist auch der Furz eine Nachtigall. Ich habe mich daran gewöhnt, unter Nachtigallen zu arbeiten. Und nun fragen Sie mich, wie ich das ertragen konnte. 31 Jahre lang. Ich will es Ihnen verraten. Weil ich ein Schmuggler war. Ein sogenannter Kulturschmuggler. Ich spielte den billigen Jakob und verteilte Edelsteine unter das Volk. Sie waren nicht falsch, wie alle meinten, sie waren echt. Und niemand wußte es. Ich brachte die Menge zum Lachen, und den Leuten liefen Tränen übers Gesicht. Die Zuschauer hielten mich für einen der ihren. Dabei gehörte ich zur Gegenseite. Ich war ein Trojanisches Pferd und nahm die Festung von innen.

Ich bin kein Kulturpessimist. Ich sage nicht, daß der Flimmerkasten uns in den Abgrund führt. Im Gegenteil. Ich behaupte, das Fernsehen ist die größte Chance aller Zeiten. Aber nur eine Chance. Es gilt dabei, schlau zu sein und sich richtig zu verkleiden. Den Hanswurst zu spielen und die Leute zum Nachdenken zu verführen. Ich weiß, daß niemand gern denkt. Ich denke selbst nicht gern, weil es mich ermüdet. Darum muß man mogeln. Flunkern und Schimmern muß man, bis die Botschaft durchsickert.

Und nun erzähle ich Ihnen ein paar Geschichten aus meiner Fernsehzeit.

André Kaminski

CURRICULUM

Jedes Curriculum ist
ein gepanschter Lebenslauf.
John Rockefeller

Ich kam zur Welt, als Wladimir Zworykin den ersten elektronischen Bildabtaster schuf, die sogenannte Ikonoskopröhre. Somit fiel mein Geburtstag mit der Erfindung des Fernsehens zusammen. Das war von nicht zu unterschätzender Bedeutung für meinen Werdegang. Alle entscheidenden Momente meiner Entwicklung stehen im Licht dieser Tatsache. Mein ganzes Leben strebte einem einzigen Ziel entgegen: der Übertragung bewegter Bilder mit den Mitteln der Funktechnik. Niemand konnte voraussehen, daß die bewegten Bilder mein Schicksal werden sollten. Niemand konnte ahnen, daß die wirren Geschehnisse meiner Jugendjahre einer mysteriösen Bestimmung unterlagen. Nur ich wußte, daß mein Schiff einem sicheren Hafen entgegensteuerte. Diesem Hafen kann ich nicht entrinnen, was auch immer ich zu tun versuche. Wenn ich heute auf jene Zeit zurückblicke, erkenne ich einen roten Faden, der mich durchs Labyrinth des Schicksals leitet. Meine Persönlichkeit festigte sich zwar nur langsam, doch ließ sich bald feststellen, daß in mir ein flimmernder Charakter heranreifte. Ob ich es wünschte oder nicht – ich *mußte* ein Fernsehmann werden.

In meiner Kindheit gab es noch keine Gitterantennen auf den Dächern. Kein Hellseher hätte prophezeit, daß einst die arme Menschheit ihre Zeit vor dem Glotzkasten vertrödeln würde – doch im Knäuel meiner Chromosomen keimte ein

Gen, das sich auf die neue Epoche vorbereitete: auf die Kulturrevolution des flimmernden Bildschirms.

Ich bin also ein geborener Flimmermensch, doch die Wege zum Olymp sind verschlungen. Etliche Jahre lang spürte ich nur, daß ich ein allseitig begabter Jüngling war. Meine Berufsträume flackerten in die verschiedensten Richtungen. Zuerst wollte ich Feuerschlucker werden. Dann Unterhaltungsmusiker. Danach Zauberkünstler im Wiener Prater. Darauf Seiltänzer, Löwenbändiger und Hellseher. Später lernte ich in Jerusalem den berühmten Uri Senfkorn kennen und beschloß, meine Begabung der Parapsychologie zu widmen. Alle diese Tendenzen entsprachen meiner Grundanlage – der Berufung zum Schaugewerbe. Als ich älter wurde, rieten mir hervorragende Zeitgenossen, unbedingt zur Bühne zu gehen. Sowohl Kolakowski als auch Rosenheim ermahnten mich, alles liegenzulassen und ins Flimmergeschäft einzusteigen. So kam es, daß ich im Jahre 1966 bei Jerzy Markuszewski assistieren durfte. Er war mit meiner Arbeit zweifellos sehr zufrieden, doch sagte er mir voraus, daß ich die endgültige Erfüllung nicht in der Filmbranche, sondern am kleinen Bildschirm finden würde.

Ich beginne nun mit der Niederschrift meines Curriculums und werde dabei jene Ereignisse besonders hervorheben, die zur Kristallisierung meiner Neigungen beigetragen haben. Als Ausgangspunkt sehe ich meinen ersten Schulbesuch im Zürcher Gablerschulhaus, das sich bezeichnenderweise nur fünfzig Meter von der Engekirche befand. Bei »Gabler« dachte ich an die Klauen einer Gabel, an die Spitzbolzen eines mittelalterlichen Folterinstruments; bei »Enge« fiel mir nichts anderes ein als ein Würgeengel, der mich in die Enge, in die Ecke, in die Sackgasse trieb und mich mit eisernen Pranken erdrosseln wollte. Vom ersten Schultag an verabscheute ich die Gablerschule *und* die Engekirche, obwohl jener Tag ein Knospentag war.

Die ganze Welt duftete nach frischer Wäsche und blauem Himmel, doch der Backsteinklotz, den ich zu betreten hatte, stank nach Urin und Salmiakgeist. Mein Vater war ein Mann der nüchternen Wissenschaft und belehrte mich, daß heute der Tag aller Tage sei. Der Wendepunkt, von dem es kein Zurück gebe. Diese Aussicht erschreckte mich zutiefst. Kalter Schauder überrieselte mich, als er mit hochgezogenen Brauen verkündete, es sei nun genug getrödelt und höchste Zeit, erwachsen zu werden. Was sollte das bedeuten? Meine Eltern hatten zu diesem Thema grundverschiedene Auffassungen. Mein Vater befand, Erwachsenwerden heiße, gegen den Strom zu schwimmen und ein unversöhnlicher Neinsager zu werden. Meine Mutter hingegen war eine friedfertige Person. Sie meinte, man müsse sich anpassen, freundlich sein und versuchen, nicht aufzufallen. Beide Theorien hatten es in sich. Beide Elternteile konnten sich auf fünftausend Jahre Menschheitsgeschichte berufen. Ich aber hatte keine Lust, mich zu entscheiden. Weder für den widerborstigen Vater noch für die kompromißbereite Mutter. Ich gelobte mir, solange wie möglich ein Kind zu bleiben. Ich bin es geblieben und das kam mir – auf dem Weg zum Fernsehen – in jeder Beziehung zustatten. Meine Eltern hingegen stritten sich heftig über den für mich richtigen Weg, bis wir endlich vor dem Schulhaus ankamen. Ich hielt mich aus allem heraus und sprach kein Wort. Ich hatte einen puterroten Kopf und schämte mich bis in die Wurzeln meiner Seele – denn meine Eltern waren ein einziges Ärgernis für mich. Sie redeten nicht nur laut, sondern hatten auch ein exotisches Aussehen. Meine Mutter trug ein goldgelbes Seidenkleid und einen breitrandigen Strohhut, mein Vater einen eleganten Anzug aus englischem Wollstoff, einen sogenannten »Pepper-and-Salt«, und ein flottes Poschettchen in der Westentasche. Ich schwitzte vor Scham, denn alle anderen Eltern sahen aus, wie man eben aussieht. Keine Seidenkleider, keine Poschettchen. Die Mütter hatten riesige Brüste, die Väter rotgeäderte Wurstnasen. Ich hätte alles hergegeben, meine gesamte Briefmarkensammlung zum Beispiel, um solche Eltern zu haben. Unauffällige, biedere, grunddurchschnittliche Dutzendbürger, die sich durch nichts auszeichnen und untergehen im Ozean des Mittelmaßes. Im nachhinein betrachtet, sehe ich da bereits die Züge des Fernsehmanns, lange bevor es das Fernsehen gab. Ein Vierteljahrhundert vor der Zeit huldigte ich dem Massengeschmack, und was da nicht hineinpaßte, verursachte mir Übelkeit. Meine Eltern paßten nicht hinein. Sie waren Fremdkörper in meinem Biotop, zwei unschickliche Haare in der Schweizer Gemüsesuppe. Am liebsten hätte ich sie verleugnet. Aber das ging leider nicht.

Alle Mütter und Väter standen todernst an den Wänden. Alle harrten mit zugenähten Gesichtern der Geschehnisse, die sich jetzt ereignen sollten. Nur *meine* Eltern waren kreuzfidel und unbeeindruckt von der Feierstimmung. Das machte mich rasend. Mein Vater ging so weit, mit einem kleinen Mädchen zu schäkern, wobei dieses abwechselnd errötete und erbleichte. Genauso war es, und mein Vater schäkerte sogar auf hochdeutsch. Ich bebte vor Verlegenheit und wäre ohnmächtig umgefallen, wenn in diesem Augenblick nicht die Tür aufgegangen wäre. Herr Wespi trat ins Klassenzimmer. Der Alptraum meiner Jugendzeit. Er sah aus wie ein Kürbis vom letzten Jahr und fletschte mit den Zähnen. Ich zitterte davor, daß er mich gleich zerschmettern würde, weil ich so abartige Eltern hatte. Streng stellte er sich vor die Kinder und verkündete – mit bösem Seitenblick auf meinen Vater, der unverschämt weiterschäkerte –, daß jetzt alle etwas vorsingen müßten. Aber etwas Schönes, damit sich die anwesenden Eltern nicht zu schämen bräuchten. Eugen Meier war als erster dran. Er jodelte etwas von einem Brienzer Püürli. Dann folgte Ruthli Eichenberger, die eine rote Masche am Zopf trug. Sie trällerte, ihr Vater sei ein Appenzeller und fresse den Käs mitsamt dem Teller. Als nächster war Rolf Baumann an der Reihe, mein späterer Todfeind, der die Nationalhymne grölte. Dann warfen sich ein paar andere in die Brust, die nicht minder vaterländische Klänge von sich gaben. Und *jetzt* trat *ich* in die Arena. Ich hatte keine folkloristische Vorbildung und sang, was mir gerade in den Sinn kam, einen Schlager, der damals durch die Gassen hallte und den ich – Gott weiß warum – besonders lustig fand: »Ich habe Fräulein Len, baden sehn, ach wie schön!« Das war mein erster Auftritt vor dem hochverehrten Publikum. Meine Premiere auf dem großen Welttheater – aber sie wurde ein Skandal ohnegleichen. Der Beweis war erbracht, daß ich eine Mißgeburt war und jenseits der bürgerlichen Gesellschaft enden würde. Alle Eltern erkannten im Flug, daß ich ein Wurm war im Holz. Nicht der richtige Umgang für ihre Kinder. Sieben Jahre alt, hieß es, und schon so verdorben. Schaut unbekleideten Damen zu, wenn sie ins Bad steigen, ach wie schön! Von jetzt an konnte ich tun, was ich wollte: Ich war mit dem Odium eines Lüstlings behaftet und dazu noch eines Hanswursts, den man nicht ernstnehmen kann. Dieser Ruf sollte mir bleiben bis zum heutigen Tag. Gott sei Dank, denn er gab meiner Laufbahn die erforderliche Richtung.

Ein paar Monate später bestätigten sich die Befürchtungen der besorgten Eltern. Ich wurde als Sittenstrolch entlarvt und geriet in überaus peinliche Situationen. Wenn ich nämlich die Treppen erklomm, die zum Klassenzimmer hinaufführten, bot sich mir immer wieder die Gelegenheit, den vor mir hüpfenden Mädchen unter die Röcke zu schauen. Bis heute weiß ich nicht, was daran so verwerflich war. Meine Eltern hatten mir ja ausdrücklich gesagt, es sei höchste Zeit, erwachsen zu werden. Was konnte also lehrreicher sein als dieser Anschauungsunterricht in vergleichender Anatomie?

Was spannender als die Geheimnisse meiner Mitschülerinnen, die so ganz und gar anders waren als ich? Sie hatten lange Locken, kicherten ununterbrochen und schienen etwas zu verbergen, das man nicht benennen durfte. Bei mir zu Hause war man liberal und nannte praktisch alles beim Namen. Aber auf lateinisch. Merkwürdig. Wenn mich etwas brennend interessierte, hatte es einen lateinischen Namen, der das Ganze natürlich aufregender machte. Kurz und gut, es kam der Schicksalstag, an dem ich Ruthli Eichenberger unter den Rock schaute. Sie hatte mich provoziert, die freche Hexe, und aufs Glatteis gelockt, um mich zum Straucheln zu bringen. Keck hatte sie mit den Hüften gewippt und mit dem Hintern gewedelt. Was war mir da anderes übriggeblieben als hinzuschauen? Ich starrte auf die fatale Stelle, und schon war mein Ruf zum Teufel. Der Sündenfall hatte stattgefunden, und die Verführerin rannte zum Lehrer, um mich zu verklagen. Herrn Wespis Mopsgesicht schrumpfte zusammen. Er sah sich bestätigt in seinem Vorurteil, ich war, was er vermutet hatte: ein Sauniggel. »Dem werden wir zeigen, wo Gott hockt. Der soll sich nicht einbilden, er sei etwas besonderes, nur weil sein Vater ein Doktor ist und hochdeutsch spricht!«

Der brave Mann bestellte meinen Vater umgehend in die Schule und erklärte ihm voller Empörung, ich hätte einem unschuldigen Mädchen unter den Rock geschaut. Mein Vater fand die Angelegenheit nicht der Rede wert und fragte nur: »So? Was hat er denn gesehen?«

Diese Frage entsprach der wissenschaftlichen Denkweise meines Vaters. Wenn ich hingeschaut hatte, mußte ich auch etwas gesehen haben. Und wenn ich etwas gesehen hatte, fragte es sich, was. Dem Mopsgesicht verschlug es die Sprache. Er stand da mit offenem Maul und brachte kein Wort hervor. Er konnte ja nicht aussprechen, was ich gesehen hatte, zumal er es gar nicht wußte. Denn Ruthli Eichenberger hatte sich ja nur beschwert, ich hätte ihr unter den Rock geschaut – nicht mehr und nicht weniger. Das Problem war ungelöst und der Lehrer sprachlos. Da sagte mein Vater: »Ich bin ein beschäftigter Mensch. Mein Wartezimmer ist voll von Patienten. Sollten Sie gelegentlich erfahren, was mein Sohn dort gesehen hat, können Sie mich wieder rufen. Adieu!«

Damit drehte er sich um und verließ das Schulhaus. Diesmal bewunderte ich ihn, obwohl er hochdeutsch gesprochen hatte. Nur war damit die Affäre nicht aus der Welt. Von jenem Tag an war ich ein Paria, ein Ausgestoßener, mit dem man nicht verkehren durfte. Ich trug das Stigma eines Sexualtäters, und was das Schlimmste war: Die Mädchen hatten nun wirklich Angst vor mir und rannten davon, wann immer ich auftauchte. Ich war zum Opfer meiner Neugier geworden und wußte nicht, daß mich eben diese Neugier meinem Ziel näherbringen würde. Was wäre denn das Fernsehen ohne Sensationslust? Ein langweiliges Geflimmer, sonst nichts.

Es begann die Zeit meiner Abgeschiedenheit. Vereinsamt träumte ich von einer Beschäftigung, die mich in die Nähe der Frauen bringen würde. Haremswächter wollte ich jetzt werden oder Mädchenhändler oder Produzent in Hollywood. Mein Vater bemerkte meine Not und tröstete mich: »Sei glücklich, mein Sohn, daß dir die Leute aus dem Weg gehen. Alle großen Menschen sind allein. Einsamkeit macht stark.«

Ich sah zwar nicht ein, warum ich wegen meines Unglücks glücklich sein sollte, doch ich gewöhnte mich an meinen Zustand. Ich verbrachte meine Tage ohne die Gesellschaft anderer Kinder und erging mich in melancholischen Selbstgesprächen. Heute weiß ich, daß mein Vater recht hatte. Die unfreiwillige Absonderung schärfte meine Empfindsamkeit und brachte mich dem Ziel näher, dem ich entgegenruderte.

Ich begreife erst heute, warum mein Blick so fiebrig, mein Gehör so wach und mein Geruchssinn bald so sicher wurden. In meiner Vereinsamung fühlte ich mich sowohl verstoßen als auch geadelt, und allmählich wurde mir klar, daß man im Leben nicht vorwärtskommt ohne ein Mindestmaß von Selbstbewußtsein. Mehr als Selbstbewußtsein – Überheblichkeit braucht man. Ohne Überheblichkeit wird man zertrampelt. Ich entfernte mich also von den sanften Maximen meiner Mutter, die aus mir einen bescheidenen und unauffälligen Menschen machen wollte. Dafür näherte ich mich den Grundsätzen meines Vaters: Krieg zu führen gegen die Philister und vorwärtszustürmen von einem Erfolg zum andern. Das wurde die Losung meines Lebens, der ich treu geblieben bin bis zum heutigen Tag.

Aber kehren wir zurück zum Hochdeutsch meiner Eltern – es bereitete mir mehr Kummer als alles andere. Ich redete Schweizerdeutsch wie alle Kinder auf der Straße. Kaum jemand wußte, daß man bei mir zu Hause hochdeutsch sprach, und ich hütete mein Geheimnis, so gut es eben ging. Jedesmal, wenn meine Eltern am Schulhaus vorbeispazierten, verdrückte ich mich in die abenteuerlichsten Verstecke, um nur nicht mit ihnen ertappt zu werden. Einmal entfloh ich sogar ins stadtweit berüchtigte Hexenhäuschen, das der Schrecken aller Kinder war, doch schien es mir weniger schrecklich als die Umgangssprache meiner Familie. Ich liebte zwar meine schöne Mutter und meinen gescheiten Vater – aber es lastete auf mir wie ein Alptraum, daß die beiden sich von den anderen so unterschieden. Sie trugen unmögliche Kleider, aßen fremdländische Scheußlichkeiten, gingen nicht in die Kirche und wußten nicht einmal, was »Jassen« bedeutet. Jassen ist das verbreitetste Kartenspiel in der Schweiz, und wer nicht jassen kann, ist ein fremder Fötzel. Meine Eltern waren nicht nur fremde Fötzel, sondern bildeten sich darauf auch noch etwas ein. Das machte mir das Leben zur Hölle, weil ich ja, wie gesagt, als Flimmermensch zur Welt kam und nichts höher schätzte als das Mittelmaß. Ich wollte kein Außenseiter sein, sondern ein hundsgewöhnlicher Brotesser, ein sogenannter Mann von der Straße. Man könnte einwenden, daß dies im Widerspruch zum vorher Gesagten steht. Es sei doch unmöglich, ein Sonderling einerseits und ein Durchschittsbürger andererseits zu sein – hier Mittelmaß zu postulieren und dort Überheblichkeit. Das ist dennoch kein Widerspruch, es sind dies nur die zwei Seiten *einer* Medaille. Bescheidenheit und Einbildung ergänzen sich. Arroganz und Demut sind Zwillingsbrüder. In meinem Fall ganz besonders, weil sich bei mir die väterliche Komponente mit der mütterlichen vermengt. Vielleicht bin ich eine Spur anders als die anderen, doch durchschnittlich aus tiefster Überzeugung. Ich bin der Idealtypus des Fernsehlieblings. Bunt und farblos zugleich. Ich bin ein Niemand und gefalle den Menschen. Seit frühester Kindheit. Als noch niemand etwas wußte von der Zworykinschen Röhre.

An einem Winternachmittag veränderte sich mein Leben. Meine Eltern erschienen im Gablerschulhaus und wollten mich abholen, um mit mir ins Theater zu gehen. Zu einer Kindervorstellung. Man spielte »Hanneles Himmelfahrt«. Von Gerhart Hauptmann. Schauderhaft klang das. Gerhart Hauptmann. Theater. Hanneles Himmelfahrt. Das klang so unerträglich hochdeutsch, daß ich vor Verlegenheit fast das Bewußtsein verlor. Alle Kinder standen feindselig um uns herum und haßten uns noch mehr als sonst: jetzt wußten sie, welche Sprache man bei uns sprach. Sie begafften uns wie exotische Tiere von einem anderen Sonnensystem. Theater war für sie ein Fremdwort. Hauptmann kannten sie nicht einmal dem Namen nach, und wenn sie *einen* herausragenden Zeitgenossen kannten, war es Fritz Hablützel, der Radrennfahrer, der im vergangenen Sommer die Tour de Suisse gewonnen hatte.

Ich spürte instinktiv, daß ich unverzüglich das Weite suchen mußte. Jetzt oder nie. Ich kam mir vor wie ein entlarvter Hochstapler. Und ohne daß meine Eltern mich zurückhalten konnten, verdrückte ich mich durch die Hintertür. Ich floh, suchte verzweifelt einen Schlupfwinkel und fand ihn. Im Hexenhäuschen. Die zerfallenden Mauern verhöhnten mich, grausige Fratzen glotzten von der Decke herab. Ich bebte und schlotterte am ganzen Körper. Aus der Ferne hörte ich undeutliche Rufe und das Schrillen von Polizeipfeifen. Von überall her vernahm ich meinen Namen. Dann kreischte eine Sirene auf, die mir Mark und Bein erstarren ließ. Ich stopfte die Finger in meine Ohren, kauerte in einen Winkel und machte mich klitzeklein. Tränen rannen mir über die Wangen, Angst schüttelte mich. Ich spürte die Nähe von Gespenstern, welche die Fänge nach mir ausstreckten. Schon damals besaß ich eine blühende Phantasie und sah Dinge, die einzig meiner Vorstellung entsprangen. Ich hörte Stimmen, sah Gesichter und glaubte mich von Ungeheuern umringt. Außerdem verging ich beinahe vor Mitleid. Mit mir selbst, vor allem, und meinen armen Eltern, die ihr geliebtes Kind verloren hatten. Am schmerzlichsten aber quälte mich der Gedanke, daß Rolf Baumann jetzt frohlokken konnte. Er war ja ein Antisemit und mußte sich freuen, daß es wieder einen Juden weniger gab. Vollkommen erschöpft vor Aufregung schlief ich ein.

Am Morgen danach wurde ich unsanft wachgerüttelt. Zwei Polizisten hatten mich aufgespürt. Sie befahlen mir, in einen vergitterten Wagen zu steigen, und brachten mich mit heulenden Sirenen nach Hause. Jetzt wußten es alle: Ich war ein Tunichtgut und Ausreißer. Aus mir konnte nichts Anständiges werden. Ich mußte schlecht enden. In einer Besserungsanstalt. In der Fremdenlegion. Oder im Schaugewerbe.

Jener Morgen, als ich, von der Polizei eskortiert, zu meinen

Eltern zurückkehrte, hatte für mich bedeutsame Folgen. Aber nicht die, welche sich meine Widersacher vorstellten. Im Gegenteil. Von diesem Morgen an wähnte ich mich gewissermaßen in staatlicher Obhut. Da sich die öffentliche Gewalt um mich gekümmert hatte, fing ich an, sie mit besonderer Zärtlichkeit zu betrachten. Mehr noch. Ich verliebte mich in die Polizei – was nicht ohne Gewicht blieb für einen Menschen, der sich Jahre später um eine Anstellung beim staatlichen Fernsehen bemühte. Das Fernsehen war ja lange Zeit eine öffentlich-rechtliche Anstalt. Der verlängerte Arm der Repressionsorgane, wenn man so sagen darf. Das Aushängeschild des Staates, also auch der Armee und Gendarmerie. Solange ich mich nur auf Jahrmärkten produzieren, Feuer schlucken und auf dem hohen Seil tanzen wollte, war ich dazu verdammt, eine bedeutungslose Privatperson zu bleiben. Das war mir aber zu wenig. Ich wollte höher hinaus. Ich sehnte mich danach, im Namen einer heeren Sache aufzutreten. Im Namen der öffentlichen Ordnung und des Staates überhaupt. So schenkte ich mein junges Herz der Polizei und war glücklich.

Meine Widersacher durchschauten das nicht. Sie sahen nur, daß ich von Ordnungshütern nach Hause gebracht worden war. Für *sie* war ich ein Gesetzbrecher. Sie ahnten nicht, daß ich ein Günstling der Obrigkeit war und daß diese Obrigkeit schützend ihre Hand über mein Haupt hielt. Darum gelobte ich auch, ihr unbedingte Treue zu halten. Ich wollte Recht und Ordnung und war bereit, daraus die nötigen Konsequenzen zu ziehen.

Im Zusammenhang mit diesem Gelübde erinnere ich mich an einen Artikel im Berner Bauernkalender. Da stand geschrieben, die scheinbar so harmlosen Maikäfer seien gefährliche Schädlinge, die das Laub von den Bäumen fressen und das Landvolk in tiefe Verzweiflung stürzen. Als Freund der Obrigkeit durfte ich das nicht zulassen und so beschloß ich, gegen sie – die Maikäfer – in den Krieg zu ziehen. Ich wollte dem Staat zeigen, daß er sich auf mich verlassen konnte. Binnen weniger Tage sammelte ich ganze Schwärme der besagten Insekten, um sie im Feuer zu vertilgen. Ein halbes Dutzend Bierflaschen füllte ich mit dem Gezücht, schüttete es in die Glut und freute mich an seiner Agonie. Da geschah etwas Schreckliches. Frieda ertappte mich.

Sie war unser Dienstmädchen. Ich vergötterte sie und wollte ihr um jeden Preis gefallen. Wenn wir zusammen in der Küche saßen und Kartoffeln schälten, erzählte sie mir Märchen und sang wehmütige Volkslieder. Ich bewunderte zwar die Polizei, ihre Uniformen begeisterten mich – aber Frieda war mehr. Viel mehr. Sie war der Engel meiner Kinderjahre. Sie war, wenn ich das so sagen darf, mein heißer Draht zum lieben Gott. Sie verkörperte für mich alles Gute und Erstrebenswerte dieses Lebens. Sie vertraute mir uneingeschränkt, auch wenn ich ihr Vertrauen nicht verdiente. Nie zweifelte sie an meinen Worten, auch wenn ich sie belog. Im Gegensatz zu meinen Eltern stand sie unerschütterlich auf meiner Seite. Doch dann ereignete sich das Drama mit den Maikäfern, die ich für gefährliche Staatsfeinde hielt. Frieda hatte da ihre eigene Meinung. »Was lebt«, pflegte sie zu sagen, »hat eine Seele, und was eine Seele hat, ist heilig«. Ich versicherte ihr, die Polizei habe zur Ausrottung der Maikäfer aufgerufen, aber Frieda wollte nichts wissen von der Polizei. »Das ist doch ein Lumpengesindel«, sagte sie, »und stets auf der Seite der Starken gegen die Schwachen«.

Frieda war also Zeugin meiner Herzlosigkeit geworden. Ich hatte wehrlose Tierchen ins Feuer geworfen, und ihre Augen füllten sich mit Tränen. Sie sagte kein Wort. Sie tadelte mich nicht, doch ich wußte, daß es aus war zwischen uns. Sie kündigte mir ihre Zuneigung, ohne dies offen auszusprechen. Hätte sie mir doch den Hintern versohlt! Ein paar

Ohrfeigen, und die Sache wäre erledigt gewesen. Aber nein. Sie war ein frommes Mädchen und hatte ihre Prinzipien. Sie quälte und folterte mich, indem sie sich den Kummer von den Wimpern wischte und schwieg. Ich litt wie noch nie. Ich kehrte mich ab von der Polizei – doch Frieda ließ sich nicht erweichen. Ich hatte ihr Wohlwollen eingebüßt, und daran ließ sich nichts ändern. Sie mußte mich für einen Hottentotten halten, einen Barbaren ohne Mitleid und Erbarmen. Sie hatte gesehen, daß ich ohne Schuldgefühle morden konnte. Daß ich Geschöpfe Gottes in Flaschen abfüllte, um sie zu massakrieren. Dabei war ich gar nicht schuld an dieser Kalamität. Mein Vater war Psychiater in einer Klapsmühle; meine Mutter Apothekerin am Paradeplatz. *Er* widmete sich seinen Verrückten, *sie* drehte Pillen. Von früh bis spät hockte ich zu Hause und verrohte. Meine Neigungen pendelten hin und her. Zwischen Frieda, die ich anbetete, und der Polizei, zu der ich emporschaute. Zwischen männlicher Brutalität und weiblicher Güte.

Mit Bruno Berenstamm war das ganz anders. Er pendelte nicht hin und her. Er war ein Musterschüler, der niemals Maikäfer ins Feuer geworfen hätte. Sein Vater war Millionär, und am Abend saß die Familie um den Tisch herum und spielte »Mensch ärgere dich nicht!« Worüber hätten sich die auch ärgern sollen? Ihre Geschäfte blühten. Sie hatten keine Sorgen, und ihr Bankkonto wuchs. Um *diesen* Vater beneidete ich Bruno. Doch noch mehr mißgönnte ich ihm seine Mutter. Sie stammte aus Embrach im Zürcher Unterland, wo die richtigen Mütter herkommen. Wenn ihr Sprößling des Morgens zur Schule ging, schaute sie ihm liebevoll nach und rief: »Brunooo, häsch's Fazeneetli?« Daß es sich dabei um ein Taschentuch handelte, konnte ich nicht wissen. Ich ahnte nur, daß es etwas Gepflegtes sein mußte, ein Attribut der bürgerlichen Gesellschaft, das zum Menschen gehört wie der Zylinder auf den Kopf. Das waren feine Leute, und es versteht sich, daß Bruno ein Tierfreund war. Zu Maikäfern hatte er ein positives Verhältnis. Er stand jetzt bei Frieda höher im Kurs als ich. Bruno stand überall höher im Kurs als ich. Wegen seiner Fazeneetli, höchstwahrscheinlich. Meine Eltern spielten nie »Mensch ärgere dich nicht!« Sie verschwanden gleich nach dem Frühstück und überließen mich bis zum späten Abend meinem Schicksal oder, genauer gesagt, der unvergleichlichen Frieda, die unseren Haushalt führte wie eine Königin. Sie besaß die köstlichste Altstimme der Welt und sang wundervolle Lieder, aber um mein Taschentuch kümmerte sie sich nicht. Bruno war im Vorteil. Er würde todsicher ein Musterknabe bleiben. Ein strahlendes Vorbild für die gesamte Menschheit. Aber lassen wir Bruno. Ich will jetzt lieber von Frieda erzählen, meiner unglücklichen Kindheitsleidenschaft. Ihre Lieder haben mein Leben geprägt. Ihr verdanke ich meine musischen Neigungen. Sie war es, die mir von den Ungerechtigkeiten unserer Zeit erzählte. Von hoffnungslosen Habenichtsen, hungrigen Kindern, geplagten Frauen. Sie schickte mich in die Stadt, damit ich die Wahrheit erführe. Über die Gefühlskälte der Reichen, die Verzweiflung der Hungerleider und die Schlechtigkeit der oberen Zehntausend.

Ich erinnere mich noch gut an die Zeit der großen Wirtschaftskrise. Frieda hatte zwei Brüder, und beide waren arbeitslos. Sie liebte sie sehr und erzählte mir von ihnen, bis diese in meiner Phantasie zu märchenhaften Giganten heranwuchsen. Ich bewunderte sie, ohne sie je gesehen zu haben, und machte sie zu Helden meiner Tagträume. In diesem Zusammenhang muß ich erwähnen, daß damals unsere Speisereste nie weggeworfen wurden und ich mich zu wundern begann, was wohl mit ihnen geschehen mochte. Eines Tages stieg ich zu Friedas Mansarde hinauf. Da erblickte ich zwei ausgehungerte Kerle, die auf ihrem Bett saßen und verschlangen, was ihnen meine Abgöttin vorgesetzt hatte. Ich begriff im Flug – und Frieda errötete vor Verlegenheit. Sie stellte mir ihre Gäste vor und erklärte, die zwei Brüder seien zu Fuß aus dem Oberland gekommen, um sich wieder einmal satt zu essen. Ich möge doch so gut sein, meinen Eltern von alledem nichts zu verraten. Ich versprach es hoch und heilig. Ein heißes Gefühl durchrieselte mich. Das Gefühl der Solidarität, der Komplizenschaft mit den Hungrigen und der gemeinsamen Front gegen die Satten – im konkreten Fall gegen mich selbst und meine wohlgenährten Eltern. Höchstwahrscheinlich war das ein Ausbruch unreifer Sentimentalität, aber ich war und bin sentimental. Wie hätte ich auch den Weg zum Flimmergewerbe finden können ohne eine gute Portion von Rührseligkeit? Ich behaupte sogar, daß ein richtiger Fernsehmensch ein weiches Herz haben *muß*, sonst redet er am Volk vorbei. Und neunzig Prozent aller Zuschauer gehören schließlich zum Volk. Um es kurz zu fassen: Nach der Polizei und der prinzipienfesten Frieda verliebte ich mich in die zwei Brüder, die mein Mitgefühl erweckt hatten. Daher nahm ich auch am großen Radrennen teil, das die Knaben meiner Straße in jenem Frühling veranstalteten. Die Strecke führte über den Höckler auf den Uetliberg und von dort auf den Albispaß bis ins Sihltal nach Adliswil hinunter. Für Friedas Brüder wollte ich siegen. Und das Wunder geschah. Ich siegte. Wie war das möglich? Ganz einfach. Weil ich Ideale besaß: die beiden Männer, denen ich mein Herz geschenkt hatte. Und außerdem hatte ich dem Wunder ein bißchen nachgeholfen. Schwer keuchend schleppte ich mein Fahrrad über Geröllhalden und durch Gestrüpp, benutzte felsige Schleichwege und lehmige Abkürzungen. Niemand bemerkte meinen Trick. Keiner sah, warum mein Vorsprung immer größer wurde, da ich an allen Kontrollstellen anstandslos vorbeipedalte. Und am Schluß traute niemand seinen Augen: Der mißratene Sohn des Psychiaters und der Apothekerin, der Lustmolch vom

Gablerschulhaus, strampelte als Sieger über die Ziellinie. Ich siegte zwar, weil ich betrog, aber mein Betrug war ehrenhaft, denn er diente einem selbstlosen Zweck. Ich siegte für Friedas arbeitslose Brüder, zwei Opfer der kapitalistischen Mißwirtschaft. Mein Triumph war ein Triumph der Gerechtigkeit.

Als ich über das Ziel flitzte, dachte ich ausschließlich an die beiden Habenichtse. Wenigstens anfänglich. In der Folge kam es zu gewissen Nebenerscheinungen, welche mich die ursprünglichen Motive vergessen ließen. Alle Mädchen meiner Klasse standen nämlich am Straßenrand und krakeelten vor Begeisterung. Das Geschick hatte sich endlich gewendet, und die Menschheit – zumindest ihre weibliche Hälfte – sah mich in neuem Lichte. Innerhalb *eines* Augenblicks war ich vom Paria zum Prinzen geworden. Jetzt war ich nicht mehr der Ausgestoßene, nicht mehr der Sauniggel, den Herr Wespi zum Problemfall gemacht hatte. Lisbeth Altheer, die Tochter eines Bankdirektors und unbestrittene Schönheitskönigin unserer Schule, drückte mir – wie die Erwachsenen es machen – einen nichtendenwollenden Kuß auf den Mund. Das war eine unvorstellbare Ehrung für mich. Meine Knie wurden weich, ich glaubte, ohnmächtig umfallen zu müssen. Doch dann riß ich mich zusammen. Ich blickte in die Zukunft und sah mich als Publikumsliebling, umgeben von tobenden Volksmassen. Als ersten Preis bekam ich ein riesiges Lebkuchenherz, das ich umgehend ins Oberland schickte. An Friedas unglückliche Brüder, die mir zum Dank einen Blumenstrauß zukommen ließen: »Mit hertzlichen Glüggwünschen zum Sihg beim Welorännen.«

Von diesem Tag an war ich süchtig nach neuen Erfolgen. Ich träumte von hunderttausend Küssen, die mir die Schönheitsköniginnen aller Länder auf die Lippen drücken würden. An die arbeitslosen Brüder dachte ich ebenfalls, doch mit schwindender Innigkeit. Zu meiner Schande muß ich gestehen, daß mir deren Beifall weniger wichtig wurde als derjenige meines neuen Engels. Mein Vater übertrieb zwar, wenn er spottete, ich sei treulos; auch meine Mutter ging zu weit mit der Behauptung, ich sei flatterhaft. Ins Schwarze traf höchstens der Schulpsychologe, der mir eine »affektive Labilität« attestierte. Ich hatte tatsächlich innerhalb kurzer Zeit vier Liebesbeziehungen unterhalten. Zuerst die Polizei. Dann Frieda. Danach die zwei Hungerleider und zuletzt Lisbeth Altheer, die fabelhafte Tochter des Bankdirektors. Heute muß ich sagen, daß die Wechselhaftigkeit meiner Gefühle nur theoretisch eine Schwäche war; praktisch aber eine unverzichtbare Grundhaltung des künftigen Flimmermenschen. Wer nicht fähig ist, sich immer neuen Attraktionen zuzuwenden, wer sich nicht wie ein Schmetterling von allen möglichen Farben und Düften anlocken läßt, hat im Schaugewerbe nichts zu suchen. Für den Film- und Fernsehschaffenden gibt es nichts Wichtigeres als den Applaus. Es gibt wohl einige Moralisten, welche die Gefallsucht als ein Laster verurteilen – doch da bin ich anderer Meinung. Wem der Beifall gleichgültig ist, dem ist auch die Kunst egal. Denn jeder Applaus ist das Echo einer überdurchschnittlichen Leistung. Ich würde sogar behaupten, daß mit der Gefallsucht das Schaugewerbe steht und fällt. *Ich* bin jedenfalls gefallsüchtig und weiß, daß mich dieses Laster seit meinen Kindestagen vorausbestimmte für den Beruf, den ich so heiß erträumt habe.

Da ich so erfolgsgierig war – und bin –, setzte ich eines Tages sogar mein Leben aufs Spiel. Doch muß ich vorausschicken, daß meine Eitelkeit aus verschiedenen Komponenten bestand. Erstens aus dem Wunsch, Lisbeth Altheer zu imponieren. Zweitens aus verletztem Selbstwertgefühl. Und drittens aus wildem Haß gegen Hitler. Der Vorfall, den ich nun schildern will, fand nämlich statt, als in Deutschland der Abschaum an die Macht kam. Millionen brüllten damals, die Juden seien an allem schuld. Fackelzüge wälzten sich durch die Straßen, und Lieder wurden gegrölt, bei denen mir das Herz stillstand: »Und wenn das Judenblut vom Messer spritzt, geht's uns noch mal so gut.« Natürlich fühlte ich mich betroffen, denn ich gehörte ja zu denen, deren Blut vom Messer spritzen sollte.

Eines Tages, kurz nach meinem Triumph beim Radrennen, hetzte Rolf Baumann gegen mich, jener Sieg in Adliswil sei ein Beschiß gewesen, ein jüdischer Schwindel, wie er im Buche stehe, und ich solle das Lebkuchenherz zurückgeben, sonst sei ein Skandal fällig. Ich wußte wohl, daß er nicht ganz unrecht hatte, aber ich entgegnete, er solle doch seine Behauptung beweisen. Seine Antwort verunsicherte mich, denn sie war schwer zu widerlegen: »Bist mit dreckbeschmierten Reifen ins Ziel gefahren, du Saujud. Das mußt du uns erklären. Die Strecke war nämlich vollkommen trocken an jenem Tag.« Mir schoß das Blut in den Kopf, und ich suchte verzweifelt nach einer Ausrede. Glücklicherweise fuhr mein Erzfeind aber fort in seiner Schimpftirade: »Man weiß ja, warum ihr überall die Ersten seid. Weil ihr mit gezinkten Karten spielt. Weil ihr Betrüger seid. Feiglinge und Halunken...«

Was konnte ich ihm antworten? Ich hatte ein schlechtes Gewissen. Und es stimmte, ich war mit dreckigen Reifen durchs Ziel gefahren. Darum gab ich zurück, er sei ein ehrloser Nazi; aber wenn er es wagen wolle, könne man sich ja prügeln, bis es sich zeigen würde, wer da ein Feigling sei und wer nicht. Er wußte genau, daß ich stärker war als er und ihn mühelos auf den Rücken legen würde. Darum zischte er: »Wir treffen uns im Strandbad. Am schulfreien Mittwoch, und die ganze Klasse wird zuschauen.«

Im besagten Strandbad gab es einen dreistöckigen Sprungturm. Das untere Brett befand sich einen Meter, das mittlere drei und das obere fünf Meter über dem Wasserspiegel.

Mein Gegenspieler stand schon in den Badehosen da, als ich ankam, und rief mir zu, ich solle jetzt zeigen, was ich könne. Ohne Eile ging ich in die Kabine, um mich umzukleiden. Als ich herauskam, waren schon alle versammelt: Eugen Meier, Ruthli Eichenberger, Bruno Berenstamm, Lisbeth Altheer und ein gutes Dutzend anderer Schüler, die den Titanenkampf sehen wollten. Das Duell konnte beginnen.

Rolf Baumann eröffnete die Partie. Er stieg aufs untere Sprungbrett, schnellte elegant in die Höhe und sprang in den See. Mit blutunterlaufenen Augen kletterte er ans Land und keuchte, jetzt seien die Juden an der Reihe. Und zwar, vom mittleren Brett. Drei Meter über dem Wasser. Das war keine Kleinigkeit. Doch ich hatte keine Wahl. Ich erklomm das zweite Brett, schloß die Augen und sprang. Als ich wieder auftauchte, höhnte Baumann, jetzt werde sich erweisen, wer ein Mann sei und wer eine Memme. Er kletterte zum obersten Brett hinauf. Fünf Meter über dem Abgrund. Er zitterte und zagte, trippelte unsicher über das Sprungbrett und fiel beinahe hinunter vor Schreck.

Jetzt war es an mir zu spotten, und ich rief ihm zu, er möge sich seines Führers würdig erweisen. Da erhob er tatsächlich die Hand zum Hitlergruß und plumpste in die Tiefe. Ich muß gestehen, daß ich ihn bewunderte, obwohl er mein Todfeind war. Baumann hatte das Äußerste gewagt, doch er überlebte. Erschöpft schwamm er ans Ufer, pflanzte sich vor mir auf und prustete: »Vorwärts, du Knoblauchrabbiner, *du* bist an der Reihe.«

Es wurde mir schwarz vor den Augen, doch ich antwortete mit überlegenem Lächeln: »Wo ist dein Verstand, du Dummkopf? Wenn ich vom Fünfmeterbrett springe, sind wir doch patt. Eins zu eins. Das lohnt sich kaum, wenn du darüber nachdenkst. Schlag etwas anderes vor!«

»Was denn, du Falschspieler? Höher als fünf Meter geht es bestimmt nicht.«

»Es kann ja woanders sein«, erwiderte ich in der Hoffnung, es würde ihm nichts einfallen.

Da blitzte ein Funke in seinen Augen auf und er rief: »Wie wäre es denn mit dem Sihlkanal? Du springst von der Höcklerbrücke, wo sie am höchsten ist. Oder hast du Schiß?«

»Ich habe keinen Schiß.«

»Aber nicht in den Badehosen.«

»Sondern?«

»In voller Skiausrüstung. Wollen mal sehen, ob du das fertigbringst.«

Baumann war sicher, daß ich ablehnen würde. In voller Skiausrüstung? Ich hätte mich auch geweigert, wenn nicht *sie* dabeigewesen wäre. Aber sie war da. *Sie.* Die Unvergleichliche, die Schönheitskönigin, die meine Nächte verwirrte. Ich mußte einwilligen, und dieser Nazi würde erreichen, was er wollte. Ich würde ertrinken. Am Grund des Sihlkanals würde ich krepieren, und seine Losung »Juda verrecke!« würde sich wieder einmal verwirklichen. Von Kneifen war keine Rede. Es stand zu viel auf dem Spiel, und darum begab ich mich nach Hause.

Dort zog ich meine Bergschuhe an, Skihosen, einen dicken Überzieher und eine wollene Sturmkappe mit Kinnbinde. Auf der Straße staunten mich die Leute an und schüttelten die Köpfe – doch mir war jetzt alles egal. Ich stieg in die Straßenbahn und fuhr zum Kanal hinüber. Dort war schon die ganze Klasse versammelt und wartete johlend auf den fatalen Augenblick. Insgeheim hofften ja alle, ich würde im letzten Moment die Waffen strecken, denn was sich nun ereignen sollte, war Wahnsinn. Zuvorderst stand Lisbeth Altheer, marmorbleich und entsetzt. Sie flehte mich wortlos an, den Unsinn bleiben zu lassen, Gott nicht zu versuchen und auf mein Vorhaben zu verzichten. Das aber beflügelte mich erst recht, und kühn schritt ich an ihr vorbei, als würde ich sie gar nicht wahrnehmen. Überhaupt niemanden würdigte ich eines Blickes. Nur ein einziger Gedanke beseelte mich: Baumann mußte erfahren, daß ich kein Feigling war. Daß man uns Juden zwar abschlachten kann, aber nicht einschüchtern. Außerdem dachte ich an die Belohnung, falls ich doch noch überleben sollte: an die Küsse der rehäugigen Lisbeth und an die Wut meines Widersachers, den ich dann endgültig ausgestochen hätte.

Es nahte der entscheidende Augenblick. Ich mußte springen. Ich zögerte für den Bruchteil einer Sekunde. Dann schwang ich mich auf das Eisengeländer und rief: »Leb wohl, Lisbeth, für dich will ich…«

Da klirrte ihre Silberstimme durch die Stille: »Neinnn!« und mit diesem Aufschrei erklomm nun auch *sie* den Brückenbogen. Jetzt standen wir einander gegenüber. Sie drohte: »Ich kann zwar nicht schwimmen, aber wenn du springst, springe auch ich.«

Das war ganz eindeutig eine Liebeserklärung. Sie wollte nicht weiterleben, wenn ich sterben würde. Ich *durfte* nicht springen. Auf keinen Fall. Ich *mußte* absehen von meinem Selbstmord, um meinem Engel das Leben zu retten. Rolf Baumann blieb jämmerlich auf der Strecke. Die letzte Runde hatte *er* verloren. Nicht *ich*.

Dieser Vorfall war ein Meilenstein in meinem Leben. Ich hatte gelernt, daß es nicht genügt, tollkühn zu sein. Man braucht auch die Mithilfe der Vorsehung. An jenem Tag hatte ich entdeckt, daß ich nicht nur ein Günstling des Schicksals, sondern auch ein Liebling der Frauen war. Ich bin ein Glückspilz, und das war mir in meiner Flimmerkarriere von unermeßlichem Nutzen. Auf dem Bogengeländer der Höcklerbrücke – angesichts der verzweifelten Lisbeth – spürte ich den Atem Fortunas. Auf meine Schulkameraden hinunterblickend, hatte ich gelobt, ein Adler zu werden, hoch über der Erde zu kreisen und mich nie erniedrigen zu lassen. Ich wußte zwar noch nicht, was das Fernsehen war, doch ahnte ich, daß der entscheidende Moment jetzt näherrückte.

Und der entscheidende Moment kam. Ein paar Jahre später. Im Schicksalssommer 1939, als es schon klar wurde, daß noch vor Ende des Jahres etwas Ungeheuerliches passieren mußte. Damals berichtete eine Lokalzeitung, daß auf der Landesausstellung eine beispiellose Premiere stattfinden würde. Die erstaunlichste Erfindung aller Zeiten sollte vorgeführt werden. Aus der archaischen Ikonoskopröhre sei die moderne Television entstanden. Eine Maschine, mit der man in die Ferne sieht. Das Fernsehen, mit dem man gleichzeitig an verschiedenen Orten des Erdballs sein könne. Der geniale Zworykin hatte es geschafft. Doch Bruno Berenstamm lachte mich aus, als ich ihm atemlos davon berichtete. »Was den Naturgesetzen widerspricht«, erklärte er rechthaberisch, »kann es nicht geben, auch wenn es in der Zeitung steht. Die Logik lehrt, daß ein Gegenstand nicht gleichzeitig an verschiedenen Stellen sein kann. Und daran gibt es nichts zu rütteln«.

Bruno machte mich rasend mit seinen Naturgesetzen. Ich mußte ihm beweisen, daß er sich irrte. Also besorgte ich zwei Eintrittskarten zur Zworykinschen Premiere – und wir wurden Zeugen eines historischen Augenblicks. Das Bild, das da zu sehen war, sah zwar kläglich aus, aber man konnte es erkennen. Es zitterte und zuckte, verkrümmte sich und verschwand. Man sah, wenn man genau hinschaute, eine Frau, die das »Halleluja« von Mozart sang. Das berühmte »Halleluja« aus der »Krönungsmesse«. Das ideale Musikwerk, um das einzigartige Geschehnis zu feiern. Doch Bruno schneuzte sich verächtlich in sein Fazeneetli – der Teufel soll es holen – und sagte, das alles sei ein fertiger Humbug. Eine Bauernfängerei. Ich solle mich schämen, auf so etwas hereinzufallen. Die Sängerin sei doch lange vorher gefilmt worden, und was man da zeige, sei ordinäres Kino. Er nervte mich mit seinem blütenweißen Taschentuch, und ich setzte mir in den Kopf, ihn vom Fernsehen zu überzeugen. Ich war schließlich am selben Tag zur Welt gekommen wie die Zworykinsche Erfindung, und in meinem Herzen flimmerte schon die spätere Leidenschaft. Darum zupfte ich Bruno das Fazeneetli aus der Tasche und verschwand unbemerkt aus dem Vorführungssaal.

Ich war damals sechzehn Jahre alt und noch um einiges unverfrorener als beim Abenteuer auf der Höcklerbrücke. Ich eilte zum Sendestudio, das sich am anderen Ende des Ausstellungsgeländes befand. Der Eintritt war natürlich strengstens verboten, doch ich kümmerte mich einen Schnurz um das Rotlicht, das über der Tür blinkte. Mitten im jubelnden »Halleluja« stürzte ich ins Studio, stellte mich vor die Kamera, schwenkte das Fazeneetli und brüllte: »Hallo Bruno! Du kannst mich mal!!«

Was weiter geschah, ist bedeutungslos. Ich wurde festgenommen und abgeführt. Das war mir gerade recht, denn der Beweis war ja erbracht. Bruno mußte kapitulieren vor den flimmernden Tatsachen. Mit eigenen Augen hatte er gesehen, wie ich ihm zugewinkt hatte. Mit seinem eigenen Fazeneetli. Und er mußte zugeben, daß das alles tatsächlich passiert war. Nicht im Film, sondern in direkter Übertragung. Durch die Luft. Auf unsichtbaren Wellen. Von einem Punkt des Erdballs zum andern. Mit der Geschwindigkeit des Lichts. Und ich wußte nun ein für allemal, daß ich mein Leben dem Zworykinschen Wunder verschreiben würde.

DER UNVERKÄUFLICHE TEPPICH

> Was einen Preis hat,
> kann nicht viel wert sein.
> Menuar Ben Brahim

Grischa ist ein Kopfverdreher, ein Verführer, dem man nicht widerstehen kann. Ein moralischer Brandstifter, der, wenn er irgendwo sein Feuer entzündet, nicht ruht, bis es lichterloh zu brennen beginnt. Ehrlich gesagt, ich versuche ihm aus dem Weg zu gehen, weil er mich unvermeidlich in Abenteuer verstrickt.

Damals hat er mir vom Dschebel Sirhua gefaselt, und schon war ich entschlossen hinzufahren. Wissen Sie auch, warum? Weil er behauptet hat, der besagte Dschebel sehe aus wie eine gigantische Pagode. Wie ein violetter Tempel aus strahlendem Amethyst. Und dann erzählte er, an den Hängen dieses Pagodenberges gebe es Teppiche, die man nicht kaufen könne. Sie seien unerreichbar wie die Juwelen der britischen Königskrone. Ich solle es gar nicht erst versuchen. Noch nie sei es jemandem gelungen, einen Ait Usgit zu erwerben. Nicht einmal mit einer Million. Und nicht mit einem Sack voller Perlen und Diamanten. Er selbst habe schon gehofft, einen solchen Teppich ergattern zu können. Schließlich kenne man ihn dort oben. Jahrelang habe er Kunstgegenstände gesammelt, und die Berber wüßten, daß er kein Händler sei. Nur ein Liebhaber ihrer Volkskultur. Aber es sei aussichtslos. Nichts zu machen. *Mir* ist es nicht gelungen – sagte Grischa, –, und *dir* wird es noch weniger gelingen. Du mußt nämlich wissen – erklärte er mir –, daß sie Kinder Gottes sind. Sie wissen nicht, was Sünde ist. Sie haben keine Ahnung von unserer Welt. Ihre Gastfreundschaft ist beispiellos. Sie kennen weder Habsucht noch Geldgier. Ihr letztes Stück Brot geben sie her, wenn man bei ihnen vorbeikommt – aber die Teppiche behalten sie für sich. Ich rate dir, auf mich zu hören. Geh da nicht hin! Du kommst mit leeren Händen zurück und mit abgesägten Hosen.

Schon zappelte ich an seiner Angel. Es war mir klar: Ich würde die Reise unternehmen, koste es, was es wolle. Doch durfte Grischa nicht wissen, wie sehr er mich bereits um den Finger gewickelt hatte. Auf keinen Fall. Darum setzte ich mein Pokerface auf und fragte ganz beiläufig, was denn so außergewöhnlich sei an ihren Erzeugnissen.

»An welchen Erzeugnissen?«

»An den Erzeugnissen der Bergstämme, von denen du erzählt hast.«

Da flackerte es in seinen Pupillen, und er zischte: »Erzeugnisse nennst du das? Weißt du überhaupt, wovon wir reden? Das sind keine Erzeugnisse, sondern primäre Lichtquellen. Phosphoreszierende Silikate. Sonnensysteme aus Bauxit, Diaspor und Zinnober. Die Ait Usgit färben ihre Wolle mit den Mineralien ihrer Berge. Mit Arsenerz, Wolframit und Spinell. Wenn du willst, sind das Farben, aber in Wirklichkeit sind es mehr als Farben. Es sind Blumen der Phantasie. Zu Bergkristallen erstarrte Gärten der Semiramis. Bengalische Pendelreben, feuriger Ingwer, Safranwurz und Mariposalilien. Farben, die es nirgendwo gibt auf der Welt. Nur an den Osthängen des erloschenen Vulkans. Hier quoll das Erdinnere aus dem Krater. Im glühenden Magma brodelte das Urgestein, und aus dem Urgestein blinkten die tausend Tönungen des Spektrums – daraus entstehen ihre Teppiche.«

»Wenigstens *einen* solchen Teppich möchte ich sehen.«

»Auch das ist ausgeschlossen. Sie kennen dich nicht und

mißtrauen dir. *Ich* bin einer der ganz wenigen, der ihre Wunderwerke bestaunen durfte. Mag sein, daß ich mich irre. Vielleicht hast du Glück, und sie zeigen dir, was du wünschst. Aber täusche dich nicht! Verkaufen werden sie nichts. Im Gegenteil. Wenn sie merken, was du im Schild führst, jagen sie dich zum Teufel. Im schlimmsten Fall schlagen sie dich tot.«

Je mehr er mich entmutigte, desto eiserner wurde mein Entschluß. Schließlich machte ich mich auf den Weg. Mit Hassan, meinem Assistenten, und Ahmed, dem Kameramann. Ich hatte den Auftrag, den beiden mein Handwerk beizubringen und sie zu Filmemachern auszubilden. Also zigeunerten wir durchs Land und drehten Dutzende von Dokumentarfilmen...

Von Rabat bis in die Schluchten des Dschebel Sirhua sind es gute tausend Kilometer. Am ersten Tag kamen wir bis Sidi Rahal, wo wir uns beim Kaid meldeten und um Unterkunft baten. Dieser Kaid war ein Märchenprinz. Ich sage *war*, denn das alles, was ich jetzt erzähle, liegt 30 Jahre zurück. Er ist wohl inzwischen ein Zittergreis geworden und hat längst schon seine Zähne verloren. Damals aber hatte er Quecksilber in den Augen. Das Volk betete ihn an. Ich ebenfalls, von Anfang an.

Vor dem Nachtessen lud der Kaid uns zu einem Spaziergang ein und zeigte uns – wie er lächelnd sagte – sein Königsreich. Es bestand aus etwa hundert Lehmhütten, ein paar Dattelpalmen und einer Seghia, welche die Oase mit Wasser versorgte. Sehr viel gab es nicht zu sehen, doch der Kaid war stolz auf sein Bled: »Sehen Sie diese Kaserne? Das war einmal der Alptraum unserer Gegend. Ein französisches Militärgefängnis. Hier haben sie uns geprügelt und gefoltert, bis der Krug voll war. Wir errangen die Freiheit. Die Kolonialherren mußten abziehen, und ich rief Spezialisten hierher. Lehrer, Gärtner, Agrotechniker. Aus diesem Zuchthaus habe ich eine landwirtschaftliche Schule gemacht, damit hier Bäume sprießen und saftige Früchte. Eine neue Generation von Fellachen soll hier heranwachsen. Moderne Bauern, die lesen und schreiben können. Diese Erde war seit Menschengedenken öde und trocken. Wir aber machen aus ihr einen Garten.«

Der Märchenprinz führte uns durch paradiesische Anlagen, vorbei an blühenden Orangenhainen, hinüber zu den Stallungen und schließlich zum Bewässerungskanal, den die Schüler in monatelanger Nachtarbeit selber gegraben hatten. Hassan – ich sagte schon, daß er mein Assistent war – schien sich zu langweilen. Unverschämt gähnte er zum Himmel. Die Höhenflüge des Kaid verdrossen ihn. Ich spürte bald eine bedrohliche Spannung zwischen dem Würdenträger und meinem Mitarbeiter. Je mehr sich der Märchenprinz ereiferte, desto mißmutiger wurde Hassan, der aus einem reichen Haus in Fes stammte und nicht das geringste Interesse für die Weltverbesserungsideen unseres Gastgebers zeigte. Im Gegenteil. Er war sogar wütend auf den Kaid und dessen Bildungsfimmel. Weil – wie er sagte – ein gescheites Volk schwer zu regieren sei. Weil aus gehorsamen Jasagern aufmüpfige Neinsager werden und Auflehnung um sich greift. Hassan gähnte also, ohne sich die Hand vor den Mund zu halten, und da geschah, wovon ich eigentlich erzählen will.

An der Seghia bemerkten wir ein zuckendes Häufchen Elend, das auf der Erde lag und schluchzte. Ein Knabe von etwa zehn oder elf Jahren. Er verbarg sein Gesicht in der Armbeuge und gab winselnde Laute von sich. Dieses Bild paßte durchaus nicht in die Idylle, die der Märchenprinz entworfen hatte, und ich bat Hassan herauszufinden, was da geschehen war.

Nichts komma nichts – antwortete Hassan mit der ihm geläufigen Schnoddrigkeit –, und es sei jetzt Zeit, nach Hause zurückzukehren. Er wolle sich zu Tisch setzen, denn er sei hungrig. Ich ließ mich nicht beirren und bestand darauf, informiert zu werden. Er, Hassan, sei schließlich dazu da, mir zu helfen, und da er sowohl Arabisch wie die Berberdialekte beherrsche, sei er mir unentbehrlich. Nachdem also mein Assistent mit dem Knaben gesprochen hatte, sagte er: »Der Junge heißt Abdeslam, doch seine Klassenkameraden nennen ihn Uld el Maasa.«

»Was heißt das?«

»Das heißt *Sohn einer Ziege.*«

»Warum Sohn einer Ziege?«

»Weil er ein Versager ist und aus den Bergtälern kommt. Er wohnt mit seiner Familie in einem Zelt und ernährt sich von der Milch einer Ziege.«

»Er und die ganze Familie?«

»Ja. Neun Personen, sonst besitzen sie nichts.«

»Das ist doch gar nicht möglich.«

»Bei uns ist alles möglich. Er sei unterernährt – sagt er –, und jeden Tag müsse er 15 Meilen zurücklegen. Vom Zelt in die Schule und von der Schule wieder zurück. Jetzt haben sie ihn rausgeschmissen.«

»Die eigenen Leute?«

»Aber nein! Der Schulleiter hat ihn rausgeschmissen. Rivarol heißt er und kommt aus Korsika. Er habe gesagt, Abdeslam sei ein Holzkopf. Seine Leistungen genügten nicht, und er könne nicht länger in der Schule bleiben.«

»Das hat der Schulleiter gesagt? Der spinnt ja.«

»Der spinnt überhaupt nicht. Er hat recht.«

»Aber der Junge hat sich noch nie sattgegessen. Wie soll er lernen, wenn er einen leeren Magen hat?«

»Wenn er sich die Schule nicht leisten kann, soll er zu Hause bleiben. Bei seiner Ziege.«

»Das meinen Sie doch nicht ernst, Hassan. Der Junge will lernen und hat ein Recht darauf, zur Schule zu gehen...«

Hassan wurde ungeduldig. Für ihn war der Fall erledigt. Er gab zu verstehen, daß er genug hatte. Es sei sieben Uhr, Zeit zum Nachtessen, und diese Geschichte gehe ihm auf die Nerven. Mich packte die Wut. Zornig sagte ich ihm, er solle nur gehen, und zwar rasch, der Kaid würde schon übersetzen für uns. Hassan knirschte mit den Zähnen – und blieb. Ich sah den Jungen an und fragte ihn, warum man ihn wirklich rausgeschmissen habe.

»Weil ich eine Null bin. Ein Uld el Maasa.«

»Das wird doch seinen Grund haben, oder nicht?«

»Ich bin hungrig, und der Schulweg macht mich kaputt.«

»Und was geschähe, wenn du satt wärst?«

»Dann wäre ich kein Uld el Maasa. Ich wäre der Beste meiner Klasse.«

Ungeheuerlich: Dieser Knabe zweifelte nicht an seinen Fähigkeiten. Ich auch nicht – denn er paßte in mein Weltbild. Seit jeher wollte ich ja beweisen, daß alle Menschen gleich sind. Daß nur die Eigentumsverhältnisse schuld sind, wenn die einen Erfolg haben und die anderen nicht. Darum fragte ich mit der mir eigenen Leichtfertigkeit: »Wenn jemand käme und dir das Internat bezahlen würde, wenn du dich endlich satt essen könntest, was wäre dann?«

»Ich hab's doch gesagt. Dann wäre ich der Beste von allen.«

»Bist du sicher?«

»Todsicher.«

Jetzt hatte Hassan genug und schrie, der Kerl sei verrückt. Der Schulleiter wisse genau, warum er ihn weggeschickt habe, und ich möge endlich mit dieser albernen Geschichte aufhören. Das hatte ich aber überhaupt nicht vor, ganz im Gegenteil. Also fragte ich den Kaid, ob er diese Geschichte auch albern fände. Der Kaid sprühte Funken aus seinen Augen und lächelte: »Ich verstehe den armen Herrn Hassan. Er möchte sich endlich zu Tisch setzen, denn er hat schon lange

nichts mehr zu essen gekriegt. Es gibt nichts Qualvolleres
auf der Welt als den Hunger, oder sind Sie anderer Meinung?« Hassan schwieg grimmig vor sich hin – und der
Märchenprinz fuhr zu spotten fort: »Herr Hassan ist ein gescheiter Mensch, denn er hat die Karauïn besucht, und er
weiß, was er sagt. Er ist überzeugt, daß so ein Hungerleider
kein guter Schüler sein kann. Dieser Meinung bin ich auch.
Solange er Hunger leidet, ist er ein Uld el Maasa, und nichts
kann aus ihm werden.«
Ich freute mich über die Unterstützung des Kaid und sagte:
»Ich wette jede Summe, daß dieser Junge ein Spitzenschüler
sein könnte, wenn er zu essen bekäme.«
»Und ich wette jede Summe«, schnödete Hassan, »daß die-
ser Kerl eine Niete ist.«
»Um wieviel wetten wir?« fragte ich hinterlistig, »um das
Schulgeld für Abdeslam?«
Hassan bekam es mit der Angst zu tun und fragte unsicher:
»Meinetwegen, aber für welche Frist?«
»Sagen wir, auf drei Monate hinaus«, gab ich zurück.
»Wenn er seine Leistungen verbessert, habe *ich* gewonnen,
und Hassan zahlt das Schulgeld. Wenn er jedoch keine Fort-
schritte macht, gewinnt Hassan, und *ich* muß blechen. Ein-
verstanden?«
Damit hatte ich ihn in die Ecke gedrängt. Er konnte nicht
nein sagen und willigte ein. Wir gingen zusammen zum
Schulleiter, dem hageren Monsieur Rivarol, und erklärten
ihm unsere Abmachung. Der Korse hatte nichts dagegen,
dem Knaben eine letzte Chance zu geben, und Abdeslam
kehrte in die Schule zurück. Zum ersten Mal in seinem Leben durfte er sich satt essen.
Am nächsten Morgen fuhren wir weiter. Über den Tizin
Tischka nach Uarzazat und Taznakht zum Dschebel Sirhua.
Daran war Grischa schuld: Er hatte mir die Ohren vollge-
schwatzt mit diesen Teppichen, die man angeblich nicht

kaufen könne. Eben noch hatte ich über ein Menschenschicksal entschieden. Über ein Kind, das dank meiner Wette vielleicht aus der Nacht der Namenlosigkeit aufsteigen würde. Vielleicht – aber nicht sicher. Ich hatte den reichen Onkel gespielt und mich daran ergötzt, hinter den Kulissen an den Fäden zu ziehen. Aber wirklich betroffen konnte ich kaum gewesen sein, sonst wäre ich nicht weitergereist und hätte auch nicht um drei Monate gewettet, sondern um drei Jahre. Wir Europäer sind ja nie wirklich betroffen, wenn wir Almosen verteilen. In Wirklichkeit beschwichtigen wir unser schlechtes Gewissen, weil es uns gut geht und den anderen – den Milliarden von Habenichtsen – schlecht. Wir rennen hinter Nichtigkeiten her. Hinter Teppichen, zum Beispiel, weil sie so wunderbare Farben haben.

Nach einem dreitägigen Ritt auf klapprigen Mauleseln erreichten wir die Zelte, von denen Grischa geschwärmt hatte. Ahmed war überwältigt. Er installierte die Kamera und begann zu drehen. Über uns ragten die Steilhänge des erloschenen Vulkans. Herden von zottigen Ziegen kletterten über blaugrüne Felsen, und unversehens standen wir vor einem Greis, der zwar in Fetzen gehüllt, aber zweifelsohne der Stammesälteste war: der Scheich der Ait Usgit, der wie ein Prophet aussah. Wie ein Heiliger aus dem Koran. Er blickte durch uns hindurch und drückte die Lider zusammen, um besser zu sehen. Ahmed war fasziniert, Hassan zunächst ganz und gar nicht. Noch einer, der ihm nicht gefiel.

Der Alte hieß Mohammed Saadani. Dem Namen nach war er königlichen Geblüts, und Hassan begann, ihn mit anderen Augen anzuschauen. Ein echter Prinz. Ein Abkömmling der Saadierdynastie. Wir begrüßten ihn mit den üblichen Floskeln, doch der Greis ahnte, daß uns nicht der Zufall hierhergetrieben hatte. Ein spöttisches Lächeln huschte um seine Mundwinkel, und er murmelte: »Gott segne euch, meine Söhne. Macht keine Umwege! Sagt mir, was euch hierherführt.«

Darauf antwortete ich: »Wir kommen mit einer Frage. Mit nicht mehr und nicht weniger.«

»Sagt mir eure Frage, und ich sage euch, was ich weiß.«

»Warum«, sprach ich zögernd, »sind eure Teppiche unverkäuflich? Im Tal unten erzählt man, daß sie verzaubert sind. Stimmt das?«

Der Scheich schwieg lange. Dann erwiderte er mit der Stimme eines Sultans: »Im Tal unten erzählt man Lügen. Unsere Teppiche sind nicht verzaubert. Wir sind nur die letzten Menschen, die dem Teufel den Dienst verweigern. Im Tal unten beten sie zum goldenen Kalb. Bei uns beten wir zu Allah. Bei uns ist das Geld haschuma, das heißt verpönt, verachtet, verboten. Denn das Geld ist die glitzernde Hure des Versuchers. Wer sie umarmt, ist verloren.«

»Und woher«, fragte ich ungläubig, »wissen Sie, daß es so ist?«

»Weil ich sie umarmt habe. Dafür mußte ich büßen.«

»Ich verstehe kein Wort.«

»Mein Großonkel verriet mir auf dem Sterbelager, wo der Wüstenschatz verborgen liegt, der berüchtigte Mammon der Westsahara, den kein frommer Moslem berühren darf. Als er das offenbarte, schloß er für immer die Augen, und der Satan fuhr mir in die Glieder. Ich begann zu suchen wie ein Besessener. Ich vergaß alles. Meinen Vater, meine Mutter und meinen Glauben. Ich durchquerte die Wüste in allen Richtungen. Vom Tafilalet bis in die Schluchten des Todra. Vom Draatal bis nach Uarzazat. Eines Tages wurde ich von einem Unwetter überrascht. Das war im Osten von Taznakht. Das Firmament krachte in tausend Fetzen auseinander, und ich rettete mich in eine Grotte, wo ich erschöpft niedersank. Als ich erwachte, gleißte und flimmerte es um mich herum. Millionen Kristalle blitzten, daß ich meinte, erblinden zu müssen. Ich war am Ziel meiner Träume. Ich schlug einen der Kristalle aus der Wand und eilte davon. Atemlos keuchte ich durch die Dünen. Der Teufel trieb mich voran, und ich wollte erfahren, *was* ich gefunden hatte. War das der Mammon der westlichen Sahara, von dem mein Großonkel gesprochen hatte? Da mischte sich der Böse ins Spiel. Er ließ mich einer Karawane begegnen, die auf den Wochenmarkt nach Agdz zog. Ich zeigte meinen Kristall und fragte, ob das Gold sei oder Silber. Ein schwarzer Riese antwortete mir, es sei dies weder das eine noch das andere. Es sei ein Stein, der dem Teufel gehöre und mit dem man die halbe Welt kaufen könne. Der Neger fragte mich nach meinem Namen und meinem Zuhause. Ich erwiderte, mein Name sei Mohammed Saadani aus der Familie der Saadier, und mein Zelt stehe am Osthang des Dschebel Sirhua. Die Karawane zog weiter, und in meinen Ohren dröhnten die Worte des Hühnen, mit meinem Kristall könne man die halbe Welt kaufen. Ich sah mich bereits als Kaiser von Afrika, als Sultan der vier Himmelsrichtungen und Herr aller Gläubigen – doch schon drei Wochen später zerplatzten meine Träume. Eine Abteilung französischer Militärgendarmen kam in unseren Duar und befal, sie zum Wüstenschatz führen. Ich lehnte ab, denn die Franzosen waren unsere Feinde. Darauf schlugen sie mich, um mich kleinzukriegen. Aber ich schwieg wie ein Grab – bis sie meinen Vater herbeischleppten. Meinen Erzeuger, der mir das Leben gegeben hatte. Sie begannen ihn vor meinen Augen zu foltern. Ich wußte, daß *ich* schuld war an seinen Qualen. Das konnte ich nicht ertragen. Ich verriet mein Geheimnis und führte die Militärgendarmen in die Sündengrotte. Heute stehen dort die größten Kobaltgruben der Erde. Und sie gehören unseren Feinden, die den letzten Dirham aus uns herauspressen. Darum sind wir weise geworden. Wir dulden kein Geld mehr auf unseren Weideplätzen. Aus diesem

Grund, mein Sohn, sind unsere Teppiche unverkäuflich. Aber: Seid ihr wirklich wegen der Teppiche zu uns heraufgekommen?« Mohammed Saadani blickte argwöhnisch auf Ahmed, der mit seiner Kamera alles aufgezeichnet hatte, was der Scheich erzählte.

Ich antwortete wahrheitsgetreu: »Jawohl, wir sind zu euch gekommen, um einen Teppich zu erwerben.«

»Was heißt: *erwerben*?«

»Das soll heißen: *kaufen*, und wir wären bereit, euch zu bezahlen, was immer ihr verlangt.«

»Und?«

»Jetzt schämen wir uns und setzen unsere Reise fort. Gott möge euch behüten, Mohammed Saadani. Der Friede sei mit euch und euren Bergen!«

Da rief der Greis einen Mann heran und flüsterte ihm etwas ins Ohr. Ich zuckte zusammen. Was hatte Grischa prophezeit? »Im schlimmsten Fall schlagen sie dich tot.« War es jetzt soweit? Mußte ich für meine Neugier büßen? Das Gegenteil war der Fall: Der Mann, den der Alte gerufen hatte, verschwand in einem Zelt und kehrte umgehend wieder zurück. In seinen Armen trug er einen Teppich, der mich so blendete wie die Kristalle, die der Scheich gefunden hatte.

Der Stammesälteste lächelte verschmitzt und sagte: »Verkaufen dürfen wir nicht, aber Schenken ist erlaubt. Ihr könnt uns ja ein Gegengeschenk machen.«

Darauf fragte ich: »Was für ein Gegengeschenk, hochverehrter Scheich?«

»Was weiß ich«, flüsterte der Alte vor sich hin. »Sagen wir... sagen wir 5000 Dirham. Einverstanden?«

Hassan war begeistert. Der Stammesälteste hatte bewiesen, daß er von wahrhaft königlichem Geblüt war. Hassan trat vor ihn hin, küßte den zerlöcherten Burnus des Greises und murmelte: »Ich glaubte zuerst, ihr seid von allen guten Geistern verlassen. Nun sehe ich, daß ihr nicht dümmer seid als wir. Was werdet ihr aber machen mit den 5000 Dirham?«

»Wir haben Witwen und Waisen in unserem Stamm. Die bekommen das Geld, damit sie nicht verhungern.«

Jetzt war es an mir, begeistert zu sein. Das Geld war nicht für den Teufel, sondern für den Herrgott! Für die verlassenen Kinder Gottes, die ebenfalls ein Recht haben zu leben.

Bald danach verließen wir den Duar und stiegen langsam ins Tal hinunter. Hassan schwieg. Ich auch. Doch dann konnte ich mir nicht verkneifen, meinen kleinen Triumph zu feiern:

»Was sagen Sie zu den Worten des Emirs?«

»Nichts.«

»Warum?«

»Weil er kein Emir ist. Haben Sie nicht gesehen, wie er aussah? In Putzlappen war er gehüllt, ein ganz gewöhnlicher Hochstapler. Saadani will er heißen. Das kann doch jeder behaupten. Ein gewöhnlicher Berber ist er. Ein Halbwilder. Und das mit dem Geld soll er einem anderen erzählen. Die wissen genau, was sie damit machen. Nach Taznakht gehen sie und saufen sich voll. Zu den Mädchen gehen sie, ins Freudenhaus, und dann in die Moschee. Gott wird ihnen verzeihen, hoffen sie, und werfen sich vor Allah in den Staub.«

Was sollte ich antworten? Ich kannte mich nicht aus. Die Sitten dieser Gegend waren mir unbekannt, und ich fragte Ahmed, ob er Hassan zustimmen würde. Ahmed war ein schweigsamer Mensch. Ein hochbegabter Kameramann, aber das Reden war nicht seine Stärke. Zuerst sagte er nichts, dann aber quoll es aus ihm heraus, als hätte er sich zu lange zurückhalten müssen: »Hassan ist vollgefressen und verabscheut die Leute, die Hunger haben. Er schämt sich nicht einmal seines Reichtums. Er glaubt, seinen Wohlstand verdient zu haben, weil er seidene Kleider trägt. Weil er aus einer großen Familie stammt. Aber Gott schaut nicht auf die Stoffe, die einer trägt. Auch nicht auf die Speisen, die einer verzehrt, und schon gar nicht auf den Schnaps, den einer säuft. Hassan ist ein Sünder und hat Angst vor der Strafe. Er kann hundertmal nach Mekka pilgern, aber seine Sünden werden ihm nicht erlassen. Er fürchtet tugendhafte Menschen. Der Scheich ist ihm verhaßt, weil er ein frommer Moslem ist. Ein falscher Emir soll er sein! Weil er sich nicht ums Geld kümmert. Hassan meint, ein richtiger Emir müßte habsüchtig sein und geldgierig. Aber Allah wird schon entscheiden, wer ein richtiger Emir ist und wer ein falscher. Dann wird der Scheich ganz vorne stehen und Hassan ganz hinten.«

Das war das einzige Mal während dieser Tage, daß Ahmed das Wort ergriff. Fortan schwieg er. Dutzende von Malen versuchte Hassan, ihn zu einem Streit zu provozieren. Aber er blieb erfolglos. Ahmed hatte alles gesagt, was er zu sagen hatte.

In jenem Spätherbst drehte ich fünf Filme mit meinem Kameramann. Gegen Winteranfang kehrten wir nach Rabat zurück. Als ich in mein Büro kam, fand ich zwei Expreßbriefe vor. Einen aus Sidi Rahal, geschrieben vom Kaid, in welchem stand, daß ich meine Wette gewonnen hätte. Abdeslam habe den besten Notendurchschnitt der ganzen Schule erreicht. Es sei unglaublich, aber wahr. Man müsse sich jetzt entscheiden, was mit dem Knaben weiter zu geschehen habe. In dem anderen Brief las ich, daß ich aus familiären Gründen unverzüglich nach Europa fahren müsse. Ich hatte keine Zeit, mich weiter um meinen Schützling zu kümmern. Noch am selben Tag setzte ich mich ins Flugzeug und verließ Marokko für immer oder – sagen wir – für fast immer.

Mein schlechtes Gewissen plagte mich lange. Warum war ich damals nach Europa gefahren und nicht nach Sidi Rahal? Aus »familiären Gründen...« Weil ich an der Hochzeit eines Verwandten teilnehmen und dort eine Rede halten sollte. Man zählte auf meine Zungenfertigkeit. Ich war ja der bekannte Fernsehreporter, der seit Jahren die Welt bereiste und dessen Reportagen Aufsehen erregten. Daß ich ein Menschenschicksal in den Händen hielt, kümmerte niemanden – und *mich* am allerwenigsten. Ich hatte ja getan, was meine Pflicht war. Dafür gesorgt, daß der Junge die Schule besuchen konnte. Ohne mich wäre Abdeslam eine Null geblieben. Ein anonymer Berber, ein Uld el Maasa. Ich hatte die Wette gewonnen, und damit Schluß. Wer aber bezahlte ihm die Schule, nachdem ich mich verdrückt hatte? Hassan gewiß nicht. Nach allen Regeln der Wahrscheinlichkeit hatte Abdeslam in sein Zelt zurückkehren müssen, und seine Hoffnungen waren zu Luft geworden.

Das alles verursachte mir viele schlaflose Nächte. Eines schönen Tages beschloß ich, meine Ferien in Marokko zu verbringen. In Rabat löste ich mich von der Reisegesellschaft und ließ mich ins Landwirtschaftsministerium bringen. »Verzeihen Sie bitte, aber ich suche einen Menschen namens Abdeslam.«

»Das wird nicht leicht sein. Es gibt hier Tausende, die so heißen.«

»Das kann ich mir vorstellen; aber *mein* Abdeslam war vor 30 Jahren Schüler des landwirtschaftlichen Instituts von Sidi Rahal.«

Der Pförtner kratzte sich am Schädel. Da schoß ihm ein Gedanke durch den Kopf, und er brachte mich zum Staatssekretär persönlich: »Der kann Ihnen vielleicht helfen.«

»Warum ausgerechnet er?«

»Weil er selbst Absolvent jener Schule ist.«

Das war ein Hoffnungsschimmer. Ich betrat einen Raum, der aussah wie der Prunksaal eines Großwesirs. Hinter einem marmornen Schreibtisch saß ein stämmiger Mann, der mir fragend zulächelte. Ich sagte, wer ich sei und was mich veranlasse herzukommen. Der Staatssekretär schaute bestürzt drein, dann erhob er sich von seinem Sessel und kam auf mich zu. Jetzt schaute er mir in die Augen und sprach mit heiserer Stimme: »Der Segen sei mit Ihnen, lieber Freund. Ich bin Ihnen zu Dank verpflichtet und habe nie aufgehört, an Sie zu denken.«

»Wer sind Sie?« fragte ich verblüfft.

»Mein Name ist Abdeslam.« Er umarmte mich lange. Dann sprach er: »Allah hat uns zusammengeführt. Mein Haus ist auch das deine.«

Diese Geschichte ereignete sich vor ein paar Monaten. Mein Kameramann ist inzwischen gestorben, und Hassan hat sich totgesoffen. Nur Grischa ist noch da und erzählt weiterhin seine Verrücktheiten, die mir den Kopf verdrehen.

DER MANN IM WOHNWAGEN

>Unmöglich« ist aus unserem Wortschatz zu streichen!
Napoleon Bonaparte

Professor Pizier haust in einem Wohnwagen. Um bereit zu sein, wie er sagt. Er ist »fluchtfertig«. Seine Koffer sind gepackt. Er hat zehn Kanister voller Benzin und könnte, falls es nötig wäre, über Malaga und Algeciras ohne zu tanken nach Nordafrika entkommen. Wenn »sie« kommen, sollen sie ihn nicht erwischen. Vierzigmal haben sie ihn erwischt. Vierzigmal haben sie ihn ins Lager gesteckt – aber jedesmal konnte er türmen... Was zum einundvierzigsten Mal geschah, beschreibe ich in meinem Film. Schauen Sie sich meinen Film an, und Sie werden verstehen.
Pizier ist Professor an der Pariser Sorbonne, wo er einmal Spezialpädagogik unterrichtet hat. Er behauptet, an die Erziehbarkeit des Menschen zu glauben. Mehr noch: sogar an die Erziehbarkeit von Idioten. Nur *eine* Ausnahme gäbe es, welche die Regel bestätigt. Die Faschisten. Die könne man nicht erziehen. Man komme als Faschist zur Welt und bleibe einer bis zum Tod. Faschismus sei ein Phänomen der Lieblosigkeit. Die Seele sei kalt. Gegen Faschisten sei kein Kraut gewachsen, man könne sie nur totschlagen oder vor ihnen davonlaufen. Pizier ist für die zweite Lösung und darum stets auf dem Sprung. Er sieht übrigens aus wie van Gogh auf dem berühmten Selbstbildnis. Sein Schädel ist struppig, seine Augen sind wirr, aber auf seinen Lippen liegt ein behutsames Lächeln. Professor Pizier wohnt auf einem Campingplatz in Villaine bei Paris.

Ich lernte ihn kennen, als ich dort meine Hemden wusch. Kaum hatten wir miteinander gesprochen, war mein Beschluß schon gefaßt: Ich würde einen Fernsehfilm über ihn drehen. Er stand mir gegenüber und fragte argwöhnisch, ob ich Deutscher sei. Ich verneinte. Ob ich noch Waschpulver habe, wollte er dann wissen. Natürlich hatte ich noch etwas Waschpulver. Ich bin zwar kein Deutscher, doch lege ich großen Wert auf Sauberkeit. Ich gab ihm also, was er wünschte, und schon waren wir gute Bekannte. Vom Waschpulver bis zu Franz Kafka war es nur noch ein Katzensprung. Er meinte, dieser Kafka sei doch eine seltsame Mischung gewesen. Halb Deutscher und halb Jude...

»Warum ist das eine seltsame Mischung? Und übrigens war er kein Deutscher, sondern Österreicher. Da gibt es einen feinen Unterschied, finde ich.«

»C'est la même chose«, gab er zurück, »das kommt doch aufs Gleiche raus. Jedenfalls kann man nicht Jude und Deutscher zugleich sein.«

»Sie reden ja wie Hitler, Monsieur.«

»Ich rede wie Pizier. Man kann nicht Verfolger sein und Verfolgter. Stellen Sie sich eine Kreuzung zwischen Wolf und Lamm vor. Das gibt es nicht.«

»Sprechen Sie deutsch?«

»Kein Wort, und ich werde es nie lernen.«

»Beethoven sprach deutsch, Monsieur, und Bach ebenfalls.«

»Ausnahmen, welche die Regel bestätigen.«

»Womit verdienen Sie Ihr Brot, Monsieur Pizier?«

»Ich habe Pädagogik gelehrt. Meine Werke sind in neun Sprachen übersetzt.«

»Und jetzt?«

»Jetzt bin ich verrückt. Ich habe einen Ausweis, der bestätigt, daß ich schizophren bin. Ich bekommen mein Monatsgehalt und privatisiere.«

»Aber Sie tun doch etwas, Monsieur.«

»Ich schreibe Briefe. An sämtliche Ämter auf Gottes Erdboden.«

»Wozu?«

»Ich suche meinen Freund. Dr. Senison aus Lemberg, von dem ich nicht weiß, ob er noch lebt.«

»Ist das so wichtig für Sie?«

»Lebenswichtig, denn ich habe ihn ermordet.«

Mir verschlug es den Atem. Meinte er das ernst? Oder war das ein Ausdruck seiner Geistesgestörtheit? Pizier lächelte nicht, er bleckte nur mit den Zähnen. Grantig und grimmig. Jetzt wurde ich neugierig auf diesen Menschen: »Was heißt das, Sie haben ihn ermordet? Wenn das wahr ist, ist er tot, und dann hat es keinen Sinn, sich nach ihm zu erkundigen.«

»Ich sagte doch, daß ich verrückt bin. Ich habe einen Ausweis. Ein ärztliches Zeugnis. Ich habe meinen Freund ermordet, weil ich ihn im entscheidenden Augenblick seinem Schicksal überließ.«

»Und was hat das wiederum mit Kafka zu tun?«

»Man hat Kafka gefragt, wohin er gehe. Und wissen Sie, was er zurückgab?«

»Nein.«

»Weg von hier! hat Kafka geantwortet. Weg von hier! Und darum habe ich diesen Wohnwagen. Weil ich ein einziges Ziel habe im Leben. Weg von hier!«

»Sie schreiben an alle Ämter auf Gottes Erdboden. Haben Sie je eine Antwort bekommen?«

»Hunderte von Antworten. Niemand weiß etwas von ihm. Dr. Senison ist weder tot noch lebendig. Er ist ein Gespenst. Er spukt in meinem Gewissen herum.«

»Vielleicht lebt er, Monsieur. Wo haben Sie ihn kennengelernt?«

»In Lemberg. 1943. Mitten im Weltuntergang. Ich war

Kriegsgefangener: Sie hatten mich zum einundvierzigsten Mal erwischt. Und diesmal verstanden sie keinen Spaß mehr. Sie sperrten mich ins schrecklichste Lager, das sie hatten. Rawa Ruska. Zwei Kilometer von Lemberg entfernt. Aus Rawa Ruska gab es kein Entrinnen. Keine Fluchtmöglichkeit. In Rawa Ruska konnte man nur sterben. Keiner ist je davongekommen.«

»Außer Ihnen…«

»Woher wissen Sie das?«

»Weil Sie mich nach Waschpulver gefragt haben. Daraus schließe ich, daß Sie noch leben. Also sind Sie davongekommen.«

»Ja, es war das einundvierzigste Mal. Ich hatte mir gesagt, was ich von Kafka wußte: weg von hier! und beschloß, in die Unterwelt zu steigen. Wissen Sie, wie die Unterwelt aussieht?«

»Ich kann es mir vorstellen.«

»Non, Monsieur. Das können Sie sich nicht vorstellen. Ich stieg nämlich in den Scheißkanal hinunter – dans les égouts de Rawa Ruska. Jeder andere wäre lieber verreckt, als durch die Scheiße zu kriechen. Ich aber kroch lieber durch die Scheiße, als zu verrecken. Ich war besessen davon, am Leben zu bleiben. Ich wollte dabeisein, wenn Hitler den Krieg verliert. Erleben wollte ich, daß das Faschistenpack um Gnade fleht und jämmerlich am Galgen baumelt. Ich dürstete danach, wieder einmal zu erfahren, wie der Frieden schmeckt. Ich sehnte mich nach dampfendem Kaffee auf einem frisch gedeckten Frühstückstisch. Nach schneeweißer Wäsche in einem Schrank, der nach Lavendel duftet.«

»Und darum stiegen Sie in die Unterwelt?«

»Ich robbte durch ein Labyrinth von Betonrohren. Langsam. Von Ekel geschüttelt. Ich kotzte aus, was meine Gedärme noch hergaben. Es war stockfinster um mich, da spürte ich ein leichtes Kribbeln an meiner Haut. Eine Ahnung überfiel mich: das waren Würmer. Eingeweideparasiten. Schmarotzer menschlicher Gedärme. Spulwürmer, Saugwürmer, Leberegel. Die schauerliche Fauna aller Fäkalien von Rawa Ruska. Ich torkelte, nahe am Wahnsinn. Tagelang kroch ich, keuchte ich und kämpfte mich durch die Hölle, bis ich plötzlich das Gefühl hatte, daß mir ein Luftzug entgegenwehte. Ich konnte es nicht glauben: Freiheit! Ich bin ein gottloser Verstandesmensch, doch in jenem Moment begann ich zu beten. Die Unterwelt war zu Ende. Sie mündete in einen Fluß, der friedlich vorbeiraunte. Es war samtschwarze Nacht, aber um mich herrschte die süßeste Finsternis. Es war eisknisternder Winter, doch für mich wie der berauschendste Frühling aller Zeiten. Ich jauchzte und stürzte mich ins Wasser, um zu mir selbst zurückzukehren. Ich wusch mich mit Flußsand, bis mir die Haut zerbarst. Ich scheuerte jeden Zoll meines Körpers, bis ich vor Schmerz fast ohnmächtig wurde. Noch stanken meine Sträflingskleider nach Kot, doch *ich* war wieder ein Mensch. Ich spähte durch den Dezembernebel und gewahrte ein bleiches Flimmern. Ganz in der Nähe mußte ein Haus stehen. Eine Gartenlaube wahrscheinlich. Vorsichtig schlich ich auf das Licht zu – und tatsächlich, da stand jemand. Eine Silhouette starrte durchs Fenster. Ein Greis. Warum aber schaute er um diese Stunde hinaus? Hatte er Angst? Wenn ja, war er mein Genosse und gehörte zur Armee der Verfolgten. Vielleicht aber auch nicht. Er konnte ebensogut zu den Verfolgern gehören. Ein Wächter sein. Ein Spitzel. Ein Denunziant. Und schon hatte er mich gesehen. Schien mir zuzuwinken. Was wollte er damit sagen. Daß ich eintreten solle? Daß ich mich in acht nehmen müsse, weil Gefahr im Anzug sei? Beides war denkbar – doch ich hatte nichts zu verlieren. Ich nahm seine Geste als Einladung und klopfte an die Tür. Ein schlohweißes Männlein, zerbrechlich und bucklig, machte mir auf: ›Mein Name ist Senison. Wer sind *Sie?*‹

›Ich heiße Pizier und bin Offizier der französischen Armee.‹

›Das kann jeder behaupten.‹

›Ich komme aus Rawa Ruska und habe keine Papiere.‹

›Ein Flüchtling?‹

›Das sehen Sie doch.‹

›Sie wären der erste, dem die Flucht gelungen ist. Wie wollen Sie beweisen, daß Sie Franzose sind?‹

›Ich spreche französisch.‹

›Ich auch, Monsieur. Jeder gebildete Pole spricht französisch.‹

›Ich spreche ohne Akzent.‹

›Auch das will nichts bedeuten.‹

Da kam mir eine Idee. Ich schlug die Hacken zusammen, salutierte und sang im Flüsterton die Marseillaise. Zum ersten Mal seit Jahren, und die Tränen rannen mir über das Gesicht. Und da glaubte er mir. Nein. Nicht mir glaubte er, sondern meinen Tränen, und er sagte: ›Willkommen in meinem Haus, lieber Freund. Ich grüße Sie im Namen der polnischen Widerstandsbewegung. Was *mir* gehört, gehört auch *Ihnen*. Treten Sie ein. Ich besitze wenig, aber von jetzt an sind Sie bei sich zu Hause. Bedienen Sie sich!‹

Das war keine leeren Worte. Er teilte Brot und Milch mit mir und zeigte mir dann seine Behausung – ein mittelgroßes Zimmer. Er erklärte mir, ich müsse mich verstecken. Die Gestapo komme, wenn man sie am wenigsten erwarte, und mache Hausdurchsuchungen, bei denen kein Stein auf dem anderen bleibe. Er bot mir seinen Konzertflügel an, wobei ich nicht verstand, was er damit meinte. Aber er meinte genau das, was er sagte: ich sollte im Gehäuse seines Musikinstruments wohnen. Zwischen Baß- und Diskantsaiten. Umgeben von Hammerköpfen, Abhebestangen und Stoßzungen. Das war kein geringes Opfer für meinen Gastgeber, denn er war Klavierlehrer und brauchte den Flügel für seine

Klavierstunden. Empört wollte ich ablehnen, seine Idee schien mir hirnverbrannt. Es tue mir leid, sagte ich, aber unter diesen Bedingungen müsse ich eine andere Zuflucht suchen. Schon wollte ich mich aus dem Staub machen, da befahl er mit spitzer Stimme: hierbleiben! Er sage das im Namen der polnischen Widerstandsbewegung, Gehorsamsverweigerung komme nicht in Frage. Mit diesen Worten legte er Wolldecken in meine Schlafstätte und gab mir zu verstehen, ich solle ins Badezimmer verschwinden, um mich zu reinigen. Mein Geruch bereite ihm keine Freude. Also zog ich mich zurück und tat, was Senison wünschte. Das war der Anfang meines Exils im Klavier meines Wohltäters. Und es begannen die glücklichsten Tage meines Lebens.«
Ich hatte dem Franzosen zwar Waschpulver gegeben, doch das bedeutet nicht, daß ich ihm auch glaubte. Die Geschichte seiner Flucht war, gelinde gesagt, unwahrscheinlich. Der Konzertflügel als Schlafstätte schien mir absurd. Darum fragte ich ihn, ob er denn den Aufenthalt im Holzgehäuse problemlos überstanden hätte. Und zwar sowohl körperlich als auch psychisch. Pizier schaute mich an und rieb sich die Erinnerung aus den Schläfen: »Körperlich war es eine Folter. 13 Monate lang zusammengefaltet wie eine Amtsverfügung. Eingequetscht wie eine Fischkonserve. Unerträgliche Krämpfe durchzuckten mich wieder und wieder. Mein Rücken wurde wund vom ewigen Liegen. Die Muskeln erschlafften immer mehr, und ich erstickte fast vor Mangel an Sauerstoff. Ich fragte mich, ob ich hier verkommen würde. Ich war zwar frei, aber diese Freiheit zerstörte mich, sie führte zur allmählichen Selbstauflösung. Ständig spielte ich mit dem Gedanken, die Flinte ins Korn zu werfen. Ich wollte ausbrechen aus meinem Sarg, auch wenn ich dabei zugrunde ginge. Ja, mein Freund, es war dies ein Sarg, und ich war lebendig begraben. Aber die Krämpfe bewiesen mir, daß ich noch lebte. Die Krämpfe und die Angst, daß sie

eines Tages kommen, mich suchen und finden würden. Wir waren ja eingekreist. Nicht weit von hier begann der Stacheldraht. Die Hölle von Rawa Ruska. Die Folterfabrik. Durch einen Spalt meines Konzertflügels erkannte ich das Fenster. Dahinter den Birkenwald. Einen Weg, der sich im Sandboden verlor. Lungenkraut, Lerchensporn, Seidelbast. Blumen meiner Kindheit. Heimatliche Düfte kamen mir in den Sinn. Und ich dachte an die Seine. An die Pappelalleen, an die Lastkähne, die übers Wasser gleiten. Ich hörte die Musette. Ich tanzte auf Pigalle, doch mir war klar, daß sie kommen würden, früher oder später. Ich erklärte meinem Erretter, daß ich nicht bleiben könne. Daß ich Sehnsucht hätte. Ich müsse zurück – nach Frankreich. Lieber wolle ich sterben, als hier mich zu Tode zu warten. Senison antwortete mit schriller Stimme, ich hätte hierzubleiben, auszuharren bis zum Ende des Krieges. Dies sei ein Befehl des polnischen Widerstands – un ordre de la résistance Polonaise. Kaum hatte er gesprochen, erzitterte unser Gartenhaus. Ein Waffentransport rollte vorbei. Eine Kolonne von Panzerwagen polterte durch den Wald… Dann wurde es still, und ich ergab mich in mein Schicksal. Der Klavierlehrer warf mir einen hilflosen Blick zu, doch von jetzt an veränderte sich unsere Beziehung. Er gab mir keine Befehle mehr und wurde sanft. Er tat alles, um mich glücklich zu machen, damit ich bliebe. Um nicht allein sein zu müssen in seinem Gartenhaus, organisierte er Programme für mich. Er ließ Künstler kommen – Mitglieder des Widerstands –, Musiker, Schauspieler und junge Dichter. Sie flüsterten Gedichte von Mickiewicz und Slowacki, um mir die Zeit zu verkürzen. Und einmal durfte ich mein Klavier verlassen, als gerade eine goldhaarige Wanda für mich die herrlichen Verse aus dem polnischen Nationalepos sprach, aus Pan Tadeusz. Ich verstand kein Wort, doch lief mir Gänsehaut über den Leib. Ich spürte die Liebe zum geschändeten Vaterland, und Trä-

nen liefen mir übers Gesicht. Wie damals, als ich die Marseillaise gesungen hatte. Ergriffenheit ist wie Musik. Jeder
versteht sie. Ich mußte auf das Mädchen zugehen, mußte sie
küssen. Wann hatte ich zum letzten Mal ein Mädchen ge-
küßt? Sie drückte mich an ihren warmen Körper, und da
merkte ich, daß ich auch ein Pole war. Ein Pole und Franzose und Weltbürger zugleich. Wir waren Opfer derselben
Barbaren. Darum fühlten wir uns so verwandt. Von da an
dachte ich seltener an Flucht, und Senison behauptete, die
Gefahr sei vorbei. Bis eines Tages ein Hüne an die Tür
klopfte. Ich zuckte zusammen in meinem Konzertflügel.
Der Klavierlehrer öffnete die Tür und fragte, was der Herr
denn wünsche... Der Herr antwortete mit Honig in der
Stimme. Er sei ein deutscher Offizier und habe gehört, es
gebe hier einen echten Bösendorfer. Er sei selber Konzert-
pianist und träume davon, wieder einmal auf einem richtigen Bösendorfer zu spielen. Er sei kein Eindringling und
bitte um Verzeihung für sein unangemeldetes Erscheinen.
Senison wurde kreidebleich. Ich sah durch die Ritze des
Flügels, wie ein nervöses Zucken um seinen Mund spielte.
Nach einer peinlichen Pause fragte Senison, was der Herr im
Sinne habe vorzutragen. ›Eine Etüde von Chopin.‹ Das war,
gelinde gesagt, eine Sensation. Ein deutscher Offizier wollte
Chopin spielen, den polnischen Chopin in einem polnischen Privathaus. Nun wurde Senison neugierig: welche
Etüde wolle der Herr denn spielen? Der Offizier verbeugte
sich unmerklich und antwortete: ›Die Revolutionsetüde,
wenn Sie nichts dagegen haben.‹
›Ich habe nichts dagegen. Im Gegenteil...‹
Nach einem kurzen Räuspern schlug der Deutsche einen
Akkord an. Der Konzertflügel war verstimmt, er schep-
perte wie eine alte Grammophonplatte. Senison erstarrte. Er
sah voraus, was jetzt geschehen mußte. Der Offizier erhob
sich, nahm einen Stimmschlüssel aus der Tasche, klappte

den Flügel auf und... da lag ich. Zwischen Hammerköpfen und Hebegliedern, Dämpferarmen und Litzenbändern. Ich riß die Augen auf, meine Stunde hatte geschlagen. Doch da ereignete sich die erstaunlichste Komödie meines Lebens. Der Mann gab vor, mich nicht wahrzunehmen. Er stimmte die Saiten, bis wieder harmonische Klänge aus dem Flügel perlten, und begann dann zu spielen. Ich weiß nicht, ob meine Ohren zu jener Zeit besonders empfindlich waren, doch mir war, als hätte ich nie etwas Vergleichbares gehört. Der Deutsche spielte die Revolutionsetüde. Nein, mehr noch: Er spielte die Revolution. Den Aufruhr gegen die Unterdrückung. Die Musik gewordene Leidenschaft eines gemarterten Volkes. Ausgerechnet er, der die Uniform der Herrenrasse trug. Mit dem Hakenkreuz an der Mütze. Als er zu Ende gespielt hatte, verneigte er sich vor Senison und ging, wie er gekommen war. Ohne ein Wort zu sagen. Ohne seinen Namen zu nennen. Das Klaviergehäuse stand noch offen. Noch immer verdrückte ich mich in meinem Winkel, da stürzte Senison auf mich zu und flüsterte entsetzt: ›Sie müssen jetzt gehen, mein Freund! Sofort. In spätestens einer Stunde sind sie hier... Da haben Sie etwas Geld. Ich gebe Ihnen eine Wegzehrung und dann... verschwinden Sie!‹

›Ich bleibe bei Ihnen.‹

›Verschwinden sollen Sie, und Gott möge Sie behüten!‹

›Wenn Sie mitkommen, verschwinde ich. Wir flüchten zusammen oder gar nicht.‹

›Ich bin ein Offizier des polnischen Widerstands. Mein Platz ist in Polen.‹

›Man wird Sie niederknallen. Als Komplizen eines entflohenen Häftlings.‹

›Das ist *mein* Problem, nicht *Ihres*.‹

›Ich kann Sie nicht im Stich lassen. Wir sind Freunde geworden in diesen 13 Monaten.‹

›Sie sollen nicht schwatzen, sondern verduften.‹

>Nicht ohne Sie.‹

>Machen Sie, daß Sie zum Teufel kommen! Unverzüglich! Das ist ein Befehl. Un ordre de la résistance Polonaise…‹ Ich gehorchte und machte mich aus dem Staub. ›Weg von hier‹, um mit Kafka zu sprechen. Genau hundert Tage lang irrte ich durchs blutende Europa. Durch zertrümmerte Städte und verbrannte Dörfer. Ich durchquerte Böhmen und die Ostmark. Italien und die Mittelmeerküste. Und dann erfüllte sich mein Traum: Ich sah die Heimat wieder. La belle France. Ich stieß zu einer Partisanengruppe, die in Savoyen operierte. Und bald danach ging der Krieg zu Ende. Wir hatten gesiegt. Die Welt jubelte. Ganz Frankreich tanzte. Nur *ich* versank in Schwermut – denn plötzlich wurde mir klar, daß ich einen Freund ermordet hatte. Meinen Erretter, den sie gewiß abgeholt und erschossen hatten. *Ich* war der Schuldige. Weil ich vor allem an *mich* gedacht hatte…«

Meine Hemden waren gewaschen, und ich hängte sie an eine Leine. Piziers Geschichte hatte mich erschüttert, obwohl sie fast 20 Jahre alt war. Woher wußte er, daß sie Senison abgeholt und erschossen hatten? Das war doch nur eine Vermutung. Der deutsche Offizier mußte nicht unbedingt ein Schurke sein. Er hatte die Revolutionsetüde gespielt. Das konnte doch auch ein Zeichen der Sympathie sein. Ein Solidaritätsbeweis. Ich dachte hin und her. Zugegeben, Senison mußte damals auf der Hut sein. Wer konnte es sich schon leisten, dem Feind leichtfertig die Hand entgegenzustrecken? Kein Mensch, der bei gesundem Verstand war. Und dann dieser Stimmschlüssel. Das war verdächtig. Niemand trägt schließlich einen Stimmschlüssel bei sich. Warum hatte der Deutsche ihn mitgebracht? Wußte er, daß der Bösendorfer verstimmt war? Unwahrscheinlich. Er kam also, um das Gehäuse zu öffnen. Weil er wußte oder ahnte, daß jemand darin versteckt war. Und dann die Komödie, die er aufführte: als hätte er Pizier im Konzertflügel nicht gesehen. Das war besonders merkwürdig. Er hätte ja lächeln oder etwas sagen können. Daß er kein Feind sei, beispielsweise. Aber er sagte nichts, und damit entlarvte er sich wohl als Spitzel. Aber warum spielte er die Revolutionsetüde? Warum so leidenschaftlich? So echt? Das war doch mehr als ein Sympathiebeweis. Das war ja fast schon ein Bündnis, das hier geschlossen wurde. Ein Friedensschluß zwischen Polen, Frankreich und Deutschland.

»Unsinn«, meinte Pizier. »Der Mann trug die Uniform der Massenmörder. Er hatte das Zeichen der Faschisten auf seiner Mütze. Also war er ein Faschist, und Faschisten kann man nicht erziehen. Vielleicht Schwachsinnige… aber Faschisten nicht. Er hatte die Revolutionsetüde gespielt, um zwei Männer in die Irre zu führen, sie arglos zu machen, ihre Wachsamkeit zu vermindern. Er war nur gekommen, um einen entflohenen Häftling aufzuspüren. Er hatte ihn aufgespürt und seinen Komplizen ebenfalls. Und auf Hilfeleistung für Flüchtlinge stand die Todesstrafe. Nein, sie haben Senison abgeholt und an die Wand gestellt. Senison ist tot. Nach allen Berechnungen der Logik kann er nicht mehr am Leben sein.«

So spekulierte Pizier, doch ich spürte, daß er an seinen Schlußfolgerungen zweifelte. Bestimmt, sonst hätte er auch nicht so viele Briefe geschrieben. An alle Behörden der Welt. An die Vereinten Nationen. An das Internationale Komitee des Roten Kreuzes. Allerdings hatten alle zurückgeschrieben, daß das Schicksal des polnischen Klavierlehrers Mieczýslaw Senison nicht bekannt sei. Dennoch sagte ich zu Pizier: »Da ist doch ein Widerspruch in Ihrem Gedankengang. Sie sind überzeugt davon, daß der Deutsche ein Faschist war. Und Sie behaupten, daß er mit Bestimmtheit Senison verhaften und erschießen ließ. Wenn Ihnen das so klar ist, warum suchen Sie ihn dann? Da ist doch eine Lücke in Ihrer Beweisführung…«

Pizier setzte sich auf ein Mäuerchen, welches das Waschhaus vom Campingbüro trennte. Nervös spielte er mit dem Seifenpulver, das ich ihm gegeben hatte. Er schüttete es von einer Hand in die andere und sagte dann: »Vous comprenez, mon ami. Sie begreifen doch, daß es Erscheinungen gibt, die man mit Logik nicht erklären kann. Wir Franzosen sind Nachkommen von Cartesius, also wollen wir alles mit Logik erklären. Aber in Polen mußte ich lernen, daß die bessere Hälfte der Wirklichkeit im finsteren liegt. Dieser Deutsche spielte so unglaublich engagiert, daß er *möglicherweise* auf unserer Seite stand. Wissen Sie, die Musik entzieht sich der formalen Logik. Ihre Geheimnisse sind unergründlich, und darum ist es nicht ganz ausgeschlossen, daß der Deutsche tatsächlich unser Freund war. Wenn ja, dann war er kein Schurke, und Senison ist noch am Leben. Die Chance beträgt zwar höchstens eins zu tausend, aber klammert man sich nicht an Strohhalme?«

»Und darum schreiben Sie noch immer an alle Ämter der Welt?«

»Ja. Bis ich weiß, ob er lebt oder nicht.«

»Und wenn Sie es nie erfahren?«

»Dann kann mir niemand helfen. Sehen Sie: Hier ist mein Ausweis, daß ich schizophren bin. Es gibt nur *ein* Medikament gegen meine Krankheit.«

»Und das wäre?«

»La certitude, Monsieur. Die Gewißheit.«

An diesem Punkt begann nun *meine* Geschichte. Pizier war offenbar seelenkrank, weil er nicht wußte, ob Senison noch lebte. Er fühlte sich schuldig, weil er ihn ermordet zu haben glaubte. Darum beschloß ich, in das Schicksal des Professors einzugreifen. Schließlich arbeitete ich in Polen. Am polnischen Fernsehen. Dadurch hatte ich immerhin Möglichkeiten, an die Wahrheit heranzukommen. Darum sagte ich zu Pizier: »Ich will der Sache nachgehen. Besteht auch nur die geringste Aussicht, Senison zu finden, werde ich Sie benachrichtigen.«

»Von dieser Chance kann keine Rede sein. Ich habe an alle Stadtverwaltungen geschrieben, auch in Polen, aber Senison ist verschollen. Er figuriert in keiner Einwohnerkartei. Heute wäre er 85 Jahre alt. Ich bin mir fast sicher, daß er längst im Grab liegt. Von den Nazis erschossen. Oder aus Altersschwäche und Kummer. Weil er von seinem Freund im Stich gelassen wurde.«

»Senison ist nicht an Altersschwäche gestorben. An Kummer schon gar nicht. Old soldiers never die! Solche Männer werden 100 – weil sie zäh sind wie Komißpferde!«

»Dann haben sie ihn an die Wand gestellt.«

»Das glaube ich nicht.«

»Warum kennt ihn aber niemand?«

»Weil er nirgends gemeldet ist. In Polen gibt es Tausende, die im Untergrund leben. Sie haben sich an die Illegalität gewöhnt. Zuerst unter den Deutschen. Dann unter den Kommunisten. Senison ist so einer. Davon bin ich überzeugt.«

»Und wo wollen *Sie* ihn aufstöbern?«

»Irgendwo in den Westgebieten, die wir den Deutschen abgenommen haben.«

»Wie kommen Sie darauf?«

»Weil Senison aus Lemberg stammt. Aus den Ostgebieten, aus denen uns die Russen verjagt haben.«

Ich war fest entschlossen, Senison ausfindig zu machen. Nach meinem Gefühl war er am Leben, und wenn das so war, würde ich die beiden zusammenbringen. In Warschau, zum Beispiel…

Kurz und gut: Ich erzählte diese Geschichte in meiner Wochensendung. Bevor ich fortfahre, muß ich allerdings erklären, was ich mit dieser Sendung, einer Montagsplauderei, erreichen wollte. Ich hatte die schlichte Absicht, gegen das »Doch« ins Feld zu ziehen, gegen dieses winzige Füllwort, das meist die Selbstverständlichkeit einer Behauptung unterstreichen soll. Bei hundert Grad Celsius kocht *doch* das Wasser... Bei Südwind sieht man *doch* klarer als bei Ostwind... Frauen urteilen *doch* gefühlsbezogener als Männer... Beim Wörtchen *doch* bekomme ich Zustände. Es macht mich rasend, weil es für mich keine Selbstverständlichkeiten gibt. Mit meiner Fernsehsendung versuchte ich also, die Albernheit dieses Wörtchens zu entlarven. Die Gefährlichkeit des *Dochismus*, wie ich ihn nannte. Es war dies ein dornenreiches Unterfangen, denn der Dochismus war und ist eine der am weitesten verbreiteten Torheiten unserer Zeit. Und nicht nur das: Der Dochismus wird durch das Fernsehen verstärkt. Das Fernsehen potenziert alle Erscheinungsformen des Vorurteils. Schlimmer noch, es rammt sie fest und erhebt sie zu ewigen Wahrheiten. Das Fernsehen hat beispielsweise das Klischee des langhaarigen Faulenzers und des kurzhaarigen Erfolgsmenschen geschaffen, der rothaarigen Erotomanin und des aschblonden Hausmütterchens, des olivenhäutigen Hochstaplers aus dem Nahen Osten und des gesichtslosen, verläßlichen, problemfreien Präzisionsarbeiters aus Deutschland oder der Schweiz. In meiner Montagsplauderei erzählte ich Woche für Woche Geschichten, die gegen solche Klischees gerichtet waren. Ausgerechnet im Fernsehen hatte ich mir vorgenommen, gegen die Folgen des Fernsehens zu kämpfen, und siehe da: Es gelang mir bis zu einem gewissen Grad. Meine Sendung wurde ein Erfolg, und Zehntausende von Briefen bewiesen, daß durch sie Denklawinen ausgelöst wurden.

Nach Warschau zurückgekehrt, erzählte ich also am Montagabend die Geschichte von Pizier und Senison – die Geschichte über einen französischen Professor, der den Verstand verloren hatte, weil er meinte, am Tod eines polnischen Freundes schuld zu sein. Die Ausgangsposition war günstig. Der Held war Franzose, und alles, was in Polen nach Frankreich riecht, ist dem Publikum sympathisch. Er bangte zudem um das Leben eines Polen, eines Widerstandskämpfers, eines untadeligen Mitbürgers. So eine Geschichte mußte Anklang finden. Dazu kam der zwielichtige Deutsche, der *doch* bestimmt an der Tragödie des tapferen Senison beteiligt war. Die Sache unterlag *doch* keinem Zweifel. In meiner Sendung unternahm ich nichts, um die Helden meiner Geschichte in Frage zu stellen, aber ich bat die Zuschauer, mir ihre Meinung zu den erzählten Ereignissen mitzuteilen und eventuelle Details hinzuzufügen, die bei der Aufklärung des Falls behilflich sein konnten. Lebte Mieczýslaw Senison, und wenn ja – was nicht anzunehmen war – wo hielt er sich auf?

In den folgenden Tagen bekam ich über zwanzigtausend Briefe. Einige davon waren so außergewöhnlich, daß ich deren Autoren in die Hauptstadt kommen ließ: Sie sollten, was sie wußten, vor der Kamera wiederholen. Da hieß es in wirrem Durcheinander etwa folgendermaßen: »Ich kenne Senison. Jahre nach dem Krieg bin ich ihm in Gliwice begegnet. Er wurde weder von einem Deutschen verraten noch von sonst jemandem. Ich hasse zwar die Deutschen, aber in diesem konkreten Fall ist der Kerl unschuldig.«

»Meine Schwester hieß Maria. Sie nahm sich das Leben, weil niemand mit ihr reden wollte. Die Leute sagten, sie sei eine Nazihure, ein Hitlerflittchen, denn sie war die Geliebte eines deutschen Offiziers. Er hieß Wolfgang und spielte Klavier wie ein junger Gott. Meine Schwester liebte ihn über alles. Wenn er für sie spielte, weinte sie vor Rührung. Nach dem Krieg hat man ihr den Schädel kahlgeschoren. Sie wurde an den Pranger gestellt. Die ganze Stadt ging an ihr vorbei und spuckte ihr ins Gesicht. Das konnte sie nicht ertragen. An einem Novembertag hat sie sich erhängt.«

»Ich weiß, wo Senison sich aufhält. In Schlesien hält er sich auf. Aber er bleibt im Untergrund, weil er die Kommunisten genauso verabscheut wie die Nazis. Er ist jetzt 85. Immer noch ein Offizier der Widerstandsbewegung. Er wartet auf den Tag der Vergeltung.«

»Ich gehe noch auf die Pflegerinnenschule. In einem Jahr bin ich 20 – aber eines ist mir klar: Wir Polen sind nicht besser als die Deutschen, und logisch denken können wir schon gar nicht. Wenn Senison noch lebt, hat ihn der Deutsche keinesfalls verraten. Er war also kein Nazi, sondern unser Freund. Ich sehe nicht ein, warum ein Deutscher nicht unser Freund sein soll.«

»Auf dem Friedhof meines Dörfchens liegt ein Deutscher namens Wolfgang Wiesenrot. Er sei Musiker gewesen, steht auf seinem Grab. Im letzten Kriegsjahr ist er von unseren Partisanen erschossen worden. Krieg ist Krieg.«

»Wenn Sie mir garantieren, daß ihm nichts geschieht, führe ich Sie zu Senison. Er weiß, daß Sie ihn suchen. Man hat ihm von Ihrer Montagssendung erzählt, und er ist bereit, mit Ihnen zu sprechen. Er erinnert sich an den Franzosen und will ihn wiedersehen. Unbedingt. Dann sei ihm alles egal, und er könne ruhig ins Grab steigen…«

Ich antwortete, ohne lange zu überlegen, ich würde mit meiner Ehre dafür bürgen, daß Senison unbehindert in meiner nächsten Sendung auftreten dürfe. Danach erteilte ich meinen Assistenten die nötigen Anweisungen und flog nach Paris. Vom Flughafen begab ich mich zum Campingplatz in Villaine. Es gelang mir auch gleich, den Professor in seinem Wohnwagen aufzustöbern. Als er mich sah, sprang er von seinem Sessel hoch und zündete sich – mit bebenden Fingern – eine Zigarette an: »Konnten Sie etwas erfahren?«

»Vielleicht.«

»Lebt er oder ist er tot?«

»Wenn Sie ihn identifizieren können, dann lebt er. Aber Sie müssen mit mir kommen.«

»Wohin?«

»Wir fliegen nach Warschau. Dort treffen wir ihn... möglicherweise. Aber sicher ist es nicht. Vielleicht begegnen wir einem andern, der unter falscher Flagge segelt. Es gibt bei uns viele Leute, die sich etwas vorzuwerfen haben: Kollaboranten, Kriminelle, in Abwesenheit Verurteilte, die sich alle den Namen eines Toten zugelegt haben. Nur *Sie* können feststellen, ob es Senison ist oder nicht.«

»Wann fliegen wir?«

»Wann immer Sie wollen, Monsieur le Professeur.«

»Sofort. Gibt es heute noch ein Flugzeug?«

Stunden danach waren wir bereits auf dem Weg nach Warschau. Pizier hatte zwei Hemden, Unterwäsche und eine Zahnbürste mitgenommen. Er war verwirrt und zappelig, konnte auf seinem Platz nicht ruhig sitzen und rief immer wieder die Stewardeß, um irgendwelche Kleinigkeiten zu verlangen. Einen Zahnstocher zum Beispiel. Oder etwas Watte, weil er das Ohrenrauschen nicht vertrug. Und dann einen Handspiegel.

»Warum einen Handspiegel, Monsieur?« fragte die Stewardeß.

»Weil ich mich sehen will.«

»Sind Sie eitel, Monsieur?«

»Ich kann nicht glauben, daß ich im Flugzeug sitze. Das muß ich mit eigenen Augen sehen, denn mir ist, als würde ich träumen.«

»Sie sind vollkommen wach, Monsieur. Wollen Sie etwas trinken?«

»Einen Wodka, Mademoiselle. Und den Handspiegel, bitte.«

Die Stewardeß brachte das Gewünschte und setzte sich zu uns. Pizier leerte das Glas in einem Zug und fragte das Mädchen, ob es einen gewissen Senison kenne.

»Leider nicht, warum?«

»Weil ich ihn umgebracht habe. Ich bin ein Mörder.«

»Sie sehen aber ganz sympathisch aus. Wann haben Sie ihn umgebracht?«

»Niemand will mir glauben. Alle lachen mich aus.«

»Ich bin ernst, Monsieur. Sie sind der netteste Mörder, dem ich je begegnet bin. Noch einen Wodka?«

»Avec plaisir, Mademoiselle – aber ich bin wirklich ein Mörder. Ich fliege nach Warschau, um Senison zu suchen, doch ich werde ihn nicht finden, weil er tot ist.«

Der Professor leerte sein zweites Glas. Unruhig fragte er mich, wann wir ankommen würden. Ich antwortete: »In 90 Minuten, wenn alles gut geht.«

»Das ist mir zuviel. Ich will aussteigen.«

»Noch eineinhalb Stunden, Herr Professor. Haben Sie doch etwas Geduld!«

Pizier vergrub das Gesicht in seinen Händen, und mir schien, als wimmerte er leise vor sich hin. Dann aber nahm er sich zusammen und sagte tonlos: »Ich bin schizophren. Ich sehe Dinge, die es nicht gibt. Ich sitze ja gar nicht im Flugzeug. Senison ist tot. Ich habe ihn ermordet. Ich will aussteigen und etwas trinken.«

Die Stewardeß brachte Pizier einen Orangensaft, dem sie ein Beruhigungsmittel beigefügt hatte. Der Professor trank den Saft, schlief kurz darauf ein und erwachte erst, als der Pilot über den Bordlautsprecher den Anflug auf Warschau ankündigte. Pizier fing an zu zittern, sein Gesicht wurde purpurrot, Schweiß rann ihm von der Stirn. Ich fürchtete um sein Befinden und fragte ihn, ob ich ihm helfen könne. Er antwortete nicht, sondern starrte durchs Fenster, auf das Lichtermeer unter uns.

Wir landeten und rumpelten über die Betonpiste, endlich waren wir in Warschau. Jetzt hielten wir. Eine Treppe wurde herangerollt. Die Tür öffnete sich, und eine laue Juninacht wehte uns entgegen. Der Professor stürzte zum Ausgang, er wollte als erster aussteigen – doch auf dem

obersten Treppenabsatz blieb er stehen. Vor sich gewahrte
er etwas Unglaubliches. Im Zentrum von zwölf konzen-
trisch aufgestellten Scheinwerfern stand ein Stuhl, und auf
dem Stuhl saß ein Greis. Mitten auf der Landepiste. Mieczýslaw Senison. Meine Assistenten hatten also das Unmögliche erreicht. Sie hatten den Fünfundachtzigjährigen aus
Gleiwitz in die Hauptstadt gebracht. Er war mit allem einverstanden gewesen: Er wollte nur Pizier sehen und dann
sterben.

Der Alte bewegte sich in seinem Stuhl. Dann raffte er sich
auf, schlug linkisch die Hacken zusammen und salutierte.
Wie damals, als er noch kämpfen konnte. Und plötzlich
rannte ein Mensch auf ihn zu. Ein Verrückter. Ein schreien-
des Gespenst, das brüllte: »Senison, Senisoon!« Einige
Schritte vom Totgeglaubten entfernt blieb Pizier stehen. Er
traute wohl seinen Sinnen nicht und zog ein Klappmesser
aus der Tasche. Er schnitt sich damit in den Oberarm, der
sofort zu bluten begann. Pizier lachte mit schmerzverzerr-
tem Gesicht und kreischte: »Wo bin ich, mein Freund?«

»En Pologne, mon ami. In Polen.«

Pizier schluchzte auf und näherte sich dem Greis. Er
streckte die Hand aus und betastete den Alten, um endlich
sicher zu sein: »Sind Sie Senison?«

»Mieczýslaw Senison aus Lemberg, und Sie?«

»André Pizier aus Paris.«

Jetzt hörten die Umstehenden, daß der Professor die Marseillaise zu singen begann. Sie sahen, daß beiden Tränen
über die Gesichter liefen. Dann schwiegen sie – bis Pizier
den Freund umarmte und flüsterte: »La guerre est finie.
Endlich. Der Krieg ist zu Ende, mein Freund.«

ZWEI LEICHEN IM DREIVIERTELTAKT

> Sogar kleine Leute sind zu groß
> für den kleinen Bildschirm.
> Jerzy Panski,
> mein verstorbener Programmdirektor

Meine Fernsehsendung über Pieczynski ist verboten worden. Ohne Begründung. Urteilen Sie selbst, ob die Leute nicht alle verrückt sind! Ich hatte folgendes geschrieben, und Gott weiß, daß ich nichts Böses im Sinn hatte:

Solange ich mit Irma verheiratet war, konnte ich mich rühmen, Pieczynskis Schwiegersohn zu sein. Ich war ungemein stolz auf ihn, denn er war der herausragendste Hobbyphilosoph seiner Epoche, und wenn ich je etwas Nützliches hinzugelernt habe, verdanke ich es *ihm*. Hobbyphilosoph war er in seiner Freizeit, sein Brot aber verdiente er als Fahrradmechaniker. Zu einer Zeit, als die Kommunisten schon alles konfisziert hatten, besaß er noch immer seine private Werkstatt in Zoliborz, und dieses Privileg verdankte er keinem Geringeren als dem Marschall Rokossowski persönlich.

In Warschau und Umgebung gab es seit undenklichen Zeiten nur zwei ernstzunehmende Fahrradfirmen: Pieczynski und Kaminski. Die beiden Familien befehdeten sich wie Katz und Maus, und eine Versöhnung war nur denkbar, wenn sich die Abkömmlinge beider Dynastien vor dem Altar vereinen würden. Dazu ist es dann auch gekommen. Die historische Fusion wurde besiegelt, und zwar auf dem Standesamt von Saska Kempa – nur war ich nicht der richtige Kaminski. Der richtige hatte seine Werkstatt am Westrand der Hauptstadt. Er war der Revolution zum Opfer gefallen. Kurz nach Kriegsende war sein Unternehmen zum volkseigenen Betrieb erklärt worden und von seinem Namen nichts übriggeblieben als ein langsam verblassender Ruhm. Pieczynski hatte mehr Glück als sein Widersacher Kaminski, weil er erstens ein Philosoph war und es ihm zweitens gelang, die neuen Machthaber um den Finger zu wickeln. List sei die Stärke der Schwachen, pflegte er zu sagen, und darum vermeide man offene Konflikte. Pieczynski war der geborene Heckenschütze, und wenn er sich schlug, dann nur aus dem Hinterhalt. Der Sowjetmarschall Rokossowksi war nun – wie man sich erinnern kann – zum obersten Führer der polnischen Streitkräfte erkoren worden, nachdem man mit gezinkten Dokumenten bewiesen hatte, daß er polnischer Abstammung sei und dazu noch ein heldenhafter Sohn des heldenhaften Warschauer Proletariats, weshalb – so stand es in allen Zeitungen – er der ideale Kandidat war, an die Spitze des polnischen Heeres zu treten. Dies alles würde ich gar nicht erwähnen, weil es ausgesprochen zweitrangig ist. Eines Tages jedoch geschah das Erstrangige.

Rokossowski betrat höchstpersönlich die Werkstatt meines Schwiegervaters und trug ihm ein sensationelles Geschäft an. Er sprach natürlich russisch, der Sohn des heldenhaften Warschauer Proletariats, und man mußte einen Dolmetscher holen, um das Gespräch überhaupt zu ermöglichen. Der Generalissimus zog, wie es seine Gewohnheit war, bedeutungsvoll die linke Augenbraue hoch und schlug Pieczynski vor, seiner Lieblingstochter ein Fahrrad zu konstruieren und ihr zudem den notwendigen Fahrunterricht zu erteilen. Da erbleichte mein Schwiegervater und jammerte: »Das ist der riskanteste Auftrag meines Lebens. Wenn mein Fahrrad schlechter ist als ein russisches, schießt ihr mich tot. Wenn es aber besser ist, Herr Oberkommandierender, schießt ihr mich erst recht tot, weil kein Fabrikat der Welt besser sein darf als ein Produkt der sowjetischen Spitzentechnik. Und das ist noch nicht alles. Für den Marschall Polens kommt ja nur ein Luxusmodell in Frage – denn nichts kann elegant genug sein für einen Sohn des heldenhaften Warschauer Proletariats. Das Gestell müßte aus Gold sein, die Klingel aus Silber und der Scheinwerfer aus Edelsteinen. Bitteschön, Pieczynski kann alles, aber meine Landsleute sind auch nicht blöd. Die merken sofort, daß kein anderer als Pieczynski so etwas fertigbringt. Das würde aber bedeuten, daß er ein Kollaborant ist, ein Russenknecht, der die Todesstrafe verdient. Es ist also nicht ausgeschlossen, daß gelegentlich eine Bombe platzen könnte, wenn ich dem reizenden Fräulein den Fahrunterricht erteile. Vom reizenden Fräulein würde nicht viel übrigbleiben, und vom alten Pieczynski noch viel weniger. Ich frage Sie darum, Herr Generalissimus: Wer wäre dann schuld am ganzen Schlamassel? Ich natürlich, Stanislaw Pieczynski, und Ihr würdet mich, obwohl schon tot, zum dritten Mal erschießen. Nein, so geht es nicht, Herr Oberkommandierender!«

Rokossowski, ein berühmter Feldherr, verstand sofort, was der Fahrradmechaniker meinte. Er überlegte, wie das Problem zu lösen wäre, doch es kam ihm nichts in den Sinn. Da sagte Pieczynski: »Die Lösung liegt im Kompromiß. Die Philosophie lehrt uns, daß der Kompromiß die höchste Form der Weisheit ist. Aber was ist ein Kompromiß? Das ist die Kunst, Herr Feldmarschall, einen Kuchen so zu teilen, daß jeder meint, er habe das größere Stück bekommen...«

Darauf erwiderte Rokossowski, mit diesem Kuchen sei er einverstanden. Mein Schwiegervater bekomme die lebenslängliche Erlaubnis, seine private Werkstatt weiterzuführen. Sozusagen als Museum des Kapitalismus im Blumengarten des siegreichen Kommunismus. Darauf aber entgegnete Pieczynski, das sei für ihn kein Kompromiß. Seine private Werkstatt nütze ihm einen feuchten Katzendreck, weil er so oder so abgemurkst würde. Mit vier Schüssen im Bauch. Sobald seine Landsleute erführen, was für eine Arbeit er übernommen hätte, wäre sein Todesurteil gefällt. Die einzige Lösung sei vielleicht, auf das von ihm erbaute Fahrrad »made in USA« zu stanzen.

Da zuckte es böse um die Schläfen des Oberkommandierenden: »Njet, Herr Pieczynski. Das kommt nicht in Frage. Ich kann alles, aber für den Todfeind Reklame machen... ausgeschlossen. Wenn es unbedingt sein muß, können Sie ja schreiben ›made in Soviet Union‹. Wären Sie damit einverstanden?«

»Ich schon, Exzellenz, aber nicht meine Landsleute, die sind nämlich keine Hornochsen. Die sehen ohne hinzuschauen, von wem Ihr Fahrrad gebaut wurde. Bei uns kennt man den Unterschied zwischen einem Schweinerüssel und einer Trompete. Die Leute lachen sich kaputt, wenn es heißt, so ein Prunkstück komme aus Rußland.«

»Bitteschön«, keuchte der Generalissimus, »ich mache Ihnen einen letzten Vorschlag, und den sollten Sie annehmen, wenn Sie überhaupt ein Stück Kuchen wollen. Sie bauen das Fahrrad in absoluter Heimlichkeit. Den Fahrunterricht erteilen Sie unter dem Schutz von 50 Sicherheitsoffizieren, und niemand wird erfahren, daß Sie mit uns zusammenarbeiten. Ich lasse jeden Tag ein paar Straßenzüge abriegeln, und eine Armee-Einheit wird dafür sorgen, daß kein Eingeborener zuschaut. Für Ihr Entgegenkommen erhalten Sie 10000 Rubel.«

»Und für die Arbeit?«

»Noch einmal 10000 Rubel. Sind Sie damit endlich zufrieden?«

»Mehr oder weniger. Aber ich brauche eine Gefahrenzulage. Sagen wir: 50000 Rubel. Auszahlbar an meine Familie. In amerikanischer Währung. Nach dem Wechselkurs 1:1. Und zwar sofort nach meinem Begräbnis.«

»Und wenn Sie das Abenteuer überleben, Herr Pieczynski?«

»Dann 100000 an mich persönlich.«

Pieczynski war von einer beispiellosen Frechheit. Rokossowski hatte schon vieles erlebt, aber so etwas noch nie. Von diesem Tag an war mein Schwiegervater jedenfalls persona grata. Nichts konnte ihm passieren, oder fast nichts – doch bevor ich weitererzähle, muß ich kurz berichten, warum ich nicht der richtige Kaminski war. Ich gehörte nämlich zur mosaischen Branche meiner Familie. Mein Großvater war Textilfabrikant in Warschau und mein Vater Psychiater in Zürich. Das alles imponierte niemandem – außer der Tochter des alten Pieczynski, die es sich in den Kopf gesetzt hatte, meine Frau zu werden, um so mehr, als ich Produzent am staatlichen Fernsehen war. Der Fahrradmechaniker hatte grundsätzlich nichts dagegen, einen jüdischen Schwiegersohn zu bekommen, schließlich trug ich trotz meiner Abkunft einen Namen, der in seinen Kreisen hoch im Kurs stand … Man mußte mich ja nicht gerade herumzeigen. Man konnte einfach mitteilen, die Tochter habe einen Kaminski geheiratet, und jeder meinte dann wohl, ich sei schon der richtige. Doch kehren wir zurück zu meiner Geschichte, die bedeutend weniger gemütlich ist, als jeder erwarten dürfte …

Pieczynski hatte schon vor dem Zweiten Weltkrieg einen Ruf, der weit über die Grenzen von Zoliborz gedrungen war. Es gab keinen Rennfahrer, der sein Fahrrad nicht bei Pieczynski herstellen ließ. Ich übertreibe. Es gab auch solche, die sich bei Kaminski eindeckten, aber sie gehörten eindeutig zur zweiten Garnitur. Manchmal kam es sogar vor, daß einer von ihnen ein bedeutungsloses Provinzrennen gewann – aber Männer wie Drynda oder Markuszewski gingen zu Pieczynski. Solche Kanonen konnten es sich gar nicht leisten, bei der Konkurrenz einzukaufen: es hätte ihrem Ansehen geschadet.

Drynda verbrachte die Hälfte seiner Tage in Pieczynskis Werkstatt und legte größten Wert darauf, daß jedermann es wußte. Pieczynski legte ebenfalls Wert darauf, daß jedermann es wußte, obwohl Drynda ein Vollidiot war. Drynda hatte sein Kapital in den Beinen, und den Rest ließ er verkümmern. Schließlich brauchte er den Kopf nicht für seinen Beruf. Im Gegenteil, der Kopf hätte ihm nur geschadet. Drynda war damals ein wohlhabender Mann und konnte leben von den Preisen, die er immer wieder gewann. Wäre nicht die Weltgeschichte dazwischengekommen, hätte er sich gewiß ein Haus angeschafft und einen schwarzen Kammerdiener, aber leider brach der Krieg aus, und die Triumphfahrten Dryndas nahmen ein jähes Ende. Es gab keine Radrennen mehr. Polen war jetzt von Übermenschen besetzt, und zu lachen gab es nichts mehr. Drynda lebte noch einige Zeit von seinen Ersparnissen, doch zuletzt hatte er keinen Groschen mehr, und es galt, eine Lösung zu finden. So ging er nach Zoliborz, zu seinem Freund und Gönner, der ihm schon aus mehr als einer Patsche geholfen hatte. Der war der Mann, den er jetzt brauchen konnte. Pieczynski wischte sich die Hände an seinen Hosenbeinen ab, setzte sich auf eine Werkzeugkiste und sprach: »Es gab einmal einen Kerl, der hat Heraklit geheißen – kennst du den?«

»Keine Ahnung.«

»Ist ja egal… Und der hat gesagt, daß der Krieg der Vater aller Dinge sei. Verstehst du das?«

»Überhaupt nicht.«

»Ist schon gut… Der Krieg ist also der Vater aller Dinge, und da müssen sogar die Dummköpfe mit Nachdenken anfangen.«

»Das ist mir zu hoch.«

»Nachdenken… das heißt kombinieren. Wer nicht kombiniert, geht unter.«

»Was ist das?«

»Hast du noch nie mit Luft gehandelt? Im Krieg handelt man mit Luft. Man kauft Import und verkauft Export. Du nimmst ein Fernrohr, spähst in die Weite und suchst Marktlücken.«

»Ich hab' aber kein Fernrohr.«

»Dann kombinierst du halt ohne Fernrohr. Du gehst zum Beispiel in ein zerbombtes Haus und schnüffelst im Keller herum. Was findest du? Eine Flasche Wodka, und die bringst du einem Deutschen. Der Deutsche ist zufrieden und gibt dir dafür…«

»Eine Tafel Schokolade«, platzte der Rennfahrer heraus, und seine Augen begannen verständnislos zu schielen.

»Was brauchst du Schokolade, du Blödmann? Wer braucht denn in Kriegszeiten Schokolade? Du gibst ihm Schnaps, und er bezahlt…« Pieczynski drehte sich um und schaute, ob die Wände keine Ohren hatten. Dann flüsterte er vorsichtig: »Patronen gibt er dir. Du gibst ihm Wodka, und er gibt dir Patronen. 100 Stück pro Flasche.«

»Das gefällt mir, Herr Pieczynski, aber was mache ich mit den Patronen?«

»Wenn du nicht weißt, was man heutzutage mit Patronen macht, kann ich dir auch nicht helfen.«

»Und was ist eine Marktlücke?«

»Das sind Sachen, die man nicht kriegt und die andere gern haben möchten. Die mußt du verkaufen, und dann wirst du reich damit.«

»Ich hab' aber nichts, was man nicht kriegt, Herr Stanislaw.«

»Natürlich hast du was, du Klosettdeckel. Goldene Beine. Verkauf deine Beine, und du wirst Millionär.«

»Meine Beine soll ich verkaufen? Was macht der Mensch ohne Beine?«

»Du bist schon eine Kleinigkeit zu dumm, Drynda. Du

weißt doch, daß wir nicht mehr Straßenbahn fahren dürfen.
›Nur für Deutsche‹ steht darauf.«

»Und? Soll ich eine Straßenbahn kaufen?«

»Nicht kaufen, du Trottel, sondern ersetzen. Stell dir vor,
du hättest ein Taxi.«

»Und wo bekomme ich ein Taxi her?«

»Das ist ja eben die Marktlücke. Du bekommst heute weder
ein Auto noch Treibstoff. Aber eine Lösung gibt es dennoch. Du besorgst dir ein Fahrzeug ohne Benzin. Eine Rikscha zum Beispiel. Du bastelst dir ein Dreirad, montierst einen Sessel darauf und darüber einen Baldachin. ›Dryndas
Rikscha‹. Das wäre der Schlager des Zweiten Weltkriegs.
Kapierst du, was ich meine?«

»Aber wer bastelt mir dieses Dreirad?«

»Ich natürlich. Komm am nächsten Mittwoch zu mir, und
bis Ende des Jahres bist du ein Rockefeller.«

»Ausgeschlossen, Herr Stanislaw.«

»Warum denn?«

»Weil ich kein Geld mehr habe. Womit soll ich bezahlen?
Ich besitze weder Schnaps noch Patronen.«

»Du bezahlst in guter polnischer Währung.«

»Ich sagte doch, daß ich pleite bin.«

»Schadet nichts, Drynda. Du bezahlst nicht jetzt, sondern
nach dem Krieg. Dann bist du wieder der König der Rennfahrer und hast Kohle in Hülle und Fülle.«

Drynda strahlte. Die Sache mit der Marktlücke war hinrei-
ßend. Schon dieser Ausdruck imponierte ihm über alle Ma-
ßen. Endlich würde er die Karriere machen, von der er immer geträumt hatte.

Pieczynski baute ihm also aus Ersatzteilen die eleganteste
Rikscha Europas, und es begann der unaufhaltsame Aufstieg eines Mannes, dem das Schicksal alles in die Waden
und nichts in den Schädel gesteckt hatte. Auch Pieczynski
zog seinen Vorteil aus dem Geschäft. Auf das Dreirad hatte

er nämlich den Slogan gestanzt, der seinem Ruf neuen Auftrieb verleihen sollte: ›made by Pieczynski – Rikschas und Fahrräder der Spitzenklasse‹. Das war Reklame für die Zukunft. Für die Zeit nach dem Krieg. In Wahrheit aber fabrizierte Pieczynski längst keine Fahrräder mehr. Wie jeder anständige Mechaniker baute er Handgranaten, die seine Tochter, meine künftige Gemahlin, im Schulranzen den einschlägigen Adressen zustellte. Fahrräder und Rikschas waren die Tarnkappe der Firma, aber da Drynda mit seinem Dreirad Furore machte, meinten sogar die Deutschen, daß bei Pieczynski ein harmloser Industriezweig aufblühte.

Eines schönen Morgens fand bei Pieczynski & Co. eine mittelgroße Explosion statt. Pieczynski & Co. überlebten, doch war mit einem Schlag klar, daß in der bisher gut beleumdeten Werkstatt nicht nur Fahrräder hergestellt wurden und Rikschas. Dies hatte zur Folge, daß mein zukünftiger Schwiegervater in den Untergrund verschwinden mußte. Seine Frau ließ eine Todesanzeige ans Kirchentor kleben, wonach ihr geliebter Gatte bei einem Betriebsunfall ums Leben gekommen sei. Von jenem Tag an war er theoretisch ein Leichnam, der allerdings von der Gestapo dringend gesucht wurde. Die schwarz umrandete Mitteilung war von der Öffentlichkeit ernstgenommen worden, und so staunte man sich die Augen aus dem Gesicht, als ein paar Tage später eine Belohnung von 50000 Reichsmark ausgeschrieben wurde für denjenigen, der bei der Auffindung des flüchtigen Terroristen nützliche Hinweise erteilen könne. Die Menschenjagd begann, und mein künftiger Schwiegervater ging zu den Partisanen. Er war zwar alles andere als ein Haudegen, doch blieb ihm keine andere Wahl. Jeden Tag mußte er seine Behausung wechseln und fing allmählich an, vor seinem eigenen Schatten zu erschrecken. Und dann geschah, was geschehen mußte.

Eines schönen Morgens huschte Pieczynski über die fast

menschenleere Johannisgasse und wollte gerade in einer Haustür verschwinden, als eine Rikscha um die Ecke bog. Ich sage »eine Rikscha«, weil in diesen Tagen schon Dutzende von Dreirädern über das Warschauer Pflaster holperten. Im Sattel saß seine Majestät, der Rikschakönig, der Rennfahrer von Gottes Gnaden, der die Todesanzeige gelesen hatte und überzeugt war, daß sein Gönner längst nicht mehr unter den Lebenden weilte. Schließlich war Pieczynskis Tod offiziell im Kirchenblatt bestätigt worden. Daß die Gestapo hinter meinem zukünftigen Schwiegervater her war, stand auf einem anderen Blatt. Ganz Warschau war überzeugt, daß die Besatzer verrückt spielten. Die Deutschen hielten Pieczynski für den Boß der Widerstandsbewegung, und sein Steckbrief prangte an Hausmauern und Litfaßsäulen. Das Volk lachte sich krumm, weil die Übermenschen schon so verängstigt waren, daß sie nach Gespenstern fahndeten – nach dem armen Teufel, der mit seinen Handgranaten ins Jenseits geflogen war. Die Nazis waren tatsächlich verunsichert, und manche fingen an, in ihren Hosen zu schlottern. Einige biederten sich sogar bei den Polen an, bei den Untermenschen, die sie bis dahin nur verachtet hatten. An diesem Schicksalsmorgen war ein deutscher General so weit gegangen, sich von einer Rikscha ins Kasino bringen zu lassen. Das war die Höhe – er hätte doch mit seinem Dienstwagen fahren können. Oder mit einem Taxi. Oder mit der Straßenbahn, die »nur für Deutsche« betrieben wurde. Aber nein. Der General ließ sich herab, ein Dreirad zu nehmen. Er war zwar ein Spitzenexemplar der arischen Rasse, doch spürte er, daß die Uhren des großdeutschen Reiches abzulaufen begannen. Die siegreichen Armeen strömten nicht mehr nach Osten, sondern in umgekehrter Richtung, und Gott allein wußte, wie sich die »Polacken« verhalten würden, käme erst der Tag der Vergeltung. So tat der General, was er noch vor ein paar Monaten für ehrlos gehalten hätte:

Er setzte sich in eine Rikscha, und zwar genau in die, die Drynda gehörte. Drynda war, wie gesagt, ein hochkarätiges Rindvieh, doch er besaß genügend Unterscheidungsvermögen, um wahrzunehmen, daß Prominenz in sein Fahrzeug gestiegen war. Darum radelte er vergnügt über den Nowy Swiat, die Krakauer Vorstadt und den Schloßplatz, um schließlich in die Johannisgasse einzubiegen. Er war gerade damit beschäftigt, die Sterne auf der Schulter des Generals zu zählen, als das Wunder geschah. Drynda war Pole und Katholik. Wunder gehörten zu den Elementen seines Denkens. Aber die Auferstehung des Stanislaw Pieczynski überstieg sein Fassungsvermögen. Man hatte ihm beigebracht, daß Jesus Christus am dritten Tag auf die Erde zurückgekehrt war, doch Jesus Christus war Gottes Sohn, Pieczynski hingegen ein hundsgewöhnlicher Landsmann, ein liebenswerter Gönner, ein Schnapskumpan, wenn es sein mußte. Von den Toten auferstehen – das konnte er nicht. Drynda dachte, er fieberte. Er hätte eine Vision, eine Sinnestäuschung, möglicherweise einen Schwips, da er schon am frühen Morgen sein Gläschen gekippt hatte. Die Sache war eindeutig: Was er sah, war ein Gespenst. Ein Trugbild. Vielleicht ein Zeichen des Allmächtigen. Und aus diesem Grunde benahm er sich, wie man sich in Anwesenheit des Allmächtigen zu benehmen hat. Er zog seine Pelzmütze vom Schädel, schwenkte sie tief hinunter bis fast zum Straßenpflaster und rief so laut, daß die Fensterscheiben zitterten: »Guten Morgen, Herr Pieczynski. Gelobt sei Jesus Christus, in Ewigkeit, Amen!«

Drynda hatte keine bösen Absichten, im Gegenteil. Er besaß ein Herz aus purem Gold und empfand gegenüber Pieczynski uneingeschränkte Dankbarkeit. Dieser Mensch war sein Wohltäter. Er hatte ihm eine Rikscha gestiftet und ihm gesagt, mit der Bezahlung könne er warten bis zum Ende des Krieges. Wenn Drynda jemandem verpflichtet war, dann dem unvergleichlichen Fahrradmechaniker. Nichts lag ihm ferner, als Pieczynski verraten zu wollen. Außerdem konnte er ihn ja gar nicht verraten, weil Pieczynski mitsamt seiner Werkstatt in die Luft geflogen war! Drynda begrüßte ein Gespenst und weckte damit den General aus dem Halbschlaf. »*Wie* heißt der Mann?« brüllte der Deutsche und befahl Drynda, anzuhalten.

Inzwischen war es Pieczynski gelungen, in einem Hinterhof zu verschwinden und von dort – über Treppenhäuser und Dächer – das Weite zu suchen. Der Übermensch starrte stumm auf eine Mauer, an der Pieczynskis Steckbrief klebte. Er verglich die Fotografie mit dem Kerl, der soeben davongelaufen war, und griff zu seiner Alarmpfeife. Eine Minute später kreischten Polizeiwagen herbei. Drynda wurden Handschellen angelegt, dann brachte man ihn zur Kommandantur, wo man ihn gründlichst verhörte: »Wer ist Pieczynski?« Schläge ins Gesicht. »Seit wann kennst du ihn?« Stahlruten über den Hals und den Rücken. »Wo wohnt er? Du weißt doch, wo er wohnt.« Elektroschock an Ohrläppchen und Hoden. »Bist doch selber so ein Terrorist, ja oder nein?« Dryndas Kopf wurde in Latrinenwasser getaucht. Aber Drynda wußte nichts zu sagen. Er wußte nur, daß er Pieczynski verpflichtet war, weil er die Rikscha von ihm hatte, und das war alles. Als er das Bewußtsein verlor, lallte er: »Und vergib ihnen ihre Sünden!« Das schien das Ende des größten polnischen Rennfahrers zu sein, und niemand war da, ihn zu betrauern.

Merkwürdigerweise änderte sich in den nächsten Monaten nur wenig auf der Erde. Die Weltgeschichte rollte vor sich hin, und Pieczynski wurde von einem Versteck ins andere gehetzt. Die Nazis waren auf seiner Spur und hofften, den vermeintlichen Terroristenchef doch noch zu erwischen. Sie suchten ihn wie eine Stecknadel im Heu, aber Pieczynski blieb unauffindbar. Dann kam der Warschauer Aufstand vom Sommer 1944. Die einstige Hauptstadt wurde zusammengewalzt, Flugzeugstaffeln bombtem ganze Straßenzüge aus, bis die letzten Widerstandsnester verstummten und Hitler verkünden konnte: »Ich spreche das erst heute aus, weil ich es heute aussprechen darf, daß diese Stadt zerschlagen ist und sich nie wieder erheben wird.« Von den zwei Millionen Einwohnern überlebten dreihunderttausend, die wie aufgescheuchte Vögel in die Wälder flüchteten und bei den Bauern Unterschlupf erflehten.

Unter den Flüchtlingen befanden sich auch Pieczynski und seine prächtige Gemahlin Maria, die er seit mehr als einem Jahr nicht mehr gesehen hatte. Ihre Tochter – meine künftige Ehefrau – hatten sie rechtzeitig bei einem Onkel in Płońsk untergebracht, und so kam es, daß die beiden – jedes für sich und auf verschiedenen Wegen – dem noch unversehrten Weichselstädtchen entgegenstrebten. Jedes für sich, wie ich sagte, und auf verschiedenen Wegen. Beide schlichen sie durch Wälder und Sümpfe, vorwiegend bei Nacht, weil man tagsüber befürchten mußte, von Wehrmachtsstreifen aufgegriffen zu werden. Wenn der Morgen dämmerte, vergrub man sich in einem Heuschober und setzte sich erst wieder in Bewegung, wenn es dunkel wurde.

Was ich nun berichten muß, ist sowohl unwahrscheinlich als auch ausgesprochen verwerflich. Ich rate Ihnen deshalb, die nächsten Seiten einfach zu überspringen und die folgende Geschichte auszulassen. Denn was damals geschah, führte fast zum Zerwürfnis einer glücklichen Ehe...

Pieczynski war gegen Abend nach angestrengten Märschen in einer Lichtung angekommen und gewahrte einen Heustock, der ihm Unterschlupf bot. Er buddelte sich ein, und der Duft der frischen Halme vernebelte seine Sinne. Tief in der Nacht erwachte er und spürte die Nähe eines Menschen, der unweit von ihm lag und zu schlafen schien. Bald merkte Pieczynski, daß das Wesen süß roch und mit allergrößter

Wahrscheinlichkeit eine Frau war. Er pirschte sich an die Person heran und begann sie – in völliger Finsternis – abzutasten. Kein Zweifel, das war kein Mann. Und schon fand mein zukünftiger Schwiegervater Gefallen an der Kreatur, die der Allmächtige neben ihn gelegt hatte. Aus dem behutsamen Tasten wurde allmählich ein verwegenes Streicheln, und was weiter geschah, muß ich nicht erzählen. Fest steht jedenfalls, daß sich das Mädchen nicht wehrte. Im Gegenteil. Sie umschlang den Kerl, der sie in den Armen hielt, und erwiderte seine Küsse mit von Sekunde zu Sekunde wachsender Leidenschaft. Merkwürdig war dabei nur eines: Das Mädchen aus dem Heuschober hatte eine Narbe, offenbar ein Überbleibsel einer Blinddarmoperation, die Pieczynski irgendwie bekannt vorkam. Schließlich hatte auch seine Frau Gemahlin an gleicher Stelle eine ähnlich eigenartige Narbe. Auch Pieczynski hatte bestimmte Merkmale, die wiederum dem Mädchen vertraut vorkamen. Es handelte sich bei ihm unter anderem um eine haarüberwucherte Warze am Kinn, und es wunderte ihn, daß die Geliebte nicht aufhörte, ihn während der Vereinigung am Unterkiefer zu kraulen. Auch seine Angetraute hatte diese Gewohnheit – doch die Spiele des Paars waren so leidenschaftlich, ihre Begierden so ungestillt, daß keines der beiden sich darüber den Kopf zerbrach. Erst viele Stunden später – es war immer noch dunkel –, als der Abschied nahte und die zwei sich trennen mußten, wurde eine böse Ahnung zur Zwangsvorstellung, zur quälenden Obsession. Die beiden hatten die ganze Zeit über kein Wort miteinander gewechselt; denn beide, streng katholisch erzogen, hatten ihre Zärtlichkeiten in keuscher Finsternis und schuldbewußtem Schweigen ausgetauscht. Trotzdem konnte sich Pieczynski des Gefühls nicht erwehren, mit einer ihm nahestehenden Person gesündigt zu haben. Auch die ihm nahestehende Person wurde von Gewissensbissen geplagt; denn nur der Himmel konnte wissen, wem sie sich da hingegeben hatte. Sowohl das Mädchen als auch Pieczynski litten darunter, einen vielleicht abscheulichen Frevel begangen zu haben.

Als dann der Krieg zu Ende war und sich die Eheleute Pieczynski wieder zusammenfanden, wurden alte Erinnerungen aufgefrischt, und man erzählte sich, was in der Zwischenzeit alles geschehen war. Langsam, aber sicher steuerten die beiden auf das so schöne wie schreckliche Erlebnis zu, und es kam der Tag, als aus der bloßen Ahnung eiserne Gewißheit wurde: Sie hatten sich miteinander betrogen, waren untreu im Quadrat gewesen, hatten sie sich doch – wie Pieczynski sagte – übers Kreuz hintergangen.

»Du solltest dich schämen«, keuchte die Frau Gemahlin.

»Nicht ich, sondern du solltest dich schämen«, schrie der Herr Gemahl.

»Erzähl keinen Quatsch«, tönte es zurück. »Du hast eine Unbekannte verführt. Die erstbeste Schlampe würdest du besteigen und alle möglichen Seuchen nach Hause bringen!«

»Und du«, kreischte der Fahrradmechaniker, »hast mich mit einem dahergelaufenen Taugenichts betrogen. Es ist eine Schande!«

So dauerte das dann 30 Jahre lang – denn das Vertrauen der Eheleute war im Eimer. Wäre da kein Kind gewesen – meine spätere Ehefrau Irma –, die beiden hätten sich unweigerlich scheiden lassen. Sie blieben aber beieinander und folterten sich gegenseitig mit dem, was sie die »großen Probleme« nannten. Die »kleinen Probleme« waren ihnen gleichgültig. Hitler beging Selbstmord in der Reichskanzlei. Stalin verschlang die Hälfte Europas. Polen wurde kommunistisch. Die Sowjets schossen einen Hund in den Kosmos. Das alles ließ sie angesichts der »großen Probleme« kalt.

Pieczynski hatte aber auch dafür seine Philosophie. »Das Leben«, sagte er, »ist ein Opernglas. Es vergrößert von vorne und verkleinert von hinten. Schaust du von vorne hinein, siehst du alles groß. Von hinten aber – durchs schmale Glas sozusagen – wird alles winzig klein. Ich schaue von hinten ins Opernglas, und schon sehe ich die Welt in meinen Proportionen... Ich bin ein kleiner Mann. Das Große kann ich mir nicht leisten. Gegen das Große komme ich nicht an. Gegen die Sowjets zum Beispiel. Ich hasse sie aus ganzem Herzen, aber rausschmeißen kann ich sie nicht. Ich verabscheue den Kommunismus wie alle meine Landsleute. Aber wie soll ich ihn loswerden? Da hilft nur das Verkleinerungsglas, sonst wird man verrückt. Groß ist für mich nur das Kleine. Meine Werkstatt zum Beispiel. Da bin *ich* der Generalissimus. Außerhalb bin ich ein gewöhnlicher Soldat. Schlimmer noch, ein beschissener Rekrut, den man herumkommandiert. Darum genügt mir mein Mikrokosmos. Mich geht weder Hitler etwas an noch Stalin. Ich habe nur ein einziges Ziel im Leben. Daß meine Tochter nach oben kommt... Die erste muß sie werden... Professorin an der Universität oder Ansagerin beim Fernsehen. Aber in diesem gottverdammten Land hat sie keine Chancen. Weil ich ein Unternehmer bin. Ein klitzekleiner, aber immerhin ein Unternehmer. Und wer ist daran schuld? Der Marschall Rokossowski, Gott soll ihn bestrafen! *Er* hat mir den Freibrief gegeben – Kapitalist zu bleiben, bis ans Ende meiner Tage. Ich werde zu ihm gehen und ihn daran erinnern. Genosse Oberbefehlshaber, werde ich sagen, Sie sind der Führer der polnischen Streitkräfte zu Land, zur See und in der Luft. Außerdem sind Sie ein treuer Sohn des Warschauer Proletariats, wie es heißt, aber warum hat meine Tochter keine Chance in diesem Land? Weil ich ein Kapitalist bin. Ich habe *Ihrer* Tochter einen Gefallen erwiesen. Jetzt können Sie *meiner* Tochter einen Gefallen erweisen und ihr eine Karriere ermöglichen. Ich weiß zwar, daß ich ein Feind des Volkes bin, aber wer ist schon keiner, Herr Oberkommandierender...«

Das alles hätte Pieczynski dem Generalissimus sagen wollen – aber leider gibt es Ereignisse, die nicht einmal Philosophen voraussehen können. In Polen kam es zu einem kurzen Tauwetter. Gomulka übernahm die Macht, und man wollte nun – zumindest vorübergehend – keinen russischen Marschall mehr. Rokossowski wurde nach Moskau zurückgeschickt, und damit platzten Pieczynskis Hoffnungen. Er war überzeugt, daß jetzt die Lage für seine Tochter aussichtslos sei – aber das Unmögliche wurde möglich, denn Irma war die Tochter eines Dickschädels. Sie kaufte zwölf Zeitungen, antwortete auf zwölf Stellenangebote, bestand glanzvoll zwölf Prüfungen, doch von den zwölf ausgeschriebenen Posten bekam sie nur *einen*. Den ehrlosesten von allen. Sie wurde Assistentin beim polnischen Fernsehen. Bei den Kommunisten also; in der Höhle des Löwen. Zur Strafe, weil ihr Vater kein Parteimitglied war, sondern ein von Rokossowskis Gnaden patentierter Kapitalist.

Ich war in dieser Zeit Regisseur beim polnischen Fernsehen. Pieczynskis Tochter wurde zuerst meine Mitarbeiterin, dann meine Geliebte und zuletzt meine Frau. Sieben Jahre arbeiteten und lebten wir zusammen, bis ich eines Tages einen sensationellen Brief bekam. Aus Algerien, einem Land, das gerade seine Unabhängigkeit errungen hatte. In diesem Brief schlug man vor, mit mir an der Spitze eine Film- und Fernsehschule zu gründen, um die künftigen Kader der Flimmerindustrie heranzubilden. Ich fieberte vor Begeisterung und stellte nur *eine* Bedingung: meine Frau müßte mitkommen und den Lehrstuhl für Dramaturgie erhalten. Die Algerier waren einverstanden, und einen Monat später verließen wir Polen. So begann unser afrikanisches Abenteuer.

Am meisten freute sich Pieczynski über diese Entwicklung – und zwar aus zwei Gründen. Erstens wegen seines Respekts vor dem Fernsehen. Nicht vor dem kommunistischen, das er ja verachtete, sondern vor dem Fernsehen allgemein. Er behauptete nämlich, die Glotzmaschine bedeute die Aufhebung der Provinz, die Urbanisierung der Welt, den Bruch mit Engstirnigkeit und Vorurteil. Das Fernsehen könne die große Kulturrevolution bringen, und wenn das Programm öde sei, dann nur wegen der Beschränktheit seiner Kader. Darum sei es Zeit, eine neue, unverbrauchte Elite auszubilden. Aber Pieczynski freute sich auch aus einem zweiten Grund: seine Tochter wurde Inhaberin eines Lehrstuhls. Nicht an einer berühmten Universität, aber immerhin an einer Hochschule. Nicht in Warschau, aber in Algier. Die Bolschewiken hatten sie diskriminiert und nichts von ihr wissen wollen. Aber jetzt war sie an der Spitze. Genauso, wie Pieczynski es sich erträumt hatte. Der Aufstieg Irmas war sein Triumph, sein Sieg über den Kommunismus. Und als er hörte, daß seine Tochter am 12. September 1963 ihre Antrittsvorlesung halten würde, eilte er zum Hauptbüro der polnischen Überseelinien und löste eine Fahrkarte. Nach Afrika – und zurück.

Pieczynski war damals etwa 60 Jahre alt. Noch immer betrieb er seine private Werkstatt auf Zoliborz und war nach wie vor ein unermüdlicher Frauenheld. Seine Reise nach Algier sollte ihm, so hoffte er, auch ein verwegenes Abenteuer bescheren. Eine tolle Eskapade. Eine Weibergeschichte, die bewies, daß er wie eh und je ein Teufelskerl war. Darum ließ er sich bei Radzik zwei Anzüge schneidern, die ihm das Aussehen eines jungen Stutzers verliehen. Er bestieg das Schiff am 9. August und bereitete sich im Geist auf eine stürmische Überfahrt vor.

Bald aber mußte er feststellen, daß er in eine trostlose Männergesellschaft geraten war. Nicht *eine* Frau befand sich an Bord, und der einzige Sturm der Reise kam im Golf von Biscaya auf, wo sich die Naturgewalten entfesselten, weshalb Pieczynski – zum ersten Mal seit Jahrzehnten – in die Knie sank und ein Gebet sprach. Gott war ausnahmsweise guter Laune und erhörte ihn. Die Winde legten sich, Pieczynski konnte seine Kajüte verlassen und an Deck gehen, wo er 14 Tage lang die Welt aus dem Liegestuhl bestaunte. Nach einem langen, arbeitsreichen Leben in seiner Werkstatt war es ihm zum ersten Mal vergönnt, die Offenbarungen der Schöpfung zu bewundern. Smaragdgrünes Wasser. Übermütige Delphine. Den Tarikfelsen von Gibraltar. Zerklüftete Küsten und sehnige Matrosen, die nicht aufhörten, das Schiff zu putzen. So schien es wenigstens Pieczynski. In Wahrheit aber waren die besagten Matrosen eher schlapp und lustlos. Sie bewegten sich träge, benutzten ihr Werkzeug mit Widerwillen, und wenn sie wirklich einmal arbeiteten, dann nur, weil ein Offizier auftauchte oder ein Politkommissar. Nur *ein* Matrose war ausgesprochen fleißig. Er ging seinen Kameraden aus dem Weg, blickte ständig zur Seite und fand immer eine Beschäftigung. Offensichtlich wollte er nicht auffallen – doch durch seine Emsigkeit zog er Pieczynskis Neugier erst recht auf sich. Zusätzlich muß ich hier bemerken, daß dieser Matrose, abgesehen von seinem Arbeitseifer, vor allem durch seine phänomenale Häßlichkeit auffiel. Er hatte eine pickelübersäte Haut, faule Zähne und eine absolut verbotene Visage: fliehendes Kinn, tiefe Stirn, Boxernase und blutunterlaufene Augen. Und ausgerechnet dieser Mann kam meinem Schwiegervater bekannt vor. ›Woher nur kenne ich diesen Kerl?‹ fragte er sich. ›Wir haben uns irgendwo schon gesehen. Vor vielen Jahren, nehme ich an. Jawohl. Sein Name liegt mir auf der Zunge, der Teufel weiß, warum er mir nicht einfällt. Er streicht um mich herum, als wolle er mit mir reden, aber er schweigt. Er schaut weg, wenn er sich nähert. Hat er denn Angst vor mir? Merkwürdig. Ich bin doch kein Scheusal. Ich habe doch keine Feinde. Wieso drückt sich der Kerl vor mir? Ein schlechtes Gewissen wird er haben. Hat was verbrochen, denke ich, aber nicht an mir, das müßte ich ja wissen. Ganz einfach. Ich werde ihn fragen, was mit ihm ist. Aber wie? Ich kann doch nicht sagen, er soll sich mal auskotzen. Mit welchem Recht und überhaupt? Ich sollte... jetzt weiß ich's. Ich gehe zum Küchenmeister und kaufe zehn Flaschen Schnaps. Auf gut polnisch. Oder 20 Flaschen Schnaps, damit sich die ganze Belegschaft besaufen kann. Wenn sie dann alle sternhagelvoll auf dem Bauch liegen, gehe ich zu ihm hin und frage ihn direkt, wie er heißt – und er wird reden!‹

Und so geschah es. Als die 20 Flaschen geleert waren und nur noch lallende Laute aus den Kajüten drangen, näherte sich Pieczynski dem Pickelgesicht und stellte ihm die entscheidende Frage: »Wer bist du, alter Knabe?«

»Ein Furz Gottes... und total besoffen.«

»Das sieht man, aber wie du heißt, will ich wissen.«

»Das weißt du so gut wie ich.«

»Wenn ich's wüßte, würde ich nicht fragen, du Jammergestalt.«

»Ich habe Angst...«

»Warum denn?«

»Weil du mich erwürgen...«

»Wenn du deinen Namen nicht sagst, schmeiß ich dich ins Meer!«

»Ich heiße... das kann ich nicht sagen.«

»Raus mit der Sprache, alter Galgenvogel.«

»Ich heiße Drynda.«

Pieczynski erstarrte. Das war nicht möglich! Es gab nur *einen* Drynda auf der Welt, und der logierte im Jenseits. Die Gestapo hatte ihn fertiggemacht. Also log dieser Kerl. Schmückte sich mit fremden Federn. Er war dem Toten vielleicht ähnlich, aber Drynda war er nie und nimmer. Oder doch? Es gibt ja nichts, was es nicht gibt, sagt man in Polen. Und so beschloß mein Schwiegervater, den Kerl zu prüfen: »Wo warst du am 9. Juni 1938?«

»In Ka… kalisch. Sechstagerennen gegen Reglinski und Hübner.«

»Und im September 1936?«

»Warschau-Augustow. Da war ich zweiter, weil ich… Sodbrennen hatte. Einzige Niederlage in sieben Jahren…«

»Und wie kommt es, daß du lebst? Die Nazis haben dich doch totgefoltert, heißt es in Warschau.«

»Fast, aber nicht ganz. Sie meinten, ich sei schwachsinnig, und ließen mich laufen.«

»Und wie sagst du, daß du heißt?«

»Drynda. Hab' doch gesagt, daß ich Drynda heiße.«

»Und das schwörst du bei der Mutter Gottes von Tschenstochau?«

»Ich schwöre.«

Mit einem Mal entspannten sich die Züge des Fahrradmechanikers. Das war ein Wunder – Drynda lebte. Pieczynski drückte ihn an seine Brust und küßte ihn auf den Mund. Mit Freudentränen und krächzender Stimme rief er: »Das wird begossen, Kamerad. Mehr als begossen. Wir saufen die ganze Küche leer.«

»Und Sie… sind mir nicht böse, Herr Pieczynski?«

»Weshalb denn, um Gottes willen?«

»Ich hab' Sie doch verbra… ich meine: verraten. Damals. Auf der Rikscha. Mit dem deutschen General. Können Sie sich nicht erinnern?«

»Als wäre es gestern gewesen!«

»Das ist drecklich… ich meine: schrecklich.«

»Was ist schrecklich, Drynda?«

»Daß Sie mir nicht böse sind.«

»Ist doch fabelhaft, Mensch. Du bist zwar ein Arschloch, aber ein Verräter bist du nicht.«

»Und warum sitze ich dann auf diesem gottverdammten Boot?«

»Das weiß ich doch nicht, mein Lieber.«

»Seit 20 Haaren… Jahren sitze ich hier. Seit 20 Jahren zittere ich vor Ihnen und bin noch nie an Land gegangen. Aus Angst, Ihnen zu begegnen. Und jetzt kommen Sie an Bord und küssen mich auf den Mund. Das ist doch furchtbar.«

»Schwatz nicht so viel, alter Knabe. Geh runter und bring uns ein paar Flaschen. Da hast du 20 Dollar.«

Das war im September 1963. Ein Gespensterschiff mit Betrunkenen an Bord torkelte durch das westliche Mittelmeer. Glücklicherweise passierte nichts – schließlich behütet der Allmächtige seine Lieblingskinder. Der Steuermann erwachte auf der Höhe von Oran aus seinem Rausch und manövrierte den Kahn unversehrt nach Algier.

Wir warteten ungeduldig am Kai und freuten uns, Pieczynski endlich in die Arme schließen zu können. Doch Pieczynski hatte keine Zeit für uns. Er walzerte schwankend an seiner Tochter vorbei, eingehakt mit seinem Kumpel. Zwei lebende Schnapsleichen im Dreivierteltakt. Beide verschwanden für eine Woche in einer Pinte von Bab el Ued.

Irma hielt ihre Antrittsvorlesung über »Das Fernsehen als Möglichkeit der Erziehung zur Humanität«. Der Saal war voll, aber *ein* Zuhörer fehlte: mein Schwiegervater, Stanislaw Pieczynski, der bedeutendste Hobbyphilosoph von Zoliborz.

DAS INTERVIEW

Die Wahrheit ist meistens Geschäftsgeheimnis.
Helmar Nahr, Unternehmer

Oriente ist am Apparat, Oriente, der berüchtigte Fernsehreporter. Er will eine Sendung machen. Über mich. Ich fühle
mich geschmeichelt und sage zu...

Scheinwerfer an. Klappe. Ton läuft. Oriente wird mich jetzt
interviewen, gebe Gott, daß nichts schiefgeht. Ich weiß: Er
wird in meinen Eingeweiden wühlen. Er will mich aufs
Glatteis führen. Mir hinter die Fassade blicken. Aushorchen
möchte er mich. Ich soll ihm meine Geheimnisse preisge-
ben. Straucheln soll ich. Ausrutschen, denn die Leute sehen
das ja gern. Oriente ist ein Starreporter. Berühmt und ge-
fürchtet weit über unsere Grenzen hinaus. Er wird mich
gleich entlarven, wie er alle seine Opfer entlarvt. Das Volk
soll schließlich wissen, wer ich bin.
Jetzt hebt er die Unterlippe. Er zeigt seine Schneidezähne
und wiegt mich in Arglosigkeit. Und schon stellt er eine
Frage, eine ganz harmlose Frage, wie mir scheint: »Wann
haben Sie zum ersten Mal eine Geschichte erzählt?«
Harmloser geht es nicht. Aber er hat mich überrumpelt,
denn ich war auf Schlimmeres gefaßt. Mir fällt nicht ein,
wann ich meine erste Geschichte erzählt habe. Darum sage
ich rasch: »Ich erzähle Geschichten, seit ich auf der Welt
bin.«
Oriente lächelt boshaft. Offenbar weiß er etwas, was ich
nicht weiß, und hakt nach: »Verstehen Sie mich bitte! Sie

sind ein nicht ganz unbekannter Autor. Sie haben Erfolg. Man liest Ihre Bücher in elf Sprachen. Unsere Zuschauer möchten wissen, wann und unter welchen Umständen Sie Ihren ersten Erfolg hatten.«

»Mit einer Geschichte?«

»Genau. Eines Tages müssen Sie doch bemerkt haben, daß man Ihnen zuhört. Daß man betroffen ist. Daß sich die Leute eine Träne aus dem Auge wischen. Oder lachen. Daran erinnert man sich, oder nicht?«

»Schon... Das war während des Kriegs. Ich war ungefähr 20. Die Lehrer standen an der Grenze, und jeder Dummkopf war gerade recht, um für sie einzuspringen. Ich bin eingesprungen, obwohl ich noch Student war. Man gab mir eine neunte Klasse. 22 Jungen und 19 Mädchen. Ich unterrichtete Deutsch und Naturkunde. Alles schien gut zu gehen. Meine Schüler waren 5 Jahre jünger als ich. Fast alle Arbeiterkinder. Mit gelblicher Haut und Pickeln auf der Stirn. Die Mädchen waren unverschämt und lüstern, die Jungen frech und zu jeder Schandtat bereit. Wir verstanden uns gut, denn wir waren Querköpfe. Alle miteinander. Die Schüler, weil sie zu gären anfingen, und ich, weil ich ein Roter war, damals...«

»Und heute sind Sie kein Roter mehr?«

»Heute bin ich – wie soll ich das sagen – polychrom. Alle Farben interessieren mich. Aber ein Querkopf bin ich geblieben.«

»Diesen Schülern haben Sie also Ihre erste Geschichte erzählt?«

»So war es. Eines Tages rief mich der Vorsteher und teilte mir mit, daß eine Schulreise fällig sei. Oder, genauer gesagt, eine Skiwanderung. Ich freute mich. Hätte ich gewußt, was auf mich zukam, würde ich mir die Haare ausgerauft haben. So fragte ich nur, wann wir aufbrechen würden. Nächste Woche, sagte der Vorsteher, aber nehmen Sie sich in acht!

Da kann allerhand passieren. Ich grinste selbstgefällig: nichts wird passieren, Herr Vorsteher. Ich bin ein geübter Sportler. Alles wird gutgehen. Bitteschön, meinte der Vorsteher, wenn Sie so sicher sind! Den Schlüssel zur Hütte bekommen Sie in der Talstation. Viel Glück, und vergessen Sie nicht: Die Kinder sind im Stadium...«

»Und haben Sie es vergessen?«

»Ich war ja selbst noch im Stadium. Ich dachte immer nur an das eine. Alle Frauen verdrehten mir den Kopf, und um ein Haar wäre ich gestolpert.«

»Sind Sie sicher, daß es nur um ein Haar war?«

Jetzt wird es gefährlich. Ich habe zuviel gesagt, und in den Augen des Starreporters flackert ein Licht. Ich merke, worauf er hinauswill. Ich muß vorsichtig sein, schließlich stehe ich vor der Kamera, und Hunderttausende von Zuschauern sitzen am Bildschirm. Darum sage ich so unbefangen wie möglich: »Ich bin so oft gestolpert, daß ich mich nicht erinnern kann.«

Damit habe ich ihm zugleich mehr, aber auch weniger gesagt, als er hoffen durfte, und darum versucht Oriente jetzt, mich von einer anderen Seite ins Schleudern zu bringen: »Sie sagten, daß die Mädchen lüstern gewesen seien und unverschämt. War das ein geeignetes Publikum für Ihre erste Geschichte?«

»Ich sagte auch, daß die Jungen frech waren und zu jeder Schandtat bereit. Wir verirrten uns im Schneetreiben und brauchten mehr als drei Stunden, um unser Nachtlager zu erreichen. Ein eisiger Wind blies uns durch die Knochen, und wir zitterten vor Kälte und Heißhunger. Die Nacht war hereingebrochen, als wir endlich ankamen. Wir machten ein Feuer im Kachelofen. Dann im Kochherd. Zwei Kerzen verbreiteten ein fahles Licht in der Küche. Die Schüler packten ihren Proviant aus und krakeelten durcheinander, bis es warm wurde. Da geschah etwas...«

»Weil es warm wurde?«

»Unter anderem deshalb. Ein Junge – der Lauteste und Unverfrorenste von allen – fragte, wo man denn schlafen werde. Im Stroh, antwortete ich, im oberen Stock. Und die Mädchen? Ebenfalls im Stroh. Ihr seht doch, daß es hier außer der Küche nur *einen* Raum gibt.«

»Wie hieß er denn, dieser Junge«, fragt Oriente und scheint hinter seinen Stockzähnen zu schmunzeln. »Erinnern Sie sich an seinen Namen?«

»Das war vor über 40 Jahren. Sein Name ist mir entfallen. Ich weiß nur, daß er ein Frechdachs war, ein Lausejunge ohnegleichen…«

»Sie sagen, außer der Küche gab es nur *einen* Raum?«

»Jawohl – ein Strohlager im oberen Stock. Ohne elektrisches Licht. Stockfinster war es dort, Zündhölzer waren verboten. Wegen Feuergefahr. Jungen und Mädchen mußten da nebeneinander schlafen, wenn es gut ging. Oder auch übereinander, wenn es schlecht ging. Der Galgenstrick – jetzt weiß ich wieder, wie sein Name war: René Lux – gähnte laut und erklärte, daß er müde sei. Ich fragte, ob er denn keinen Hunger habe. Nein, erwiderte er, er wolle sich hinlegen. Sonderbar. Plötzlich waren alle müde. Alle gähnten mir etwas vor, und der Heißhunger war verflogen. Ich erkannte meine Schützlinge nicht wieder. Den ganzen Tag über hatten sie gezankt und gezetert. Stundenlang hatten sie zu essen verlangt und erklärt, sie wollten Würste braten über dem Feuer; und jetzt wollten sie schlafen. Mir war klar: Kein Auge würden sie zudrücken. Zehntausend Kilowatt pulsten durch die Küche. Es wurde mir bewußt, daß eine Walpurgisnacht unvermeidlich war. Wenn ich jetzt nichts unternähme, würde die Welt untergehen.«

»Und sie ist untergegangen, nehme ich an.«

»Wie kommen Sie dazu? Wissen Sie mehr als ich?«

Oriente schaut mich an, als hätte er ein Beweisstück in der

Tasche. Als könnte er mich jederzeit einer Missetat überführen. Aber er unterschätzt meine Beredsamkeit. Ich
werde ihm das Blaue vom Himmel schwatzen, denke ich,
und er soll nicht *mehr* erfahren, als mir recht ist. Darum sage
ich mit gespielter Leichtfertigkeit: »Wenn Sie mehr wissen,
dann sagen Sie es, Herr Oriente! Es wird das Publikum interessieren.«

Gut gespielt, glaube ich. Jetzt bin *ich* am Ball, und *er* muß
sich verteidigen. Er scheint aber selbstsicher und entgegnet:
»Sie waren 20 Jahre alt und selber im Stadium, wie Sie sagten. Die Sache konnte nicht gut enden, wenn 41 Halbwüch-
sige miteinander ins Stroh gingen. Und *Sie* waren ja auch
kaum volljährig…«

»Ich habe Ihnen angedeutet, daß ich Naturkunde unterrichtete und Deutsch. Und wie es der Zufall wollte, hatte ich
meinen Schülern noch kurz vor dem Skiausflug erklärt, woher das Wort »Brunst« kommt. Aus dem Althochdeutschen
nämlich, und es bedeute Brand oder Glut. Brunst sei bei den
Säugetieren ein – durch Sexualhormone gesteuerter – peri-
odisch auftretender Zustand geschlechtlicher Paarungsbe-
reitschaft und sinnlicher Erregbarkeit. Die Brunst trete entweder nur einmal jährlich oder mehrmals in bestimmten
Abständen auf. Das alles hatte ich klar und deutlich ausein-
andergelegt und gehofft, damit das Problem aus der Welt
geschafft zu haben. Das aber war ein Irrtum. Die Brunst
meiner Schüler trat nicht nur *einmal* jährlich auf, sondern
bei jeder sich bietenden Gelegenheit. Und eine solche Gelegenheit war jetzt da. Der Brand loderte zum Himmel
empor. Die Glut ließ sich nicht mehr löschen, und die Paa-
rungsbereitschaft war so ungestüm, die sinnliche Erregbarkeit so gewaltsam, daß ich von einem Rudel läufiger Wölfe
umkreist zu sein meinte…«

»Das kann ich mir lebhaft vorstellen!«

»Schrecklich war das, und dazu kam noch dieses Mädchen…«

»Welches Mädchen?«

»Sie war frühreif, wenn ich mich recht erinnere. Oder überreif, wenn Sie so wollen. Sie war intelligenter als die anderen. Aus bürgerlichem Haus und irgendwie undurchschaubar.«

»Sie wird Sie verführt haben, oder irre ich mich?«

Jetzt werde ich fuchtig. Dieser Oriente ist von einer unerträglichen Dreistigkeit! Ich muß ihm eins auswischen. Darum sage ich: »Das Leben ist nicht so primitiv, Herr Oriente, wie es sich die Fernsehreporter einbilden.«

»Aber *etwas* ist doch geschehen.«

»Sie hat mich umwedelt wie eine Katze, von Anfang an. Sie schnurrte mich an und hörte nicht auf, mir merkwürdige Dinge zu sagen. Einmal blieb sie im Klassenzimmer, bis alle anderen den Raum verlassen hatten. Sie kam auf mich zu und sagte ganz leise, sie sei das Sternbild der Andromeda...«

»Nicht übel für eine Fünfzehnjährige. Was weiter?«

»Und *ich* sei ein Feuerfalter. Ein Schmetterling auf vulkanischem Boden... Als ich sie fragte, woher sie das wisse, antwortete sie, sie besitze einen Smaragd, einen sogenannten Maienstein, in dem man alles lesen könne...«

»Klare Sache. Sie wollte was von Ihnen.«

»Ich ging ihr jedenfalls aus dem Weg, so gut ich konnte. Aber an jenem Abend befand ich mich in Lebensgefahr.«

»Ist sie Ihr Typ gewesen?«

»Mehr als das. Sie war so etwas wie mein Schicksal. Wenn sich unsere Blicke begegneten, schoß mir das Blut in die Hüften. Das war die höchste Alarmstufe. Ich mußte also handeln, in dieser Nacht, bevor der Hahn krähte...«

»Erinnern Sie sich ihres Namens?«

»Leider nicht, und wenn ich mich erinnerte, würde ich ihn doch nicht nennen. Vor einer Million Zuschauern? Nein. Ich nenne sie Andromeda, und das muß Ihnen genügen.«

Der Starreporter schielt mich aus seinen Augenwinkeln an und gibt deutlich zu verstehen, daß er mich durchschaut. Ich beiße mir in die Unterlippe. Ich habe zuviel gesagt! Aus männlicher Eitelkeit und blöder Geltungssucht. Jetzt muß ich zurückschrauben; sonst ist es aus mit meinem Ruf. Nun fragt er mich hämisch, ob denn nun wirklich nichts geschehen sei in jener Skihütte. Er gibt vor, mehr zu wissen als ich denke, und ich falle auf sein Spiel herein. So antworte ich ihm mit geheuchelter Empörung: »Es ist nichts geschehen, weil nichts geschehen durfte. Ich war schließlich ihr Lehrer, und sie noch ein Kind. Frühreif, aber minderjährig. Ich begehrte sie, aber ich wußte, wo der Spaß aufhört. Obwohl ich von der großen Brunst besessen war, die ich meinen Schülern erklärt hatte. Von der Aphrodisie, welche von der Reifung der Fortpflanzungszellen kommt und sich äußert in der besonderen Ausprägung der sekundären Geschlechtsmerkmale sowie in eigentümlichen Verhaltensweisen, in Paarungsrufen oder in der Produktion stark duftender Locksubstanzen...«

Gott sei Dank. Jetzt habe ich den Ton gefunden. Die Fernsehzuschauer fassen wieder Vertrauen zu mir. Ich gebe mich gesittet und verberge meine Triebhaftigkeit hinter einem Schwall wissenschaftlicher Ausdrücke. Ich gestehe zwar, ein Schwerenöter zu sein, rühme mich aber gleichzeitig meiner ethischen Grundsätze. Ich denke, damit bereits aus dem Schneider zu sein, da setzt Oriente zu einem neuen Angriff an: »Wie sagten Sie doch vor wenigen Augenblicken? ›Es wurde mir bewußt, daß eine Walpurgisnacht unvermeidlich war!‹ Wie ist es denn tatsächlich weitergegangen?«

»Nach allen Regeln der Verführung. Plötzlich stand sie neben mir in der Küche, in der alle 41 Schüler herumhockten. Ich war gerade dabei, das Feuer im Kochherd anzufachen, als mir von hinten jemand den Arm um den Hals legte. Ich wußte, daß es *sie* war. Andromeda. Sie schnupperte an mir und flüsterte: Sie riechen heute so süß. Nach Jasmin und reifen Aprikosen. Ich drehte mich um und sah, daß ihre Augen glänzten. Ich wollte ihr etwas Zweideutiges antworten. Zärtlich und grob zugleich, damit *sie* es verstehen würde und sonst niemand – denn um uns waren ja 41 Zeitbomben, die nur darauf warteten, in die Luft zu gehen. So sagte ich ihr ganz neutral: Sie meinen, daß ich nach etwas rieche? Das Mädchen ließ sich nicht aus der Fassung bringen. Sie antwortete unverschämt, sie habe nicht von Riechen, sondern von Duften gesprochen. Das sei bestimmt die Aphrodisie, die ich zu erklären versucht hätte: die Absonderung stark duftender Locksubstanzen...«

Der Starreporter schaut mich an, als kenne er die ganze Geschichte, und sagt frech: »Es sei ja gar nichts geschehen in jener Nacht, haben wir soeben gehört. Wenn nichts geschehen ist, können Sie doch sagen, wie sie geheißen hat, die kecke Verführerin.«

»Das war vor 40 Jahren, Herr Oriente. Wie soll ich mich an ihren Namen erinnern. Jedenfalls hat sie mich *nicht* verführt und hätte es auch nicht tun können – es war ein Ding der Unmöglichkeit. Alle hatten ja gesehen, wie sie mir den Arm um den Hals gelegt hatte. Alle hatten ihre unverschämten Worte vernommen. Und alle dachten nur noch an *eines:* Würde ich es wagen oder nicht? Wenn ja, wäre das ein Signal zur allgemeinen Orgie gewesen, und das durfte nicht sein...«

»Was ist dann geschehen?«

»Nichts. Es kam mir ein rettender Gedanke. Nein, eine rettende Geschichte. Die erste Geschichte, die ich je erzählt habe, und zwar aus Not.«

»Was war das für eine Geschichte?«

»Ich mußte sie erfinden. Ich hatte keine auf Lager. Ich wußte nur, daß sie schauerlich sein mußte, gruselig und schrecklich, denn sie sollte ja 41 Schülern den Mut kühlen.

Ich befand mich in der Lage der Scheheredzade, ich erzählte um mein Leben. Wovon ich erzählen sollte, wußte ich nicht. Mir war nur klar, daß ich rasch anfangen mußte.«

»Den Mut kühlen, sagen Sie. War das der einzige Grund?«

»Ja und nein. Ich wollte auch aus Gefallsucht erzählen. Um den Mädchen zu imponieren und den Jungen ebenfalls.«

»Wie hat sie darauf reagiert?«

»Wer?«

»Die Andromeda, deren Namen Sie uns unterschlagen.«

»Lassen Sie mich endlich in Ruhe mit diesem Mädchen, Herr Oriente! Ich habe nicht im Sinn, vor allen Zuschauern als Sittenstrolch zu erscheinen.«

»Dann fahren wir halt fort. Worum ging es in Ihrer Geschichte?«

»Das wußte ich nicht, als ich anfing. Ich improvisierte, und erst langsam dämmerte mir, worauf ich hinauswollte. Nur *eines* war mir klar: Der Anfang mußte rasant sein. Mußte meine Zuhörer auf die Folter spannen. Ihre Neugierde wekken und verhindern, daß so ein René Lux uns stören würde. So fing ich an mit den Worten: Wenn ihr mir aufmerksam zuhört, erzähle ich euch eine Geschichte über Matuschka, der euch nicht unbekannt sein dürfte. Das schlug ein. Der Name genügte, um mir Gehör zu verschaffen. Es war ja gegen Ende des Zweiten Weltkrieges. Während der Entscheidungsschlacht an der Wolga. Mitten im Weltuntergang, als die Menschen zu Millionen niedergemäht wurden. Alles, was man damals zu hören bekam, war haarsträubend. So haarsträubend, daß man es fast nicht mehr zur Kenntnis nahm. Ich mußte also von kleineren Schrecken berichten, um überhaupt anzukommen, und entschied mich für Matuschka, dessen Untaten in jenen Tagen die Zeitungen füllten. Man nannte ihn den »Vampir von Budapest«, denn er war ein Eisenbahnattentäter. Ein Scheusal, das internationale Züge zum Entgleisen brachte, um sich auf die Toten zu stürzen und deren Blut zu schlürfen. Matuschka war der zeitgemäße Held der Boulevardpresse, obwohl er nur ein jämmerlicher Stümper war. Im Vergleich mit den Massenmördern von Auschwitz war er ein Anfänger. Kein Gigant der Menschenvertilgung, sondern ein Durchschnittsganove. Ein Provinzhalunke wie der Messerheld von nebenan. Sein Steckbrief prangte an allen Plakatsäulen, uns als ich seinen Namen erwähnte, wurde es mäuschenstill in der Küche.«

»Und dieser René Lux hat artig zugehört?«

»Alle haben artig zugehört, weil sie Angst hatten. Ich konnte beginnen und nannte einen Schauplatz mit schauerlichem Namen, von dem ich irgendwann einmal gehört hatte: Gödölö. Nicht auf fremden Kontinenten sollte meine Geschichte spielen, sondern in vertrauter Nähe. Mitten in Europa. In Ungarn, wo Matuschka herkam. Da stand ein Bahnwärterhäuschen. In der schneeverwehten Puszta. Der Streckenwärter – er hieß wahrscheinlich Kisch; jeder zweite heißt dort Kisch – hockte wie jeden Abend in seinem Sessel und las die Zeitung. Ein Feuerchen knisterte im Ofen, und draußen tobte der Novembersturm. Das Blatt war voller Greuelgeschichten. Matuschka hier, Matuschka dort. Es war schon spät in der Nacht. Noch zehn Minuten, und der Orientexpreß würde herbeirasen – doch vorher kam noch der Schnellzug aus Wien. Es blieben sieben Minuten, um hinauszugehen und die Weiche zu stellen. Danach wäre das Tagwerk beendet, und der Alte könnte sich zur Ruhe legen. Er suchte seine Streichhölzer und wollte sich gerade eine Pfeife stopfen, als ein Windstoß die Türe aufriß. Ein eisiger Luftzug pfiff herein und schleuderte die Petrolfunzel zu Boden. Es wurde stockfinster im Raum. Kisch wollte die Türe zustoßen, doch da stolperte er über die Tischlampe. Kopf voran stürzte er in einen Scherbenhaufen und spürte, wie ihm das Blut von der Stirne quoll. Seine Glieder schmerzten.

Er hatte nicht die Kraft sich aufzurichten. Da gewahrte er einen Lichtstrahl hinter den Gleisen. Nur einen Moment lang. Vielleicht ein Wetterleuchten. Vielleicht eine Laterne. Oder ein Soldat, der zu später Stunde in die Kaserne zurückkehrte. Kisch rief um Hilfe, doch niemand antwortete. Der Sturm heulte immer heftiger, und plötzlich schluchzte eine Geige unter dem Fenster. Was mochte das sein? Hier gab es doch keine Zigeuner. Vielleicht weiter unten, an der rumänischen Grenze, aber doch nicht hier…«

»Verzeihen Sie, aber Sie sagten, daß Sie ein erfolgssüchtiger Mensch waren.«

»Ich verstehe Sie nicht, Herr Oriente.«

»Weil Ihnen heute doch niemand zuhören würde bei dieser Geschichte, und so eine Andromeda schon gar nicht.«

»Wenn ich Sie langweile, können wir aufhören.«

»Sie langweilen mich nicht. Ich bin sogar neugierig, wie das alles weitergeht. Ich frage mich nur, ob es Ihnen gelang, die Brunst zu löschen… mit Ihrem etwas altertümlichen Erzählstil.«

»Es *ist* mir gelungen, Herr Oriente. Trotz des Erzählstils, den Sie als altertümlich bezeichnen. Ich mußte jedenfalls weitermachen – denn nach wie vor flackerte Unruhe in der Küche. Andromeda betrachtete nervös ihre Fingernägel. Ab und zu durchbohrte sie mich mit ihrem Blick, und ich erriet, woran sie dachte. Für mich gab es nur *eine* Rettung. Flucht nach vorn. Weitererzählen. So lang und so gruselig wie irgend möglich, bis meinen Halbwüchsigen die Flausen vergehen würden. Einen anderen Ausweg gab es nicht. Mein Ansehen als Jugenderzieher stand auf dem Spiel.«

»Sie waren zwanzig und schon so besorgt um Ihr Ansehen?«

Er ist ein Schuft, dieser Starreporter. Wir sehen uns zum ersten Mal, doch habe ich das deutliche Gefühl, ihn zu kennen. Oriente. Wo habe ich diesen Namen schon vernommen? Irgendwann müssen wir uns begegnet sein. In einem früheren Leben wahrscheinlich. Diese Lippen erinnern mich an jemanden. Die Nase ebenfalls...

»Jawohl, Herr Oriente. Ich war äußerst besorgt um mein Ansehen, und lassen Sie mich endlich weiterreden! Wo bin ich stehengeblieben? Richtig. Bei der Geige, die plötzlich zu schluchzen begann. Da weinte und wimmerte etwas – doch war nicht auszumachen, was es sein mochte. Möglicherweise ein Flüchtling, ein Ausbrecher, oder Gott weiß wer. Vielleicht tatsächlich ein Mensch, der sich unter dem Fenster versteckt hielt. Was hatte es auf sich mit dem Gewinsel, wenige Minuten vor Mitternacht? Mit fast übermenschlicher Anstrengung zog sich Kisch an der Stuhllehne hoch und packte – in völliger Dunkelheit – den Türflügel. Da erstarrte er. Was er jetzt sah, war grauenhaft. Auf der Schwelle gewahrte er...

Da wußte ich nicht mehr weiter. Ich räusperte mich, um Zeit zu gewinnen, aber nichts fiel mir ein. Die Schüler meinten, ich machte eine Kunstpause, um die Spannung noch zu steigern. Sie verlangten gebieterisch von mir weiterzufahren – aber nichts kam mir in den Sinn.«

»Sie werden an die Andromeda gedacht haben; an das Mädchen mit den feuchten Lippen und der seidigen Haut.«

»Woher wissen Sie, daß ihre Haut seidig war?«

»Weil ich es weiß. Erzählen Sie weiter!«

Unverschämt, dieser Oriente. Was sollte ich ihm nur entgegnen? Am besten – nichts. »Ich mußte also jetzt mitteilen, was Kisch auf der Türschwelle erblickte, obwohl ich, wie gesagt, keine Ahnung hatte. Ich mußte etwas aus der Luft greifen. Was hatte der Alte sehen können, als er durch die Tür blickte? Es war ja finster im Raum. Die Petrolfunzel lag zertrümmert auf dem Steinboden und... jetzt versuchte ich zu kneifen. Ich sagte, das nun Folgende sei so schauerlich, daß ich es nicht aussprechen könne. Da erhob sich ein Sturm der Entrüstung. Ich solle herausrücken mit der Wahrheit und wenn ich nicht zu Ende erzählte, würde ich es bereuen. Sie seien einundvierzig – und ich allein gegen die ganze Klasse. Ich *mußte* mir etwas ausdenken und so sprach ich mit Verzweiflung in der Stimme: Wenn ihr es unbedingt wissen wollt, sollt ihr es erfahren, aber beklagt euch nicht, wenn ihr nicht mehr schlafen könnt! Ich sprach jetzt ganz leise, fast im Flüsterton, und stellte fest, daß mir die Kinder mit offenen Mäulern zuhörten: Der Streckenwärter spürte, daß ihm etwas entgegenkroch. Etwas silbrig-Schleimiges, das fahl durch die Nacht glitzerte. Atemlos gewahrte er zwei Lichter, die näherkamen. Sie schimmerten schwefelgelb und sumpfgrün. Eine Riesennatter, schoß es ihm durch den Kopf. Sie gab raschelnde Laute von sich. Schleppende Pfiffe, die sich anhörten wie das Jaulen einer Geige oder das Schnaufen eines sterbenden Köters. Zwei Lichter. Das waren zwei Schlitzaugen, die sich öffneten und wieder schlossen.

›Und Matuschka?‹ schrie jemand.

Keine Angst, gab ich zurück. Ihr werdet gleich hören, was weiter geschah. Laßt mich vom Streckenwärter erzählen, der schreien wollte – doch die Stimme versagte ihm. Er schnappte nach Luft, aber er brachte keinen Laut hervor. Die Leuchtzeiger seiner Uhr standen auf drei Minuten vor Mitternacht. In einer Minute kam der Schnellzug aus Wien. Kurz danach der Orientexpreß aus Bukarest. Jetzt mußte er hinaus, um die Weiche zu stellen, sonst würde es eine Katastrophe geben. Da sah er auf der Schwelle... nein, das war keine Riesennatter, das war ein drachenähnliches Ungetüm! Aber wie war es hierhergelangt? War es aus dem Zoo entwichen? Oder hatte es jemand hierhergeschleppt? Ein Wahnsinniger, der Kisch zu Tode erschrecken wollte? Kisch war gelähmt. Wie sollte er den Raum verlassen? Das Vieh wälzte sich nun heran und versperrte ihm den Fluchtweg. Mit einem Mal wurde es still um das Wärterhäuschen. Der Wind hatte zu heulen aufgehört. Dem Alten brach kalter Schweiß aus den Poren. Wie konnte er Licht machen? Die Lampe – zertrümmert. Die Streichhölzer… wo waren jetzt die Streichhölzer? Da begann etwas über ihm zu ticken. Das war doch gar nicht denkbar. Das war der Morsetelegraf, der seit Monaten nicht funktionieren wollte. Niemand konnte ihn reparieren, doch jetzt tickte er. Eine dringende Botschaft höchstwahrscheinlich, aber es war unmöglich, sie zu entziffern. Zwischen Kisch und dem Telegrafen blinzelte das Schuppentier.«

»Was war es? Ein Drache oder eine Riesennatter?«

»Ich weiß es nicht. Eher eine Schlange.«

»Und wie kamen Sie auf die Schlange?«

»Weil mir nichts anderes einfiel.«

»Aber Sie wissen, daß die Schlange ein Sexualsymbol ist?«

»Das behauptet Freud, doch Freud ist passé.«

»Das meinen *Sie*. Ich glaube eher, daß da ein Zusammenhang bestand.«

»Was für einer?«

»Mit der Andromeda und dem Strohlager im oberen Stock.«

»Ich bitte Sie zum letzten Mal, nicht auf dieses Thema zurückzukommen. Ich habe genug von Ihren Unterstellungen…«

»Wie Sie wünschen. Erzählen Sie weiter! Was unternahm der Streckenwärter in der Minute, die ihm noch übrig blieb?«

»Er nahm einen Anlauf und rammte die Fensterluke über seinem Bett. Mit der ganzen Kraft seiner rechten Schulter zertrümmerte er die Scheibe und kroch hinaus. Jetzt trat der Mond hinter den Wolken hervor, es wurde heller. Kisch sprang auf die Weiche zu und wollte sie herunterreißen, doch es ging nicht. Die Weiche war blockiert. Jemand hatte einen Gegenstand hineingekeilt. Der Alte geriet in Panik. Was war geschehen? Vielleicht stand das auf dem Morsestreifen. Er mußte es herausfinden. Kisch schwang sich aufs Fenstersims und hinein in den Barackenraum. Er glaubte, nun wirklich den Verstand zu verlieren. Das Schuppentier war verschwunden. Die Petrolfunzel brannte. Kisch starrte auf den Morseapparat und traute seinen Augen nicht. Was er da las, war so schrecklich, daß ihm das Herz stillstand. Das Haar sträubte sich auf seinem Kopf. – Bis zu diesem Punkt reichte meine Phantasie; aber nicht weiter. Mein Gehirn war ausgelaugt. Ich war zum Opfer meiner eigenen Vorstellungen geworden. Ein Strom von Gedanken überschwemmte mich: Tischlampe, Riesennatter, blockierte Weiche, Morsestreifen mit gruseliger Botschaft. Meine Flunkerei hatte mich derart mitgenommen, daß mir die Sprache wegblieb. Da hörte ich René Lux, den unverschämten Frechdachs, der mich gezwungen hatte, diese Geschichte zu improvisieren. *Er* war schuld an allem – doch jetzt bat er mich mit weinerlicher Stimme, nicht weiterzuerzählen: bitte, machen Sie Schluß! Wir können uns ja ausdenken, wie es zu Ende geht. Wir versprechen Ihnen, alles zu tun, was Sie verlangen. Wir legen uns ins Stroh. Sofort, wenn Sie es wünschen. Die Jungen auf einer Seite. Die Mädchen auf der anderen. Keine Dummheiten. Ehrenwort!«

»Und das halten Sie für Ihren ersten Erfolg.«

»In gewisser Weise schon.«

»Und seither sind Sie Schriftsteller?«

»Theoretisch ja. Praktisch nein, denn ich begann ja erst später, Bücher zu schreiben. Aber von da an wußte ich, daß ich es konnte.«

»Und woraus schließen Sie, daß Ihre Geschichte ein Erfolg war?«

»Weil ich meinen Zuhörern Angst einjagte. Mehr als das. Ich jagte mir selber Angst ein, und das war ein Wunder.«

»Warum ein Wunder?«

Mir fällt ein Stein vom Herzen. Oriente wechselt die Fährte. Sein Hauptthema scheint er aufgegeben zu haben. Er kommt auf Probleme meiner Profession zu sprechen. Ich atme auf: »Ich halte das für ein Wunder, Herr Oriente, weil ich überzeugt bin, daß die wahre Kunst erst dort anfängt, wo der Künstler ob seines eigenen Kunstwerks die Gänsehaut bekommt. Solange er nämlich *über* seiner Schöpfung steht – außerhalb der Welt, die er zu schaffen versucht –, sind seine Worte tönendes Erz und klingende Schellen…«

Ich bin zufrieden mit mir: Ich habe geschickt geantwortet und stehe nun auf sicherem Boden. Die Anspielung auf den Korintherbrief bringt mir Pluspunkte ein, und mein Starreporter ist an der Nacht im Strohlager nicht weiter interessiert. So scheint es mir wenigstens – doch da bemerke ich, daß er dem Kameramann zuzwinkert. Warum das? Was hat er *jetzt* im Sinn? Ich sehe mich im Monitor. Ich bin ganz groß im Bild: Jede Wimper zittert, die winzigsten Schweißtröpfchen werden sichtbar. Ich erkenne die Fältchen in meinen Augenwinkeln und das Schlucken im Adamsapfel. Das ist der Augenblick des eigentlichen Fernsehens, die Sekunde der ungeschminkten Wahrheit, wo niemand mehr etwas verbergen kann. Und Oriente fragt mich jetzt ganz beiläufig, ob mein Experiment in der Skihütte nur literarische Früchte getragen habe. Ich erschrecke – er hat mich in die Falle gelockt: »Was meinen Sie mit *nur?* Es war tatsächlich der erste literarische Erfolg meines Lebens. Mit meinen Worten hatte ich eine Meute wildgewordener Kannibalen gezähmt. Ich hatte sie so sehr gepackt, daß sich ihre Triebe beruhigten. Es war mir gelungen, 41 Veitstänzer zu zivilisierten Europäern zu machen. Das ist doch etwas mehr als *nur* ein literarischer Erfolg. Das ist die Dressur von Raubtieren. Ein Sieg über die Schwerkraft, wenn Sie so wollen.«

»Aber Sie sagten doch selbst, daß Sie an jenem Abend anderes im Sinn hatten, oder täusche ich mich?«

»Ich wollte eine Orgie vermeiden, einen Exzeß ungezügelter Instinkte. Und das ist doch der eigentliche Sinn der Kunst: die Menschwerdung des Affen, die Humanisierung der Gesellschaft.«

»Ist Ihnen das gelungen?«

»Ich weiß es nicht, Herr Oriente. Die menschliche Psyche geht eigentümliche Wege. Sie verdrängt alles Unbequeme in die Rumpelkammer des Vergessens. Was uns nicht paßt, schieben wir aufs Abstellgleis. Ich lebe seit mehr als 60 Jahren auf dem unbequemsten aller Planeten. Wenn ich nicht verdrängen könnte, verlöre ich den Verstand. Jeden Tag erlebe ich Peinlichkeiten. Wollte ich sie in meinem Gedächtnis speichern, ginge ich elend zugrunde. Gott hat uns das Unterbewußtsein gegeben. Damit uns die Fehltritte des Daseins nicht zerstören. Ich glaube wirklich, daß meine Geschichte ein Erfolg war, obwohl ich die Einzelheiten jener Nacht…«

»Verdrängt habe. Das wollten Sie doch sagen, oder nicht?«

»Ich weiß jedenfalls mit Bestimmtheit, daß 41 Kinder hinaufschlichen. Ins Strohlager. Und nichts weiter ist geschehen.«

»Sind Sie sicher?«

»Ich erinnere mich an keinen Zwischenfall.«

»Aber Sie sind doch hier geblieben. In dieser Stadt.«

Was soll nur diese Frage? Aber jetzt muß ich antworten:

»Kurz nach dem Vorgefallenen übersiedelte ich nach Genf. Von Genf nach Warschau. Von Warschau nach Israel, Marokko, Algerien und Äquatorialafrika. In die Schweiz kehrte ich erst später zurück.«

»Und seit 40 Jahren sind Sie niemandem begegnet, der damals dabeiwar?«

»Nicht, daß ich wüßte.«

»Und Sie haben nie versucht, Ihre Erinnerung etwas aufzufrischen?«

»Nie.«

»Die Zeugen müssen noch am Leben sein, nehme ich an. Wer weiß, ob nicht gerade jetzt jemand vor dem Fernseher sitzt und schreit, er könne sich erinnern. Vielleicht sogar Ihre geheimnisvolle...«

Was will er eigentlich von mir, frage ich mich, dieser Starreporter, der unter dem Decknamen Oriente auftritt? Ein spanischer Name, aber Oriente ist bestimmt kein Spanier. Also sage ich mir: Vorsicht. Kein unbedachtes Wort. Oriente hat sich seinen Ruhm erworben, weil er Prominenzen aus der Fassung bringt. Weil er sich gewisse Auskünfte verschafft, die er dann im geeigneten Moment auszuspielen weiß. Immer hat er ein gezinktes As im Ärmel. Er hat ja auch die typische Visage eines Falschspielers oder eines Menschen, der stets bereit ist, anständige Leute in die Falle zu treiben. Ginge es mit rechten Dingen zu, hätte man ihn längst schon auf die Straße gesetzt. Aber das Gegenteil ist der Fall. Seine Sendungen werden immer populärer, erfreuen sich immer höherer Einschaltquoten. Deshalb habe ich ja zugesagt – aus reiner Koketterie. Weil man erst richtig berühmt ist, wenn man von Oriente in die Zange genommen wurde. Ein Esel bin ich. Ein eitler Pfau. Ich hätte doch wissen müssen, daß er mich erledigen will. Unseren Hinterwäldlern gefällt das. Sie meinen, das sei die wahre Demokratie, wenn Majestäten vom Sockel gestürzt werden. Oriente will auch mich vom Sockel stürzen. Und ich könnte schwören, daß ich ihn kenne. Unsere Wege müssen sich einmal gekreuzt haben. Unter Umständen, die mir entfallen sind. Wo mag das gewesen sein? Sein Erfolg liegt in seiner... wie soll ich das nennen? In seiner Geilheit. In der Schlüpfrigkeit seiner Fragen. In den frechen Zumutungen, die er durchschimmern läßt. Ich gelobe mir, auf keinen Fall in seine Schlinge zu stolpern und alles abzustreiten, sollte er mich eines Fehltritts überführen. Ich bin gut beraten, als ich diesen Entschluß fasse –

denn plötzlich bemerke ich eine dritte Kamera, die diskret ins Studio gerollt wird. Die erste frontal auf mein Antlitz gerichtet, die zweite auf mein Profil und die dritte, die neue, dreht sich zur Tür, die in diesem Augenblick geöffnet wird. Jetzt also geschieht es. Die gezinkte Karte wird ins Spiel geworfen.

Ein Mensch betritt das Studio. Trotz des roten Lichts an der Tür. Mitten in meiner Sendung. Er ist weder klein noch groß. Nur unheimlich kompakt sieht er aus, wie ein Großinquisitor. Sein Kinn wird von einem schwarzen Bart umrahmt, und seine Augen funkeln aus den Höhlen hervor. Das ist... das Blut gerinnt mir in den Adern... das bin *ich*. Ich selbst und kein anderer. Mein perfektes Spiegelbild. Vielleicht zwanzig Jahre jünger, doch die Züge dieses Menschen sind ebenso durchfurcht wie die meinen. Die Ähnlichkeit überwältigt mich. Ihn auch, wie ich feststellen kann. Er steht wie angewurzelt da. Ein Mirakel der Natur. Ich bin doch der einzige Sohn meiner Eltern! Kinder habe ich keine! Das ist mein Doppelgänger, meine genetische Kopie. Ich kann mich kaum zurückhalten, will auf ihn losstürzen. Ihn betasten, ihn in meine Arme schließen und dem Geheimnis auf den Grund gehen. Ich tue nichts dergleichen, denn ich bin gelähmt.

Auch mein Doppelgänger regt sich nicht, bis der Starreporter die Stille durchbricht und sagt: »Sie haben behauptet, daß jene Nacht keine anderen Früchte getragen hat...«

»Das ist... das scheint... wie soll ich mich ausdrücken...«

»Und ich habe Sie gefragt, ob Sie damals keine anderen Erfolge verzeichnen konnten...«

»Ich könne mich nicht genau erinnern, habe ich geantwortet...«

»Und Sie haben keine Ahnung, wer der Mensch sein könnte, der soeben unser Studio betreten hat?«

In meinem Kopf beginnt sich alles zu drehen. Die Gegenstände verschwimmen. Mir ist, als schleuderte mich eine übermächtige Kraft zu Boden, und da verliere ich das Bewußtsein.

Viele Stunden später erwache ich im Krankenhaus, und der diensthabende Arzt fragt mich, ob ich bereit sei, jemanden zu empfangen.

»Wenn es mein Sohn ist…«

»Ein gewisser Herr Lux. René Lux vom Fernsehen.«

»Ich kenne keinen René Lux vom Fernsehen.«

»Er habe einen Künstlernamen, hat er gesagt. Er nenne sich Oriente. Ex Oriente Lux…«

»Oh, Gott! Daß mir das nicht eingefallen ist.«

»Er fragt, ob Sie ihn sprechen wollen.«

»Lieber nicht, Herr Doktor. Dankeschön.«

DER SCHWEIZER

Die Schweizer haben Uhren, aber keine Zeit.
Doris Morf, Nationalrätin

Ob ich mit Barbara geschlafen habe, fragst du? Wie kommst
du denn darauf? Bist du eifersüchtig? Aber bitte: die Geschichte mit Barbara war vor 30 Jahren – und dazu noch in
Polen. Du wußtest ja noch gar nicht, daß es mich gibt auf
dieser Welt. Barbara war meine Assistentin. Meine Mitarbeiterin, wenn du willst. Ich schlafe doch nicht mit Mitar-
beiterinnen! Nein, so etwas gibt es nicht für mich. Außerdem will ich, daß man mich begehrt. Ich ertrage nicht, daß
man mich duldet. Schließlich will ich geliebt werden von
den Frauen. Gut, ich gebe zu, daß zwischen Barbara und
mir eine seltsame Beziehung bestand. Und was wir miteinander trieben, war, wenn ich heute darüber nachdenke, inti-
mer als jeder Geschlechtsverkehr: ein Koitus der Seelen.
Eine Kopulation der Augen. Eine Komplizenschaft der
Stimmen. Unsere Vergnügungen waren so, wie sie durch
den Geschlechtsverkehr nie erreicht werden können. Nie!
An einem schönen Tag vor 30 Jahren – ein süßer Duft von
Lindenblüten drang von der Marszalkowska hinauf – saß
ich wieder einmal am Schneidetisch, neben mir Barbara, die
Filmfragmente sortierte. Ich bestaunte ihre schlanken Finger, die Dutzende von Schnipseln zu einer sinnvollen Geschichte zusammenfügen konnten. Immer wieder hatte ich
ihre Fähigkeit bewundert, den natürlichen Ablauf der Bilder zu begreifen, noch bevor sie das Drehbuch gelesen hatte.
Sie pfeife auf das Drehbuch, es störe sie bei der Arbeit,

pflegte sie zu sagen. Statt dessen wünschte sie, ich solle ihr nur erzählen, um was es denn gehe in meinem Film. Wenn sie das wisse, mache sie den Rest schon selber.

Ich muß hier einfügen, daß ich damals gerade eine Serie von zwölf einstündigen Fernsehfilmen gedreht hatte, die alle von einer unalltäglichen Idee lebten. Ich ging nämlich von der Vermutung aus, daß Milliarden von Beziehungsarterien den Erdball umspannen, und daß jeder Mensch durch Kapillaren der Leidenschaft an andere Menschen angeschlossen ist. Durch unsichtbare Fäden der Liebe oder des Hasses, der Mißgunst oder der Zärtlichkeit, des Neides oder der Solidarität. So gesehen, ist die ganze Menschheit dann eine einzige Familie, die nicht durch die konventionellen Bande der Verwandtschaft, sondern durch den Magnetismus von Zu- oder Abneigung zusammenhält. Diesen angenommenen Knäuel von Beziehungskanälen wollte ich bloßlegen. Darum beschloß ich, einen »zufälligen« Anfang zu machen, um dann über die erste Beziehung zur zweiten, danach zur dritten und immer weiter vorzudringen. Ich begann mein Experiment willkürlich mit einem Jugendfreund, Jerry Vonlanthen mit Namen, der unter eigentümlichen Umständen in mein Leben getreten war. Und so erzählte ich Barbara die erste Folge meines Zwölfteilers.

Sie nahm ihren Ausgang in Moskau und wucherte dann über drei Kontinente, um schließlich zu mir zurückzukehren. Die Hauptrolle spielten darin mein Jugendfreund Jerry Vonlanthen und eine Frau, die nichts von ihm wissen wollte. Jerry war jahrelang mein Intimus, und sein Schicksal ging mir so nahe, als wäre es mein eigenes. Es machte mich so betroffen, daß alle, denen ich von Jerry erzählte, mit ihm mitlitten und mehr über ihn erfahren wollten. So auch Barbara, die ihre Arbeit liegenließ und mich erwartungsvoll anschaute.

Ich erzähle mit Lust und würze meine Geschichten mit viel-

deutigen Zutaten, die von den Zuhörern ganz besonders ge-
schätzt werden. Es ist auch kein Zufall, daß ich mir vorwiegend weibliche Zuhörer aussuche, und unter ihnen mög-
lichst solche, denen ich gefallen möchte. Darin liegt, finde
ich, nichts Verwerfliches, und deine Vermutungen sind unbegründet. Schließlich findest du es selber ganz normal,
wenn in einem Lokal der Primgeiger auf dich zutänzelt und
dir einen Csardas ins Ohr fiedelt. Oder wenn ein berühmter
Koch seine Spezialitäten raffiniert zubereitet, um deinen
Beifall zu gewinnen. Oder wenn dir ein Maler seine Bilder
widmet. Du solltest etwas nachsichtiger sein und mir meine
kleinen Eitelkeiten nicht allzusehr verübeln.

Kurz und gut, ich erzählte Barbara die Geschichte von Jerry
Vonlanthen, den ich seit einer Ewigkeit nicht mehr gesehen
hatte und den ich bereits mit der Aureole eines wundervol-
len Ritters auszustatten begann. Um die spätere Wirkung
meiner Geschichte auf Barbara begreifen zu können, muß
man hier schon bedenken, daß Jerry in der Schweiz lebte
und Barbara in Polen. Für meine Zuhörerin war die Schweiz
ein einziges Schokoladengeschäft. Eine Fata Morgana aus
Marzipan und Lebkuchen. Sie stellte sich vor, daß alle
Schweizer entweder Käse herstellten oder Uhren. Da ich
ebenfalls Schweizer war, schloß sie daraus, es gebe dort auch
eine kleine Minderheit von Wirrköpfen, die ihre Zeit mit
Filmemachen oder Bücherschreiben totschlügen. Darum
erkundigte sie sich gleich zu Anfang, ob Jerry einer von *meinem* Schlage sei oder eher normal. »Eher normal«, antwortete ich und begann zu erzählen.

»Jerry war allerdings weder ins Käsegeschäft verwickelt
noch in die Herstellung von Qualitätsuhren. Er verdiente
sein Geld als internationaler Dolmetscher für Französisch,
Englisch und Russisch.«

Barbara horchte auf. Als Halbrussin, die sie war, wollte sie
natürlich wissen, wie man als Schweizer zu russischen
Sprachkenntnissen komme.

»Ganz einfach«, antwortete ich. »Er hatte seine Jugendzeit in Moskau verbracht. Sein Vater war ursprünglich Professor an der Zürcher Universität gewesen und hatte dort nie über mehr als fünf Assistenten verfügt. Eines schönen Tages nun bekam er einen Brief. Aus Moskau. In dem schlug man ihm vor, Generaldirektor des allsowjetischen Instituts für Mikrobiologie zu werden, wobei man ihm für den Anfang 300 Assistenten anbot. Der alte Vonlanthen fühlte sich geschmeichelt. Er war unpolitisch bis ins Rückenmark und beschloß, die Offerte an Ort und Stelle zu prüfen. Er fuhr in die Sowjetunion, schaute sich die Sache an und schrieb dann seiner Frau, er wolle mit der Arbeit unverzüglich beginnen. Sie solle den Zürcher Haushalt auflösen und dann mit den Kindern nachkommen. Die Bedingungen seien ideal und stellten alles in den Schatten, was er je erträumt hätte. Zum ersten Mal könne er seine Forschungen im gebührenden Maßstab betreiben, er sei glücklicher als je zuvor in seinem Leben. Jerrys Mutter folgte den Wünschen ihres Mannes, packte die Koffer und reiste mit Sohn und Tochter ins Sowjetreich. Die Dame war eine de Rolle, Tochter eines uralten Genfer Geschlechts, eine selbstbewußte Aristokratin, die eisern zu ihrem Gatten stand und blindlings seine Ansichten teilte. Darum störte es sie auch nicht, daß die Familie keine eigene Wohnung bekam und im Treppenhaus des Instituts hausen mußte. Die Bedingungen seien ideal, hatte ihr Mann geschrieben – also waren sie ideal. Auch ertrug sie es tapfer, daß die Temperatur in besagtem Treppenhaus gelegentlich unter den Nullpunkt sank. Sie sah nur, daß der Professor zufrieden war, und das genügte ihr. Ihr Geduldsstrick sollte jedoch reißen, als die in Moskau üblichen Stromausfälle so häufig wurden, daß die Kinder ihre abendlichen Schulaufgaben nicht mehr machen konnten. Sie verstand durchaus, daß die russischen Wohnverhältnisse prekär waren und daß der Generaldirektor eines sowjetischen Instituts keine rechte Unterkunft bekommen konnte. Sie hatte sich auch damit abgefunden, daß die Lebensmittelgeschäfte leer waren, daß es für die Kinder keine Kleider gab und es hin und wieder so kalt wurde, daß in den Leitungen das Wasser gefror – aber Licht, rief sie, das müsse sein. Wenn man hier nicht mehr lesen könne, verstehe sie keinen Spaß und kehre in die Schweiz zurück, und zwar sofort! Die Antwort des Gelehrten war charakteristisch für die staatserhaltende Einstellung in seinen Kreisen: Wenn es kein Licht gibt, lernen wir halt die Blindenschrift und lesen im Dunkeln!

Jerry besuchte die berühmte Karl-Liebknecht-Schule, die für die Kinder deutscher Kommunisten gegründet worden war und in der hervorragende Intellektuelle in deutscher Sprache unterrichteten. Jerry fühlte sich glänzend, denn in seiner Klasse gab es ein Mädchen, das ihn so nachhaltig beeindruckte, daß er ihr 20 Jahre lang Liebesbriefe schrieb, auf die er nie eine Antwort erhielt.«

Barbara zuckte zusammen, deshalb erklärte ich: »Ich sage dir das in einem Nebensatz, obwohl diese Angelegenheit das Kernstück meiner Geschichte ist. Mehr als ein Kernstück. Es ist die eigentliche Ursache, die Wurzel und der Ausgangspunkt einer Tragödie. Jerrys Verhalten wird dich so sehr befremden, daß du ihm möglicherweise deine Sympathie entziehst, aber vergiß nicht, daß ich von Briefen gesprochen habe, auf die er nie eine Antwort erhielt! Stell dir einmal vor, daß sich dein ganzes Gefühlsleben auf einen einzigen Menschen konzentriert. Daß du 20 Jahre lang Briefe schreibst und ungefähr siebentausend Nächte verbringst, in denen du von Sehnsucht geschüttelt wirst. Daß du dir in den Kopf gesetzt hast, *diesen* Menschen zu erobern oder keinen, und daß du kein Echo hörst. Keinen Laut. Kein Wort liest, obwohl du genau weißt, daß dieser Mensch lebt. Daß er deine Briefe erhält und nicht ein einziges Mal zur Feder greift, um wenigstens ein kurzes ›Nein‹ zu schreiben. Könnte man das nicht wenigstens verlangen von einer Person, die unser Leben erfüllt? Die den Sinn unseres Daseins bedeutet?«

Barbara hörte mir stumm zu und schüttelte nur den Kopf. So fuhr ich fort: »Nach erfolgreich bestandenem Abitur entschloß sich Jerry, Filmregie zu studieren. Er schrieb sich an der Moskauer Filmschule ein, wo unter anderen auch der geniale Wsiewolod Pudowkin unterrichtete. Wäre 1939 nicht der Weltkrieg ausgebrochen, wäre Jerry jetzt sicher ein berühmter Künstler. Aber so mußte er in die Schweiz zurückkehren. Wäre er in Moskau geblieben, hätte ich ihn nie kennengelernt, mein Zwölfteiler hätte einen anderen Anfang genommen – und *ich* hätte dir eine andere Geschichte erzählt.«

Schau mich nicht so argwöhnisch an, bitte! Ja, Barbara war ein Wunderwerk der Natur! Sie hatte die abgründigsten Augen, die ich je gesehen habe. Ihr Blick war kaum zu ertragen. Man saß in ihm fest wie in einem Spinnennetz. Ja, ich war in ihrer Gegenwart wie gelähmt. Sie glich einem Chamäleon, das hinter einem Blatt sitzt und eine Fliege hypnotisiert. Und ich war die Fliege. Es machte Barbara Spaß, mich in ihrem Bann zu wissen, und darum blieb sie auf Distanz. Nichts geschah zwischen uns. Ehrenwort. Ich erzählte ihr nur meine Geschichten. Sie lauschte mir mit Ohren und Augen. Mit vorgeschobener Unterlippe und Fältchen der Neugier auf den Schläfen.

Ich berichtete Barbara, wie Jerry und ich uns zum ersten Mal begegnet waren. An einem summenden Oktobertag in der Jugendherberge von Lausanne. Dort stand im Gemeinschaftsraum ein Konzertflügel, vor dem ein Kerl hockte, der deutsche Militärmärsche in die Tasten böllerte. Der Kerl war um zwei Köpfe länger als ich und strahlte ein ruppiges Selbstbewußtsein aus. Er war weder schön noch häßlich.

Nur unbeschreiblich mittelmäßig. Ich spürte, wie ich wütend wurde. Ich ging auf ihn zu und sagte mit geheuchelter Geduld, er möge doch aufhören, falls das möglich sei. Ich könne sein Gepolter nicht ertragen. Der Rüpel blickte mich an, musterte mich voller Ekel und fragte dann, was mir denn an seinem Spiel mißfalle – und ob ich ein Jud sei. Ich zuckte zusammen und erwiderte unsicher, die Schweiz sei vorläufig noch ein freies Land, und wenn er schon Militärmärsche spielen wolle, dann bitte schweizerische. Da haute er erneut in die Tasten und gab das Horst-Wessel-Lied zum besten, zu dessen schrecklichen Strophen damals ganz Europa zusammengewalzt wurde. Es war mir klar, daß ich handeln mußte. Der Gemeinschaftsraum war voller junger Leute, und alle lauerten jetzt auf den Ausgang des Konflikts. Wie sollte ich dem Rüpel beikommen? Er war ja doppelt so schwer wie ich und dreimal so stark. Da ereignete sich das Unglaubliche: Ein Kahlgeschorener stand von seinem Sessel auf, schneuzte sich und näherte sich dem Kerl, der unbeeindruckt weiterpolterte. Er packte den Haudegen am Kragen, hob ihn vom Drehstuhl und schleuderte ihn durchs offene Fenster in den Garten hinaus. Darauf setzte er sich selbst ans Klavier und bemerkte, auch er wünsche jetzt, etwas Deutsches zu spielen. Er spielte aus dem Gedächtnis. Mit verhaltener Leidenschaft. Den ersten Satz aus der »Appassionata« von Beethoven. Es wurde ganz still im Raum, und der Schlägertyp kehrte nicht in die Herberge zurück.

An jenem Tag sind Jerry und ich Freunde geworden. Wir leerten zusammen eine Flasche Rotwein, und als wir anstießen, wollte er wissen, warum ich auf die Frage, ob ich ein Jude sei, nichts gesagt hätte. Ich zögerte einen Augenblick und antwortete, es gebe Zeiten, in denen man nicht alle Fragen beantworten könne, wenn einem das Leben lieb sei. Darauf entgegnete Jerry: »Es gibt keine Zeiten, in denen man schweigen soll. Wer schweigt, wird zermalmt.« Mit diesen Worten besiegelte er unsere Freundschaft.

Bis jetzt hatte Barbara nur zugehört. Nun aber schien etwas zu geschehen – sie war wie verwandelt. Ja, vollkommen elektrisiert. Jerry war plötzlich kein auswechselbarer Held mehr. Er faszinierte sie. Sie wollte alles wissen über ihn: »Wo wohnt er… Wie sieht er aus… Was hat er für Hände… Was für eine Stimme… Ist er verheiratet… Hat er Kinder… Was sagen die Frauen über ihn… Ist er ein guter Liebhaber?« Barbaras Fragen prasselten auf mich ein.

Ich sagte, was ich wußte. Ob er ein guter Liebhaber sei, wußte ich allerdings nicht. Darum flunkerte ich: »Die Frauen sind verrückt nach ihm, aber ich kann nicht sagen, warum. Wer weiß denn schon, was die Frauen an uns schätzen… Und außerdem haben wir uns ja seit Jahren nicht mehr gesehen. Vielleicht würde ich ihn gar nicht mehr erkennen, wenn er plötzlich erschiene.«

»Aber schreibt ihr euch keine Briefe?«

»Echte Freunde brauchen keine Briefe, um sich die Treue zu bewahren. Freunde können ein halbes Leben lang voneinander getrennt sein, ohne sich zu entfremden. Sie kommunizieren geistig miteinander. Telepathisch. Auf der Wellenlänge der Sympathie.«

Ich wollte gerade meine Theorie von der Freundschaft als magnetischem Feld, als unzerreißbarem Beziehungsfaden entwickeln, da klingelte das Telephon. Barbara gab mir ein Zeichen, nicht abzunehmen, sondern weiterzuerzählen.

»Vielleicht ist es wichtig«, sagte ich. »Vielleicht ein Beziehungsfaden. Vielleicht ist es *er*.«

Da wurde sie wütend und zischte, ich solle keinen Blödsinn erzählen. Sie griff zum Hörer und fragte mit ihrer Montagmorgenstimme: »Was wünschen Sie?«

Am anderen Ende der Leitung war eine Männerstimme. Sie sprach Russisch und verlangte den Genossen Funk.

»Der Genosse Funk? So einen gibt es hier nicht…«

Da riß ich ihr den Hörer aus der Hand und schrie: »*Ich* bin Genosse Funk. Was gibt es? Wer ist da?«

Genosse Funk. So hatte mich Jerry genannt, als ich 20 Jahre alt war. In der Schweiz, wo damals alle Weltverbesserer die Sprache Lenins lernten. Er gab mir Russischunterricht aus einem Lehrbuch, in dem ein Genosse Funk vorkam. Ich war außer mir. Ein Wunder war geschehen: Das magnetische Feld hatte sich materialisiert. Zitternd fragte ich auf deutsch, wo er denn sei. In Warschau, gab er zurück. Bei einer internationalen Konferenz als Simultandolmetscher.

»Und jetzt? Wo bist du jetzt?«

»Im Hotel. Die Konferenz beginnt erst morgen.«

»In welchem Hotel?«

»Im Bristol. Kommst du mich holen?«

»Natürlich komme ich. In zehn Minuten bin ich da.«

Vollkommen durcheinander bat ich Barbara, sie solle bitte ohne mich weiterarbeiten. Ich ginge jetzt ins Hotel Bristol, um Jerry zu sehen. Das sei nun wirklich der merkwürdigste Zufall meines Lebens. Meine Assistentin aber sprang vom Stuhl und erklärte, sie komme mit.

»Bist du übergeschnappt?«

»Jawohl – ich habe mich in ihn verliebt.«

An dieser Stelle behaupte ich, daß so etwas nur beim Fernsehen möglich ist: Eine Frau verliebt sich in den Helden einer Geschichte. Sie kennt ihn nicht, hat nur von ihm gehört, aber keine Ahnung, wer er überhaupt ist. Sie weiß nicht, ob er ihr noch gefallen wird, wenn sie ihn erst einmal gesehen hat. Wie soll man das nur erklären? Ich habe meine Theorie dazu: Ich sage, daß die Fernsehleute allesamt Narzisten sind. In sich selbst verliebt, in sich selbst vernarrt. Da läßt sich also eine Barbara erzählen, wie ein Schweizer einen Faschisten aus dem Fenster geworfen hat – und schon verliert sie den Kopf. Weil dieser Schweizer genau das getan hat, was sie selbst getan hätte. Und was sie an ihm liebt, liebt sie an sich. Daß man es hier mit einer Selbsttäuschung zu tun hat, liegt auf der Hand, aber was soll man dagegen machen?

Kurz und gut, Barbara ließ nicht mit sich reden. Wir nahmen ein Taxi und während der Fahrt sprachen wir kein Wort miteinander. Beim Empfang fragten wir, wo ein gewisser Herr Vonlanthen logiere, und erfuhren, er bewohne eine Suite im dritten Stock. Wir klopften an seine Tür, und Jerry öffnete. Schon wollte er sich auf mich stürzen und mich umarmen, da erstarrte er. Er sah Barbara. Ihre funkelnden Augen. Ihr Katzengesicht. Ihren schlanken Körper, der den Raum zu ionisieren schien. Ich wußte sofort, daß Jerry in ihr Netz geraten war. Die nächste Fliege für das Chamäleon. Jerry nahm mich nicht mehr wahr. Er sah nur noch sie und sagte dann mit heiserer Stimme: »Wir sehen uns morgen, Genosse Funk. Oder übermorgen. Laß uns ein bißchen allein!«

Aber weder morgen noch übermorgen bekam ich Jerry zu Gesicht. Auch Barbara war wie vom Erdboden verschwunden. Hinweggefegt von den Sturzwellen der Leidenschaft. Jerry blieb bis zum Ende der Konferenz in seiner Suite. Er entschuldigte sich damit, daß eine plötzliche Laryngitis seine Stimmbänder außer Betrieb gesetzt habe, er also krank und gezwungen sei, bis zu seiner völligen Genesung das Bett zu hüten. Das war zwar nicht die ganze, aber immerhin die halbe Wahrheit. Jerry hütete das Bett, und zwar zwölf Tage lang. Allerdings nicht allein, sondern mit der verrückten Wildkatze. Was da im Hotel Bristol geschah, gehört ins Guiness Book of Records – als längster Liebesakt der Weltgeschichte. 288 Stunden lang blieben die zwei ineinander verschlungen, ineinander verkrallt und wurden dabei von einem Fieber der Raserei geschüttelt, das sie den Raum vergessen ließ und die Zeit... wenigstens bis zu einem gewissen Grade. Denn Jerry erinnerte sich, daß er am dreizehnten Tag in die Schweiz zurückfliegen mußte, wo er angeblich absolut unersetzlich war. Pflicht sei Pflicht, und alles habe leider ein Ende. Die Ernüchterung war schrecklich für Barbara, deren halbrussisches Temperament keine Halbheiten ertrug. »Bleib da«, flüsterte sie Jerry ins Ohr, doch der Schweizer ging ins Badezimmer, duschte sich und rief: »Wir werden uns wiedersehen!«

Jetzt erst kam der verrückten Person in den Sinn, daß es *mich* gab; sie rief in meinem Büro an und flehte mich an, sofort zum Flughafen zu kommen. Alles sei vorbei, schluchzte sie, Jerry fliege weg und sie habe nicht die Kraft, allein in die Stadt zurückzukehren. Als ich entgegnete, ich sei jetzt beschäftigt und nicht in der Lage, ihr Gesellschaft zu leisten, flüsterte sie mit der Stimme einer Tragödin: »Du hast die Sache eingefädelt, jetzt fädle sie gefälligst wieder aus!«

Mein Gott, du befindest dich wirklich auf dem Holzweg. Ich habe sie *nicht* getröstet, und schon gar nicht so, wie du es dir vorstellst. Man könnte sich zwar denken, daß ich an Stelle des vielbeschäftigten Jugendfreunds in die Bresche gesprungen bin, um dem Mädchen, wie man so sagt, die Tränen zu trocknen. Ich bin aber nicht in die Bresche gesprungen. Allerdings bin ich zum Flughafen gefahren, wo ich Zeuge einer herzzerreißenden Szene wurde. Es standen da ein viermotoriges Flugzeug der Swissair und daneben ein Liebespaar, das sich nicht trennen konnte. Barbara klammerte sich an Jerrys Brust, zerwühlte sein Haar, biß ihm in den Hals und schluchzte so fürchterlich, daß eine Stewardeß herbeieilte und ein Beruhigungsmittel anbot. Barbara reagierte nicht. Und sie reagierte auch nicht, als die Lautsprecher zum jetzt dritten Mal ankündigten, die Maschine nach Zürich sei startbereit und Herr Vonlanthen müsse nun dringend einsteigen.

Was Jerry dann tat, war ziemlich normal: Seine schweizerische Erziehung siegte über die slawische Leidenschaft. Er riß sich aus der Umklammerung los – eher grob, wie ich mich erinnere – und stieg die Aluminiumtreppe hinauf. Da gellte ein Schrei über die Startbahn: »Kagdaaa? – Wann? Wann sehe ich dich wieder?«

Was dann geschah, war in der Tat ungeheuerlich, der eigentliche Höhepunkt des Dramas. Mein Schweizer blieb stehen. Mitten vor der offenen Flugzeugtür und holte – ich schwöre, daß es so gewesen ist – seinen Terminkalender aus der Jackentasche. Er rüsselte seinen Mund, zog die Augenbrauen hoch und erteilte der tränenüberströmten Barbara folgenden Bescheid: »Erster Oktober, 20 Uhr 30 in Peking – beim Empfang des Hotels zum Himmlischen Frieden.« Darauf verschwand er im Flugzeug. Die Stiege wurde weggefahren – und damit ging die erste Hälfte dieser Geschichte zu Ende. Ich brachte meine Assistentin in die Stadt zurück. Sie sah verheerend aus. Ihre Augen waren geschwollen, die Haut aschgrau, die Wangen eingefallen. Aus dem reizendsten Mädchen Warschaus war im Verlauf von zwölf Tagen eine Vogelscheuche geworden. Es war jetzt Ende März. Bis zum ersten Oktober blieben sechs Monate. Jerry war entflogen. Es blieb nur die Hoffnung, aber wer die Hoffnung hat, der holt den Vollmond vom Himmel.

Jerry war ein ganzer Kerl, wie man so sagt. Er konnte einen Nazi aus dem Fenster schmeißen und Klavier spielen wie ein junger Rubinstein. Und er war – so Barbara – ein beispielloser Liebhaber. Das alles stimmte. Aber er konnte auch kalkulieren. Er mußte wissen, daß es damals ein Ding der Unmöglichkeit war, aus dem kommunistischen Polen ins kommunistische China zu reisen. Die Genossen waren so zerstritten, daß ein gewöhnlicher Reiseverkehr nicht denkbar war. Wenn Jerry dieses Stelldichein vorschlug, wußte er mit Bestimmtheit, daß daraus nichts werden konnte. Und da er das wußte, hatte er auch nicht im Sinn, Barbara je wiederzusehen. Für ihn war die Angelegenheit erledigt, und er war nach Zürich zurückgeflogen, um wieder Familienvater zu sein und die laufenden Geschäfte in Ordnung zu bringen. Er hatte nur eine Pause eingeschaltet: zwölf Tage der Ekstase, denen die schweizerische Wirklichkeit folgte, die auf Jahre hinaus geplant und im Terminkalender verzeichnet ist. Ganz anders verhielt es sich mit meiner Assistentin. Sie war entschlossen, das Unmögliche möglich zu machen. Schließlich war sie eine Kreuzung zwischen russischer Tollwut und polnischer Verbissenheit. Eine Tochter zweier Nationen, die seit jeher die Gesetze der Schwerkraft für ungültig erklären. Jedenfalls erschien Barbara nicht mehr zur Arbeit. Sie versuchte nicht einmal, sich zu entschuldigen; sie wußte, daß ich nichts gegen sie unternehmen würde. Ich hatte ihr ja, wie sie betont hatte, die ganze Suppe eingebrockt.

Was ich von jetzt an erzähle, weiß ich nicht aus eigenem Erleben, sondern aus späteren Berichten, deren Wahrheit sich kaum mehr überprüfen läßt. Mit Gewißheit kann ich nur sagen, daß niemand wußte, wo Barbara sich aufhielt. Ich versuchte immer wieder, sie zu erreichen, rief regelmäßig bei ihr an, schickte ihr Telegramme, aber fast ohne Hoffnung, je eine Antwort zu erhalten. Die wildesten Gerüchte kamen in Umlauf. Man habe sie bei Augustow gesehen. Sie sei die Geliebte eines Försters. Sie irre in den Lärchenwäldern umher, die sich bis zur litauischen Grenze erstrecken und von märchenhaften Teichen durchsetzt sind. Sie bade dort nackt zwischen Schlingpflanzen und Wasserlilien und singe merkwürdige Litaneien, die in diesen Gegenden als Zaubergesänge gelten. Niemand aber konnte sagen, wo sie sich tatsächlich aufhielt, und je länger sie wegblieb, desto seltsamere Geschichten erzählte man über sie. Es ist eine weitverbreitete Unart, daß über schöne Frauen mehr geklatscht wird als über andere. Und über Barbara klatschte man immer und überall. Ein Kollege erzählte sogar, sie sei zu einer Baba gegangen, um sich übernatürliche Kräfte zu beschaffen, was ich als abstrusen Quatsch zurückwies. »Es gibt keine übernatürlichen Kräfte«, behauptete ich steif und fest. »Die Welt wird von Naturgesetzen beherrscht, und der Rest ist Humbug.« Bald mußte ich mich aber davon überzeugen, daß selbst Marx und Lenin nicht alles wußten.

Ende August desselben Jahres saß ich in meinem Büro, als die Tür aufging und ein Mädchen auf der Schwelle stand, das mich entfernt an Barbara erinnerte. Ich starrte sie an wie ein Gespenst. Es war Barbara, aber noch hundertmal schöner als die Frau, die meine Assistentin war. Ihre Haut war gesund und seidig, ihre Augen waren noch grüner geworden, so daß es mir den Atem verschlug: »Bist *du* es, Barbara«, rief ich ungläubig, »was ist mit dir geschehen?«

Das Mädchen hatte einen Sinn fürs Theatralische. Sie öffnete bedeutungsvoll ihr Handtäschchen und entnahm ihm ein rotes Büchlein – es war ein Paß. Ein richtiger, neuer Reisepaß. Niemand bekam damals einen Reisepaß, kein anständiger Mensch durfte damals ins Ausland fahren, aber Barbara durfte. Das war unglaublich. Das widersprach allen Gesetzen. Ein Wunder, schoß es mir durch den Kopf, doch das eigentliche Mirakel sollte noch kommen. Barbara öffnete das Büchlein; da prangte auf der fünften Seite… ich traute meinen Augen nicht: ein chinesisches Visum. Also hatte Barbara das Unmögliche möglich gemacht. Aber wie? Sicher hatte sie die zuständigen Beamten um den Finger gewickelt. Ich malte mir aus, wie sie vor den chinesischen Konsul getreten war und mit einem Augenaufschlag erklärt hatte, sie müsse am ersten Oktober in Peking sein. Sie verlasse das Konsulat nicht, bis sie ein Visum in ihrem Paß habe. Sie sei zu allem bereit, um… undenkbar. So war Barbara nicht! Wie sie allerdings den Paß und das Visum bekommen hatte, blieb ihr Geheimnis, das sie mir nicht verriet. Das einzige, was ich weiß, ist, daß Barbara ein paar Wochen später eine hundsgewöhnliche Eisenbahnkarte zweiter Klasse nach China löste und es damit auf sich nahm, zwölf Tage ihres Lebens im transsibirischen Expreß zu verbringen.

Ich spüre, sie gefällt dir immer weniger, diese Halbrussin mit dem eigenwilligen Temperament. Du kannst dir denken, was du möchtest, aber *ich* bin von ihrer Reinheit überzeugt. Sie hatte ja nichts anderes im Sinn als das Wiedersehen mit dem fernen Geliebten, die Wiedervereinigung mit dem Vielbeschäftigten, der sie für den ersten Oktober ans andere Ende der Welt bestellt hatte. Du kannst beruhigt sein: Sie hatte nur Gedanken für *ihn*.

Und so fuhr Barbara über Moskau, Tscheljabinsk und Omsk, Nowosibirsk, Krasnojarsk, Irkutsk und Chabarowsk nach Wladiwostok, wo sie schon fast am Ziel war – aber nur fast, denn sie wußte nicht, daß an der Spitze des Zuges ein Mann namens Jakutin stand. Ein Lokomotivführer von altem Schrot und Korn, der bereit war, sein Leben zu opfern für jenes Wässerchen, das aus zweimal rektifiziertem und über Aktivkohle filtriertem Kartoffelsprit hergestellt wird. Er hatte getan, was Millionen seiner Landsleute tun, wenn ein guter Kollege Namenstag feiert. Er hatte sich besoffen. Als der Transsibirische Expreß nur noch einige 100 Meilen von der chinesischen Grenze entfernt war, fiel Jakutin um. Tot. Sein Heizer lebte zwar noch, befand sich aber in einem Zustand, den man beschönigend als »unansprechbar« bezeichnet. Der Zug hatte bis dahin ungeschoren die Taiga durchquert und die Tundra, war an gewaltigen Bergmassiven vorbeigefahren und hatte reißende Flüsse unter sich gelassen. Barbara hatte keinen Augenblick daran gezweifelt, daß sie rechtzeitig in der chinesischen Hauptstadt eintreffen würde. Die Aussicht auf die Liebesnacht mit dem Märchenprinzen aus Zürich machte alle Reisebeschwerden zu Bagatellen. Ihre Euphorie trug sie durch Wolken, und so merkte sie nicht einmal, daß der Zug plötzlich stillstand und keine Anstalten machte weiterzufahren. Es dauerte genau zwei Tage und zwei Nächte, bis die Reisenden erfuhren, was geschehen war. Barbara blieb nichts anderes übrig, als auf ein Wunder zu warten, und tatsächlich traf nach 48 Stunden ein neuer Lokomotivführer ein. Am 2. Oktober, vor Sonnenaufgang, erreichte sie Peking. Um vier Uhr morgens. Mit der kleinen Verspätung von 48 Stunden. Theoretisch hätte Barbara am 29. September ankommen sollen, aber was sind schon 48 Stunden im Hinblick auf die Genüsse, die sie erwarteten. Kurz und gut, Barbara eilte zum Taxistand und ließ sich zum Hotel des Himmlischen Friedens bringen. Zum Hafen ihrer Sehnsucht. An den Ort, von dem sie ein halbes Jahr lang geträumt hatte.

Es war 4 Uhr 35, als sie dem Taxifahrer eine Dollarnote in die Hand drückte. Sie war zu Tode erschöpft, doch ihr Herz jubelte. Ihr Atem ging schwer. Nun stand sie am Empfang und stotterte äußerst erregt, sie müsse Herrn Vonlanthen sprechen. Unverzüglich. Einen Gast dieses Hotels, der auf sie warte.

»Welchen Herrn Vonlanthen?«

»Aus der Schweiz. Internationaler Dolmetscher. Wir sind verabredet...«

Nun weiß man ja, daß die Chinesen das höflichste Volk der Welt sind. Sie haben eine Art zu lächeln, daß einem in der Seele warm wird. Mit ihrem Benehmen sind sie in der Lage, die schlimmsten Nachrichten schmackhaft zu machen. Der Portier verneigte sich also, rieb freundlich die Hände aneinander, womit er andeuten wollte, daß schließlich alles gut enden würde, und sagte: »Mister Vonlanthen mit der Brille, Miss?«

»Jawohl. Mit der Brille und einer Stupsnase.«

»Kurz rasiertes Haar, Miss?«

»Wollen Sie ihn bitte rufen, Mister?«

»Das wird ziemlich schwer sein, Miss«, und der Mann verneigte sich ein zweites Mal.

»Ich weiß, daß es sehr früh ist, Mister, aber Herr Vonlanthen wird sich freuen, von mir geweckt zu werden.«

»Es ist möglich, daß er sich nicht freuen wird, Miss.«

Barbara witterte Schlimmes und fragte mit brüchiger

Stimme: »Warum ist es möglich, daß er sich nicht freuen wird?«

»Weil alles möglich ist, Miss…«

»Wollen Sie mir endlich sagen, Mister, was hier los ist?«

»Herr Vonlanthen ist verschwunden.«

»Sagen Sie mir die Wahrheit, Mister! Ist ihm etwas passiert?«

»Nichts ist ihm passiert. Er ist abgeflogen. Genau um Mitternacht, Miss.«

»Das kann doch nicht wahr sein, Mister. Wir sind verabredet!«

»Er hat eine Nachricht hinterlassen. Für Miss Barbara aus Warschau. Sind *Sie* Miss Barbara aus Warschau?«

»Das bin ich.«

Der Nachtportier holte einen Brief aus dem Schlüsselfach und reichte ihn dem Mädchen, das einer Ohnmacht nahe war. Darin stand: »Liebe Barbara. Wie versprochen habe ich auf dich gewartet. Wir waren für den 1. Oktober verabredet. Ich habe den ganzen Tag auf dich gewartet. Da du nicht eintriffst, verlasse ich das Hotel um 24 Uhr 03 Lokalzeit und nehme das Flugzeug nach Djakarta, wo ich übermorgen an einer Konferenz teilnehmen muß. Nächste Woche fliege ich nach San Francisco und kehre am 22. Oktober nach Zürich zurück. Es tut mir leid, daß wir uns nicht getroffen haben. Jerry.«

Das geschieht ihr recht, wirst du jetzt sagen. Du kannst sie nicht leiden, weil sie so unvernünftig ist. So verrückt und maßlos. Du wirst sie nie begreifen. Sie ist eben eine Halbrussin und deshalb zur Hälfte unberechenbar. Die andere Hälfte hat sie vom Vater, der ein polnischer Offizier war. Ein Ulanenhauptmann mit Schnurrbart und Reitstiefeln, der mit gezücktem Bajonett gegen deutsche Panzerwagen stürmte und dabei umkam. Barbara war leidenschaftlich bis zur Raserei, und als sie Jerrys Mitteilung gelesen hatte, brüllte sie wie ein angeschossenes Tier. Jawohl. Mitten in der noch leeren Hotelhalle. Dann brach sie zusammen und blieb 50 Stunden lang ohne Bewußtsein.

Als Barbara schließlich die Augen aufschlug, war sie ein anderer Mensch. Eiskalt und hart wie ein Kristall. Ihre romantische Seele war ausgebrannt, und was ihr blieb, war Haß. Sie war ihm nachgereist, diesem Chronometer. Diesem Holzpflock aus dem Hochgebirge. Diesem dümmsten und seelenlosesten Hornochsen, der ihr je über den Weg gelaufen war. Ihm hatte sie vertraut. Geglaubt, was er ihr beim Liebesspiel ins Ohr geflüstert hatte. Himmel und Hölle hatte sie in Bewegung gesetzt, um ans Ende der Welt zu reisen und mit ihm einen Augenblick der Ekstase zu teilen. Doch dieser Trampel, dieser schweizerische Ziegenbock mit Drahtbrille und lächerlicher Stupsnase hatte sich verkrümelt. Jetzt wurde ihr klar, daß sie nie wieder einen Mann lieben würde. Schluß mit dem Selbstbetrug und Schluß mit dem Fernsehen! Von jetzt ab wollte sie die Welt sehen, wie sie war. Ohne Beschönigungen. Ohne Studiobeleuchtung. Ohne Illusionen. Eins zu Eins. Weg von der Zauberküche des Tricktisches! Nie mehr Fernsehen! Von jetzt an war Schluß mit der Kamera, Schluß mit Weitwinkel und Teleobjektiv. Nur noch die Wahrheit sollte gelten, und nichts als die Wahrheit. Jetzt würde sie zuschlagen. Als Journalistin oder Schriftstellerin, denn sie konnte schreiben. Sie hatte elektrische Augen und sah, was andere nie sehen. Die Gelegenheit lag auf der Straße. Sie war ja in China, einem Riesenreich, das damals niemand bereisen durfte. Sie würde hinter die Kulissen blicken und eine Reportage schreiben, wie man sie vorher nicht gekannt hatte. Mit nackten Worten, die platzen würden wie reife Früchte. Die Volkskommunen würde sie besuchen. Die Zwangsarbeitslager. Die Hungergebiete im Osten. Was sie in Polen nicht getan hatte, würde sie in China nachholen. Dem Männerregime wollte sie die

Maske herunterreißen. Diese selbstgerechten Herren der Schöpfung sollten endlich in den Spiegel sehen. Von jetzt an, sagte sie sich, gibt es nur noch Zorn und weibliche Rücksichtslosigkeit. Das war ihr Schwur, als sie sich auf den Weg machte, um den Bericht zu schreiben, der ihr Schicksal werden sollte.

Was Barbara von nun an notierte, war nichts als die ungeschminkte Wahrheit. Sechs Monate lang kreuzte sie durch China. Durch das geheimnisvolle Reich der Mitte, von dem niemand mehr wußte als ein paar plumpe Klischees. Sie war im fernen Sinkiang und an den Ufern des Amur, auf Hainan im südchinesischen Meer und in Yatung auf den Zinnen des Himalaja. Überall zeigte sie Empfehlungsbriefe, die ihr chinesische Diplomaten mitgegeben hatten. Dutzende von einflußreichen Männern lobten ihr Talent und ihre politische Zuverlässigkeit – denn alle hatten sich in sie verknallt und versuchten, ihr Herz zu erobern. Aber ihr Herz war versteinert. Sie hatte nur noch ein Ziel vor Augen: zu beschreiben, wie das China der Kulturrevolution wirklich war.

Sechs Monate lang hatten sich alle Türen für sie geöffnet, und als Barbara – im März des folgenden Jahres – in Schanghai das Schiff bestieg, um nach Polen zurückzukehren, trug sie in einem Koffer 600 Schreibmaschinenseiten mit Notizen, die ihrem Zorn entsprungen waren und ihrem beleidigten Selbstgefühl. Das war die Reportage, die bald in den berühmtesten Zeitungen der fünf Erdteile abgedruckt werden sollte.

Ich weiß, was du jetzt denkst. Daß *ich* das alles ins Rollen gebracht habe. Daß *ich* an allem schuld bin. Das mag zu einem Teil stimmen. Aber der andere Teil der Schuld liegt bei Barbara. Bei ihrer Fernsehkrankheit. Dem Bedürfnis, sich selbst zu betrügen. In einer unwirklichen Welt der Lüge und der Täuschung zu leben. Sie hatte ja nur darauf gewartet, sich in einen Exoten zu verlieben, in einen Kerl, der den allgemeinen Normen widerspricht. Sie hätte einen solchen wahrscheinlich auch ohne mich gefunden, wobei ich gestehen muß, daß es ohne mich schwieriger gewesen wäre. Aber das bedeutet doch alles nicht, daß wir etwas miteinander hatten. Doch! Wir hatten etwas miteinander: die Komplizenschaft der Geschichtenerzähler. Das unausgesprochene Einvernehmen der Schwadroneure, die sich augenzwinkernd zuhören und wissen, daß nicht alles Gold ist, was glänzt.

Barbara fuhr also auf einem Frachtschiff der polnischen Handelsmarine, das über Colombo und Bombay auf den Suezkanal zusteuerte und von dort über Gibraltar und Amsterdam nach Stettin. Und alles wäre gutgegangen, wenn nicht in Indien ein polnischer Journalist an Bord gekommen wäre. Er hieß Gurski und sah aus wie ein Möbelverkäufer. Er hatte weder eine Stupsnase noch eine Drahtbrille, sondern entsprach dem Idealbild aller Modejournale der Alten und Neuen Welt. Er war das perfekte Gegenteil meines Jugendfreunds, den Barbara zwar Trampel, Ziegenbock und Holzpflock genannt, den sie aber dennoch vergöttert hatte. Gurski hatte nichts, um dem extravaganten Mädchen zu gefallen. Er kotzte sie sogar an, doch ging sie mit ihm ins Bett. Sie hatte gelobt, nie wieder einen Mann zu lieben – aber Liebe und Geschlechtsverkehr sind ja nicht unbedingt ein und dasselbe. Jedenfalls schlief sie mit dem Kerl und hatte dabei die Genugtuung, sich zu rächen: an Jerry und an den Männern überhaupt. Da die Reise einige Wochen dauerte, hatte sie fortan Gelegenheit, ihren Durst – wenn man das so nennen kann – zu stillen und ihr Gleichgewicht wiederherzustellen. Dieser Gurski paßte ihr zwar überhaupt nicht, aber sie war doch so eitel, ihm ihr Geheimnis zu verraten: daß sie eine ziemlich explosive Reportage geschrieben hätte, die einiges Aufsehen erregen könnte. Der »Möbelverkäufer« wurde neugierig und fragte sie aus, worum es denn ginge. Darauf antwortete sie: »Ich bin wahrscheinlich die erste Europäerin, die hinter die Fassaden des chinesischen Millionengefängnisses gesehen hat!«

Gurski zeigte natürlich nicht, wie neugierig er war, und Barbara lieh ihm das Manuskript. Er nahm es mit in seine Kajüte und las es in *einem* Zug…

Gurski sah wohl aus wie ein Möbelverkäufer, aber blöd war er nicht. Als Journalist, der er war, konnte er unterscheiden zwischen spannend und langweilig, zwischen Champagner und abgestandenem Wasser. Und was er da las, war feinster Champagner. Eine leidenschaftliche Entlarvung der kommunistischen Männergesellschaft. Er wußte nichts von Jerry und der Wut, die in dem Mädchen brodelte. Er bemerkte nur eine ungestüme Empörung, die hier loderte, und begriff, daß er eine Goldgrube entdeckt hatte. Als professioneller Judas fotografierte er das Manuskript – alle 600 Seiten – und verabschiedete sich von Barbara, als der Frachter in Amsterdam vor Anker ging. Er gab dem Mädchen das Manuskript zurück und sagte: »Das Ganze ist recht gekonnt. Ich finde deinen Stil schon ziemlich eigenständig. Aus dir könnte gelegentlich eine gute Journalistin werden.«

Gurski kehrte nicht nach Polen zurück. Er war zwar Mitglied der Partei, ein treuer Anhänger des Marxismus-Leninismus, der für die offiziellen Organe schrieb, doch jetzt hatte er die einmalige Gelegenheit, sich in den goldenen Westen abzusetzen. Er verkaufte die Reportage, die er Barbara gestohlen hatte, an eine internationale Presseagentur und bekam dafür einen Sündenlohn von einer Viertelmillion Dollar. Barbara ging natürlich leer aus.

Bei ihrer Ankunft in Polen wurde sie von zwei Geheimpolizisten empfangen und umgehend ins Untersuchungsgefängnis gebracht. Sie habe, so erklärte man ihr, wahrscheinlich die Wahrheit geschrieben. Man kenne ja die verdammten Schlitzaugen, doch auf Zusammenarbeit mit westlichen

Pressestellen stehe ein Minimum von drei Jahren Zuchthaus. Barbara konnte sich ausrechnen, wer ihr diesen
Streich gespielt hatte, doch im Verhör schwieg sie. Sie saß
ihre Strafe ab und leugnete hartnäckig jede Beziehung zu einem Journalisten namens Gurski. Halbrussinnen haben
eben ihre Ehre. Für nichts in der Welt verraten sie jemanden, mit dem sie das Bett geteilt haben.

Ja, so war das mit Barbara – aber im Grunde genommen
wollte ich gar nicht von *ihr* erzählen. Ich hatte eigentlich
vor, von Jerry zu berichten. Von ihm handelte schließlich
das Drehbuch meines Fernsehfilms, der ersten Folge meines
Zwölfteilers...

DIE FORTSETZUNG

Das Leben ist eine Fernsehserie.
Allan Wagner, CBS

Wenn du nun meinst, ich will ihn anschwärzen – meinen Jugendfreund, mit dem ich Jahre der Vertrautheit verbracht habe –, dann bist du auf dem Holzweg. Ich habe ihn bis jetzt aus der Perspektive jener Halbrussin geschildert, die ihre Gründe hatte, ihn zu verabscheuen. Jetzt aber ist es an der Zeit, ihn in Schutz zu nehmen und zu erklären, warum er sich so merkwürdig benahm und nicht warten wollte bis zur Ankunft seiner Melusine in Peking. Diese paar Stunden hätte er sich doch gedulden können, denkst du sicher – aber er tat es nicht. Warum? War er ein gewissenloser Lump, der ein verliebtes Mädchen über die halbe Erdkugel hetzt, um sich im entscheidenden Moment zu verkrümeln? Ich vermute eher, daß Jerry anderwärtig engagiert war.

Ich habe ja vorausgeschickt, daß ich über ihn einen Film drehte, und zu diesem Zweck mußte ich in die Schweiz reisen, wo ich gewisse Einzelheiten in Erfahrung brachte, die für die Motivation meines Helden entscheidende Bedeutung besaßen. Ich kannte Jerry zwar fast so gut wie mich selbst, doch gab es einige Rätsel in seiner Biographie, die ich aufklären mußte. Ich fragte ihn zum Beispiel, warum er so viele Liebschaften hinter sich gebracht und es dabei stets vermieden hatte, eine tiefere Bindung einzugehen. Seine Antwort war für mich überraschend: »Ich habe mich in Moskau – an der Karl-Liebknecht-Schule – in ein Mädchen verliebt, das ich seit 25 Jahren nicht vergessen kann. Ein knappes Vierteljahrhundert lang habe ich ihr Liebesbriefe geschrieben und sie Dutzende von Malen gefragt, ob sie meine Frau werden will.«

»Und? Was hat sie geantwortet?«

»Nichts. In diesem knappen Vierteljahrhundert hat sie mir nie geantwortet. Nicht *einen* Brief habe ich von ihr bekommen.«

»Wie erklärst du dir das?«

»Ich kann es mir nicht erklären. Ich will ja nicht behaupten, daß ich unwiderstehlich bin. Im Gegenteil. Aber wir waren schließlich gute Kameraden. Wenigstens *einmal* hätte sie zur Feder greifen können, um mir zu sagen, was ich zu erwarten habe. Aber nein. Sie lebt heute in Ost-Berlin. Sie ist Fremdenführerin. Zahlreiche Schweizer sind mit ihr in Berührung gekommen, und so weiß ich eben einiges über sie.«

»Wahrscheinlich ist sie verheiratet.«

»Sie ist nicht verheiratet. Sie lebt mit ihrer Mutter in einer kleinen Dreizimmerwohnung und soll noch immer so anziehend sein wie damals, als wir zusammen in dieselbe Klasse gingen.«

»Also muß sie einen Grund haben, dir aus dem Weg zu gehen. Vielleicht einen politischen. Angst, mit einem Ausländer in Kontakt zu treten. Du weißt ja, wie das ist dort drüben.«

»Lächerlich. Sie ist Fremdenführerin. Sie wird dafür bezahlt, mit Ausländern in Kontakt zu treten. Es muß etwas anderes sein.«

»Was?«

Jerry lächelte wehmütig: »Vielleicht hat sie keine Feder, um mir zu antworten.«

»Du spinnst, Jerry. Bist noch immer so verrückt wie früher.«

»Vielleicht spinne ich tatsächlich – aber ich gebe dir diese

Füllfeder aus Gold. Die wertvollste Feder, die ich besitze, ein Erbstück von meinem Vater. Und du überbringst sie ihr. In Ost-Berlin. Da mußt du ja vorbei, wenn du nach Polen fährst. Du besuchst sie. Hier hast du ihre Adresse – und frage sie bitte, warum sie mir nicht antwortet.«

Ich fuhr also nach Ost-Berlin und fand auch das Haus, das mir Jerry genannt hatte. Etwas befangen klingelte ich an der Tür. Eine alte Dame öffnete und lächelte mich an, als hätte sie mich erwartet. Es war Frau Ilse Neumann, die Mutter der Person, die ich suchte. Sie bat mich, einzutreten und im Wohnzimmer Platz zu nehmen. Du lieber Gott! Hier war die Zeit stehengeblieben! Wir schrieben gerade den Mai 1963, doch ich fühlte mich um 30 Jahre zurückversetzt. In den Schicksalsfrühling der Machtergreifung. An den Wänden prangten Bilder von Ernst Thälmann und Wilhelm Pieck. Hammer und Sichel, von roten Rosen umrankt. Fotos von Vater und Mutter, als sie noch jung waren. Wie sie den Eid auf die Partei ablegten. Wie sie an Straßenschlachten teilnahmen. Im roten Wedding. Auf den Barrikaden von Zwickau und Leuna. Zwischen zwei Fenstern hingen Bilder von Lore. Als Siebenjährige bei den Jungen Pionieren. Als Elfjährige mit dem Schlips der Jungkommunisten. Als Fünfzehnjährige bei der Aufnahme in die Karl-Liebknecht-Schule. Sie sah aus wie eine Orchidee. Etwas knabenhaft, mit kurzgeschnittenem Blondschopf. Und tausend Funken sprühten aus ihren Augen. So mußte sie ausgesehen haben, als Jerry sich in sie verliebte. Jetzt wurde ich neugierig. Wie sah sie wohl heute aus, die Lore Neumann, die meinem Jugendfreund so nachhaltig den Kopf verdreht hatte. Wo war sie?

»Meine Lore wollen Sie sprechen? Das wird nicht leicht sein. Sie ist auf dem Spartakusfeld und kommt erst am Abend zurück.«

»Schade, Frau Neumann. Ich habe ein Geschenk für Ihre

Tochter. Und eine recht interessante Mitteilung. Um 19 Uhr fliege ich weiter.«

»Das tut mir sehr leid, Genosse. Aber helfen kann ich Ihnen nicht.«

»Ist sie denn allein auf dem Sportplatz?«

»Das ist kein Sportplatz, lieber Freund. Das Spartakusfeld ist unser größtes Fußballstadion. Da sitzen jetzt 60 000 Berliner und brüllen sich die Stimmen heiser.«

»Wieder so eine Militärparade, nehme ich an…?«

»Im Gegenteil. Ein Finalspiel. Es geht um den Friedenspokal. Dresden gegen Cottbus.«

»Eine Stecknadel im Heuschober. Ich werde sie nie finden!«

»Wenn Sie hinfahren, finden Sie sie bestimmt. Ich hab ihr die Karte besorgt und erinnere mich genau an die Platznummer. 22 222. Fünf Zweier. Wenn Sie ein Taxi nehmen, kommen Sie rechtzeitig an – aber beeilen Sie sich!«

Ich raste zum Spartakusfeld und kam gerade an, als Cottbus sein erstes Tor schoß. Das Stadion raste, und ich machte mich daran, Lore Neumann zu erspähen. Wie immer, wenn ich mit dem Schicksal spiele, packte mich ein merkwürdiges Fieber. Ich war bereit, Himmel und Erde in Bewegung zu setzen, um Jerrys große Leidenschaft kennenzulernen. Die Mutter war über 60, die Tochter konnte höchstens 40 sein. Vielleicht auch jünger. Ich hatte keine neuere Fotografie gesehen, doch da erkannte ich sie. Sie war es, es gab keinen Zweifel! Ich schlängelte mich durch die Menge, trat unschuldigen Sportfans auf die Füße und ruderte auf Lore Neumann zu. Ich war nervös, als ginge es um ein eigenes Abenteuer. Ich wußte sofort: Jerry liebte diese Frau und würde sie immer lieben. Doch es gab da ein Geheimnis, das *ich* lüften mußte. Jetzt stand ich neben ihr. Sie blickte auf, als wäre sie verdrossen über die Störung. Ich mußte sie überrumpeln, wenn ich wollte, daß sie meine Fragen beantwortete: »Lore Neumann?«

»Woher kennen wir uns?«

»Ich bin beauftragt, Ihnen ein Geschenk zu überbringen. Einen Füllfederhalter aus reinem Gold.«

Lore zog befremdet die Brauen hoch: »Beauftragt? Von wem denn, wenn ich fragen darf?«

»Von einem gemeinsamen Freund. Es scheint, daß Sie – wie soll ich das sagen – ein Fixstern sind an seinem Himmel…«

Da schoß ihr das Blut in den Kopf. Ich spürte, daß ich sie getroffen hatte. Ihre Augen waren noch immer so sprühend. Ihr Gesicht so neugierig wie auf den Fotografien aus der Jugendzeit – doch jetzt verkrampften sich die Muskeln um ihren Mund. Sie wollte wissen, was hier gespielt wurde: »Kennen Sie ihn schon lange?«

»Seit 1939. Wir haben jahrelang zusammengewohnt.«

»Und jetzt?«

»Jetzt liegen Hunderte von Kilometern zwischen uns. Ich lebe in Warschau, arbeite beim Fernsehen und mache Filme.«

»Und er?«

»Er ist Dolmetscher bei parlamentarischen Konferenzen und reist von einem Kontinent zum anderen.«

»Wann haben Sie ihn zum letzten Mal gesehen?«

»Gestern.«

»Ist er noch immer so«, sie zögerte einen Augenblick und starrte auf ihre Fingernägel, »ist er noch so schön wie damals?«

»Schön?«

»Er hatte Augen wie Diamanten. Eine geschwungene Nase. Man nannte ihn Bergadler.«

»Soviel ich weiß, hat er eine Stupsnase, Frau Neumann. Seine Augen sieht man kaum, weil er sehr kurzsichtig ist und eine dicke Brille trägt…«

»Unmöglich. Fäsula hat keine Stupsnase.«

»*Wie* soll er heißen?«

»Fäsula – Fäsula Namdar aus Teheran.«

»Wir reden von verschiedenen Personen, Frau Neumann.«

»Von wem reden denn *Sie*?«

»Von meinem Jugendfreund. Er schreibt Ihnen Briefe. Seit 25 Jahren. In denen fragt er Sie, ob Sie seine Frau werden wollen...«

Ihr Gesicht wurde winzig. Ihre Augen feucht. Eine bittere Enttäuschung zeichnete sich auf ihren Lippen ab, und sie seufzte: »Ach, dieser Schweizer!«

»Jawohl. Jerry Vonlanthen. Ich soll Ihnen diese Füllfeder bringen. Aus reinem Gold. Es soll ein Erbstück sein von seinem Vater.«

»Wozu denn?«

»Damit Sie ihm endlich antworten. Er meint, Sie hätten vielleicht nichts zum Schreiben, und darum...«

Lore lächelte: »Er ist ein Dummkopf. Immer noch derselbe. Ich habe viel übrig für ihn. Immer gehabt. Aber lieben... kann ich nur *einen*.«

»Und der ist Perser, wenn ich Sie richtig verstanden habe. Ein Bergadler aus dem Iran. Was hat er denn so Besonderes, daß Sie ihn nicht vergessen wollen?«

Du wirst es mir nicht glauben, aber in diesem Augenblick sah ich deutlich zwei phosphoreszierende Fäden zwischen ihren Fingern. Immaterielle, aber leuchtende Fäden der Leidenschaft. Sie führten zu Jerry und zu Fäsula. Nach Zürich und nach Teheran. Und Lore begann zu erzählen: »Hier ist eigentlich nicht der Ort, an dem man der Vergangenheit nachtrauern sollte – aber da Sie schon da sind...«

Ich muß nun einfügen, daß das Gespräch zwischen Lore Neumann und mir von einer tobenden Menschenmenge umbraust wurde. Zwei Spitzenmannschaften kämpften um den Pokal der Republik: Dresden gegen Cottbus. Doch *wir* hatten die Uhrzeiger um ein Vierteljahrhundert zurückgestellt. Wir sahen nicht, was um uns geschah. Die Leute waren buchstäblich betrunken und rückten, ohne zu murren, auseinander, um mir Platz zu machen. Ich konnte mich neben Lore setzen. Der Lärm, der uns umheulte, gab unserem Gespräch eine merkwürdige Intimität, und Lore sprach, als wären wir beide allein im Stadion: »Meine Eltern waren gläubige Kommunisten. Das gab es noch, damals... Als Hitler an die Macht kam, mußten wir Deutschland verlassen. Sowohl mein Vater als auch meine Mutter wurden gesucht, und es verstand sich, daß wir in die Sowjetunion flüchteten. Wir waren ja überzeugt, daß wir dort glücklich sein würden. Ich kam in die Karl-Liebknecht-Schule, wo hervorragende Lehrer unterrichteten. Man sprach Deutsch und Russisch, und ich verlebte die entscheidenden Jahre meines Lebens...«

»Und da lernten Sie Jerry kennen?«

»Ja, und vor allem Fäsula.«

»Wart ihr in derselben Klasse?«

»Fäsula war älter – aber wir spielten Theater miteinander. Jerry spielte auch mit, und weil er aussah wie ein Gelehrter – mit seiner Hornbrille und der Stupsnase –, bekam er die Rolle des Faust. Fäsula spielte den Mephisto.«

»Und Sie wahrscheinlich das Gretchen.«

»Zu meinem Glück spielte ich den Schüler.«

»Warum zu Ihrem Glück?«

»Weil es eine kleine Rolle war, die über mein Schicksal entscheiden sollte.«

»Und?«

»Sie erinnern sich doch: Der Schüler kommt zu Faust, um die Geheimnisse der Wissenschaft zu ergründen. Er wird aber von Mephisto empfangen, der vorgibt, der berühmte Doktor zu sein. Der Verführer schwatzt ihm das Blaue vom Himmel und erklärt unter anderem, wie man's mit den Frauen macht. Der Schüler ist neugierig und läßt sich die Sache zeigen – wie man sie um die Hüften faßt. Wie man zufällig ihre Brüste streift. Wie man die Hand um ihren Nacken legt, und was alles noch dazugehört. Ich war der Schüler und mußte mir das gefallen lassen. Der Schlauberger nützte die Szene aus, um mir den Kopf zu verdrehen.«

»Ist es ihm gelungen?«

»Ich muß zugeben, daß ich großen Spaß hatte bei den Proben. Fäsula mußte sich natürlich zurückhalten, weil ja der Regisseur dabeistand, der ihm die Rolle weggenommen hätte, wenn er zu anzüglich geworden wäre. So erlaubte er sich nicht mehr als das, was im Text stand, und da ich als Fünfzehnjährige eine Männerrolle zu spielen hatte, konnte ich auch nicht verlangen, daß man mich besonders zimperlich behandeln würde…«

»Und da ist es passiert, nehme ich an.«

»Vorläufig nicht. Die Proben begannen im Herbst und dauerten bis in den Dezember hinein. Die Generalprobe ging anstandslos über die Bretter, aber am folgenden Abend – es war die traditionelle Silvesterpremiere unserer Schule – ereignete sich etwas Unerhörtes, jedoch nicht das, was Sie meinen. Alle Eltern waren anwesend, alle Lehrer und eine Menge Prominenz. Damit Sie verstehen, warum das Ereignis so unerhört war, muß ich beschreiben, wie er aussah, dieser Verführer in Person und wahrhaftig ein Teufel, wie er im Buch steht. Sein Haar war kohlrabenschwarz, nachtschwarz, abgrundschwarz. In seinen Pupillen glitzerten silberne Kristalle. Seine Haut war marmorweiß und seine Stimme wie die Stimme eines Erzengels. Bei der Premiere also kamen wir an die Stelle, wo mir Fäsula die Kunst des Verführens zu zeigen hatte. Er umschlang meine Hüfte, streichelte meinen Hals und betastete meine Brüste, daß ich meinte, ohnmächtig umfallen zu müssen. Das alles tat er unvergleichlich stürmischer als während der Proben, und am Ende der Szene küßte er mich auf den Mund. Stellen Sie sich *das* vor: Er hatte ja den sinnlichsten Mund der Welt. Seine

Lippen hatten die Form eines Elfenbeinbogens, mit dem man Wachteln jagt. Und *ich* durfte mich nicht wehren. Alle Eltern saßen ja im Saal, alle Lehrer und bekannte Persönlichkeiten, und so mußte ich dulden, daß er mich vor versammeltem Publikum vergewaltigte. Vielleicht übertreibe ich mit dem Ausdruck – aber Fäsula tat mir tatsächlich Gewalt an, und ich mußte die Zähne zusammenbeißen, um nicht laut aufzuschreien. Dann aber brach ein Beifallssturm los. Der Vorhang senkte sich, und ich tat etwas, das ich nie bereuen werde, obwohl ich ihn liebte. Ich knallte ihm zwei Ohrfeigen ins Gesicht, die ihn beinahe umwarfen. Das war das Ende. Vorläufig…«

»Was verstehen Sie unter vorläufig?«

»Weil die Sache noch ein Nachspiel hatte. Ich gelobte nämlich, nie mehr einem Mann zu verfallen, und meinte es auch ernst damit. Die Männer, dachte ich damals, wollen ja immer nur das *eine*. Dieser Schuft hatte mich mißbraucht. Mit einer Geste, die *nicht* im Text stand, und unter Umständen, in denen ich völlig wehrlos war. Er hatte schon das Recht, mich zu liebkosen. Ich spielte ja einen Jüngling, einen Studiosus, und durfte nicht pingelig sein. Theoretisch war alles in Ordnung, aber praktisch gab es ein Problem – ich war kein Mann. Ich war ein fünfzehnjähriges Mädchen, das zwar innerlich zu reifen begann, aber noch recht unfertig aussah. Daraus zog er seinen Vorteil. Er *zeigte* mir nicht, wie man Frauen verführt. Er verführte mich – oder versuchte es wenigstens. Ich weiß genau, was er dabei dachte: daß ich eine blöde Ziege sei, eine lächerliche Landpomeranze. Typisch deutsch, mußte er sich wohl sagen: Zuerst himmelt sie mich an, und wenn's darauf ankommt, klebt sie mir eine. Jeder hat doch gesehen, daß sie in mich verliebt ist! Sie zittert ja, wenn ich ihr den Arm um die Hüften lege. Wenn wir uns begegnen, stottert sie vor Erregung. Ihre Augen glänzen, wenn ich auf sie zukomme. Sie hat immer neue

Vorwände gesucht, um mit mir zu reden, und wenn ich mal mit Olga gesprochen habe…«

»Wer ist Olga?«

»Olga Michailowa. Das zweite Kapitel meiner Geschichte. Sie war das tollste Mädchen unserer Schule. *Sie* spielte das Gretchen, und alle Männer waren in sie verschossen. Lehrer, Schüler, ja sogar der turkmenische Gärtner. Fäsula nannte sie die schöne Wassilissa, die Prinzessin aus dem russischen Volksmärchen. Damit wollte er mich ärgern – was ihm auch gelungen ist.«

»Also waren doch nicht alle in sie verliebt.«

»Alle, außer dem Schweizer und… Fäsula. Dennoch war ich eifersüchtig wie eine spanische Señora. Die ganze Schule machte sich lustig über mich, und man fragte zum Beispiel, ob ich meine Rivalin lieber mit dem Fächer ermorden wolle oder mit dem Sonnenschirm.«

»Und was geschah weiter? Habt ihr euch duelliert?«

»Im Gegenteil. Ich habe mich verliebt.«

In diesem Augenblick stieg ein ohrenbetäubender Lärm zum Himmel. Dresden hatte sein erstes Tor geschossen. Es stand jetzt 1:1, und ich mußte einige Zeit warten, bis es wieder ruhiger wurde. Dann fragte ich: »In wen haben Sie sich verliebt? In Jerry?«

»Ach, Jerry! Er war mein Freund, wenn Sie so wollen. Ein Kamerad, mit dem ich Pingpong gespielt habe oder Schach.«

»Aber Sie haben sich doch verliebt. In wen denn?«

»In die Russin. Es war eine Jungmädchenliebe. Die Leidenschaft einer Fünfzehnjährigen.«

»Wie hat sie denn ausgesehen?«

»Fäsula nannte sie, das sagte ich ja eben, die schöne Wassilissa. Er hat damit ins Schwarze oder, besser gesagt, ins Blonde getroffen. Olga war kornblond und hatte eine milchweiße Haut. Eine Slawin ganz und gar. Zurückhaltend und explosiv gleichermaßen. Ihre Augen schienen nach innen gerichtet, konnten aber plötzlich zu flackern beginnen. Ihre Lippen waren weich, ihre Nase prüfte und schnupperte unentwegt – denn Olga war von einer fast krankhaften Neugier. Nein, Neugier ist nicht der richtige Ausdruck. Wissensdurst müßte man sagen. Alles wollte sie sehen. Alles hören. Mit den eigenen fünf Sinnen. Und was sie nicht verstand, begriff sie intuitiv. Wie auch immer: Ich verliebte mich in sie.«

»Um sich an diesem Mephisto zu rächen?«

»Wer weiß. Das kann ich heute nicht mehr beurteilen. Jedenfalls weiß ich, daß wir miteinander Spanisch lernten.«

»Ausgerechnet Spanisch?«

»Weil wir uns gelobt hatten, nach Spanien zu gehen. Als Freiwillige zu den Internationalen Brigaden. Das war im zweiten Jahr des Bürgerkriegs. Die Faschisten gewannen langsam die Überhand. Die Republik hing an einem Faden, Franco stand vor Madrid, und wir wollten unser Leben einsetzen für die Sache der Freiheit. Wir sagten niemandem, was wir im Schild führten, und büffelten nicht nur die Sprache, sondern auch die Geographie des ersehnten Landes. Wir kannten alle Städte und Provinzen auswendig, alle Flüsse und Gebirgszüge – denn wir spürten, daß sich in Spanien das Schicksal der Menschheit entschied. Wenn dort die Faschisten siegten, wäre Hitler *auch* nicht mehr aufzuhalten. Wir *mußten* nach Spanien!«

»Und vor lauter Enthusiasmus vergaßen Sie Ihren Perser?«

»Ich hoffte das aufrichtig. Ich redete mir ein, daß solche Nichtigkeiten wie Leidenschaft und Begierde nichts zu suchen hätten in meinem Leben. Besonders in einer Zeit, in der sich das Schicksal des Jahrhunderts entschied. Meine Gedanken weilten bei den Compañeros von Teruel, bei den Campesinos von Andalucia, bei den Minieros von Asturia, und mit aller Gewalt merzte ich Fäsula aus meiner Erinnerung aus.«

»Verzeihen Sie meine Hartnäckigkeit, Frau Neumann, aber ich muß Sie nun doch fragen, ob Sie nie mit dem Gedanken gespielt haben, mit meinem Jugendfreund...«

»Ich sagte Ihnen doch, daß er mir gleichgültig war. Warum kommen Sie immer wieder auf ihn zurück?«

»Weil ich einen Fernsehfilm über sein Leben mache, das ein einziges unwahrscheinliches Abenteuer ist. Ich reise durch die Welt, um seinen Spuren zu folgen. Ich befrage Menschen, deren Wege er kreuzte. Alle die Frauen, die bis heute nach ihm verrückt sind. Aber *Sie*, die einzige Frau, die er wirklich liebt und der er seit 25 Jahren treu ist, ausgerechnet Sie wollen nicht einmal reden von ihm. Er ist Ihnen gleichgültig, sagen Sie. So egal, daß Sie auf keinen seiner Briefe antworten. Können Sie mir das erklären?«

»Natürlich kann ich das. Weil ich Fäsula liebe und sonst niemanden. Ihm halte ich die Treue.«

Mir fehlten die Worte. Unbeholfen fragte ich also: »Sie sagten etwas von einem Nachspiel?«

Lore lächelte in sich hinein. Sie blickte gedankenverloren auf das Fußballfeld. Es blieben noch 30 Minuten bis zum Ende des Spiels. Noch stand es 1:1. Eine unerträgliche Spannung lag über dem Stadion – aber Lore träumte weiter: »Ja. Es gab ein Nachspiel. Und was für eines! 1939, als die alte Welt für immer zusammenstürzte. Im Frühling marschierten die Faschisten in Madrid ein, und die spanische Republik wurde zusammengewalzt. Unsere Hoffnungen verrauchten, meine spanischen Träume waren ausgeträumt, und ich wußte, daß meine Jugendzeit abgelaufen war.«

»Und dann?«

»Dann kam der Sommer, in dem ich die Reifeprüfung bestand. Ich bekam mein Abschlußzeugnis und war nun erwachsen. Da stand es schwarz auf weiß. Ich war kein Kind mehr. Jetzt mußte ich vernünftig sein und mich mit den Tatsachen abfinden. Im Herbst würde ich mich immatrikulieren. An der Moskauer Universität. Der Ernst des Lebens würde beginnen. Und er begann auch, aber anders, als ich dachte...«

»Was geschah?«

»Im August machten wir unsere Abiturreise. Auf einem Märchenschiff, das sinnigerweise ›Weltrevolution‹ hieß.«

»Warum sinnigerweise?«

»Weil dort alles in die Luft ging – alles.«

»Was passierte auf dem Märchenschiff?«

»Warten Sie einen Augenblick! Zuerst muß ich von der Reifeprüfung berichten, denn sie bewies, wie schrecklich unreif ich war. Wir bekamen drei Themen zur Auswahl. Ich entschied mich für das dümmste: Wo ist der Sitz der Seele?«

»Was haben Sie geschrieben?«

»Daß es eine Reihe von dunstigen Begriffen gibt, die wissenschaftlich nicht nachweisbar sind, jenseits der vernünftigen Kategorien stehen und nur dazu da sind, das Volk zu vernebeln. Keiner dieser Begriffe, schrieb ich, ist mit den Sinnen wahrzunehmen, und darum hat es auch keinen Zweck, nach dem Sitz der Seele zu forschen. Es gibt letzten Endes weder Seele noch Gott, noch Liebe auf der Welt. Alles nur alberne Trugbilder! Aber von allen Trugbildern ist die Liebe das absurdeste, weil sie nichts anderes ist als eine Täuschung der Fortpflanzungsorgane. Ich habe das damals ernst gemeint...«

»Würden Sie das heute noch schreiben?«

»Natürlich nicht. Mein Prüfungsaufsatz war ja ein einziges Pamphlet gegen meine eigene Natur. Eine Kampfschrift gegen meine Gefühle. Gegen meine Liebe zu Fäsula. Ich bekam die bestmögliche Note, weil mein Elaborat den damaligen Sowjetnormen entsprach, und ich bildete mir ein, mit diesem Aufsatz sei mein Problem gelöst. Nachdem ich aber mein Abschlußzeugnis in der Tasche hatte, breitete sich ein merkwürdiger Ausschlag über meinen Körper aus, und schreckliche Kopfschmerzen begannen mich zu plagen. Die Ärzte konnten eine organische Ursache meines Leidens nicht feststellen, und darum könne von einer Krankheit keine Rede sein. Ich solle unbekümmert die Abiturreise antreten, die Symptome würden von selbst verschwinden.«

»Sind sie verschwunden?«

»Ja, aber nicht von selbst…«

»Und was geschah dann auf dem Schiff?«

»Wie ich es schon andeutete: meine Weltrevolution.«

»Greifen Sie nicht etwas hoch mit diesem Ausdruck?«

»Erlauben Sie mir eine Gegenfrage: Wissen Sie, wie ein frischgetünchtes Schiff riecht?«

»Mehr oder weniger.«

»Entweder Sie wissen es, oder Sie wissen es nicht. Es riecht wie ein Männerkörper. Wie frischer Teig. Es riecht nach Wasser, Tang und Fischen. Nach fauligen Muscheln und Lauge und…«

»Warum erzählen Sie mir das?«

»Weil ich diesen Duft für immer eingeatmet habe. Ich rieche bis heute die verbrannte Steppe und wilde Pferde. Über mir die Himmelskuppel aus gelbgrünem Jade. Seidene Hemisphären, die sich über die Ebene spannen. Äcker gleiten an mir vorbei. Kohlschwarze Erde. Aus dem Boden schießt ein Feuerwerk goldener Sonnenblumen. Ich liege an Deck in einem Stuhl und lasse mich kosen von der frischen Brise. Ich höre das Stampfen der Dampfkolben. Meine Augen sind geschlossen. Ich horche mit den Lippen und ahne eine Nähe, die mir den Atem nimmt. Einen Schatten, der mir das Haar zerzaust. Und mein Mund fängt an zu flüstern. Meine Zunge bringt Wörter hervor, die ich noch nie auszusprechen versucht habe. Ich fiebere. Ein eiskalter Schüttelfrost packt mich, und ich spüre, daß die Kopfschmerzen mich verlassen. Meine Nerven entspannen sich. Der Ausschlag verschwindet, und ein himmlisches Wohlbefinden durch-

strömt mich: ›Du mein nachthimmelblaues Cello‹, wispert
mein Mund, ›du tintenschwarze Baßklarinette… meine
süße Nachtigall. Warum gehst du mir aus dem Weg?
Warum eilst du davon? Wann kehrst du zurück zu mir?‹ Ich
öffne die Augen – und meine zu halluzinieren. Über mir
steht der Geliebte. Mein Abgott, den ich geschlagen statt
umarmt habe. In diesem Augenblick wußte ich: das ist kein
Fiebertraum. Fäsula sah mich an. Mit großen Augen. Ver-
wundert über meinen Wankelmut. Mehr als ein Jahr lang
hatte ich ihn verabscheut. Einen großen Bogen um ihn gemacht. Jedem, der es hören wollte, gesagt, daß er ein Lotter-
bub sei. Ein leichtsinniger Schmetterling. Auch zu Jerry
habe ich das gesagt. Ich habe mich sogar bei ihm ausgeweint,
weshalb er wohl gedacht hat, daß ich ihn vorziehe. Und seit
damals will er mein Mann werden! Mich heiraten. Das Leben mit mir teilen. Aber wer ist er, daß er sich mit Fäsula
vergleicht? Mit meinem Bergadler aus Tausendundeiner
Nacht?«

»Fäsula war auf demselben Schiff wie Sie, Lore Neumann?
Das verstehe ich nicht. Er war doch älter als Sie. Er hatte
doch die Reifeprüfung längst hinter sich.«

»Ja. Er studierte bereits an der Universität und war in diesen
Sommerferien als Gruppenleiter des Jugendverbandes tätig.
Vielleicht hatte er einen besonderen Grund mitzureisen.
Vielleicht hoffte er, doch noch an mich heranzukommen.
Ich weiß es nicht. Ich weiß nur, daß er über mir stand. Mit
bebenden Nasenflügeln und zitterndem Kinn.«

»Und?«

»Da zirpte es wieder aus mir heraus – mir war, als würden
meine Stimmbänder zerreißen: ›Ich erwarte dich in meiner
Kajüte.‹ Darauf er: ›Und Olga?‹ Worauf ich antwortete: ›Sie
ist im Krankenzimmer. Sie hat die Gelbsucht und kommt
bestimmt nicht in meine Kajüte.‹ Fast ängstlich fragte er:
›Warum erwartest du mich, Lore?‹ Da hörte ich mich sagen:

›Einfach so. Um mit dir zu spielen. Wir spielen die Szene aus dem Faust, Fäsula, und du zeigst mir noch einmal... du weißt schon was.‹«

Zum dritten Mal raste jetzt das Stadion. Dresden hatte sein zweites Tor geschossen, es stand 2:1. Das war unglaublich – kurz vor Schluß. Alles war nun möglich, und die Berliner tobten wie verrückt.

»Das war das unwiderrufliche Ende meiner Jugendzeit. An jenem Augustnachmittag wurde ich zur Frau. Zum glücklichsten Menschen der Welt. Übrigens: Kennen Sie die Tretjakow-Galerie in Moskau?«

»Oberflächlich.«

»Es gibt dort einen Saal mit persischen Miniaturen. Eine davon ist einzigartig: Auf einem Bett aus chinesischer Seide liegt ein blondes Mädchen, eine russische Königstochter, vielleicht auch eine deutsche, und vor ihr kniet ein Prinz, ein engelhafter Jüngling mit glühenden Augen, schwarzem Haar und langen weißen Händen. Er ist nackt und bringt ihr das teuerste Geschenk, das ein persischer Prinz einer fremden Königstochter geben kann. Seine Männlichkeit.«

»Warum seid ihr nicht beieinander geblieben?«

»Wir *sind* beieinander geblieben. Zwei Wochen lang. Und wußten nicht, was auf der Welt geschah. Es ereigneten sich ja damals die fürchterlichsten Dinge. Stalin schloß einen Freundschaftspakt mit Hitler, und wir liebten uns. Die Wehrmacht bereitete den Überfall auf Polen vor, und wir liebten uns. Die Barbarei triumphierte auf der halben Erdkugel, doch wir lagen im Kajütenbett und liebten uns. Wir küßten uns die Tränen aus den Augen und sagten uns die unglaublichsten Albernheiten. Wir lachten und weinten und gelobten uns ewige Treue. Als wir aber in den ersten Septembertagen nach Moskau zurückkkamen, standen Fäsulas Eltern auf dem Bahnhof. Sie teilten uns mit, daß der Krieg ausgebrochen war: Hitler sei in Polen einmarschiert, und England und Frankreich hätten Deutschland den Krieg erklärt. Fäsula müsse unverzüglich seine Koffer packen. Morgen würden sie abreisen.«

»Und was geschah weiter?«

»Nichts. Die Weltgeschichte hat uns auseinandergerissen.«

»Und Sie wissen nicht, wo er ist? Lebt er überhaupt?«

»Ich weiß es nicht. Seit 25 Jahren warte ich auf eine Nachricht.«

»Aber Sie können doch schreiben. Ans Internationale Rote Kreuz. An die Botschaft des Iran oder an Ihre damalige Schule. In der Schule muß es doch jemanden geben, der es weiß...«

»Es gibt vielleicht jemanden – aber ihr kann ich nicht schreiben.«

»Von wem sprechen Sie?«

»Von Olga. Sie ist Sekretärin des Absolventenverbands und führt die Kartei der Ehemaligen. Alle fünf Jahre treffen sie sich. In Moskau. Aber dahin kann ich nicht fahren.«

»Das verstehe ich nicht. Was soll das bedeuten: ihr kann ich nicht schreiben – dahin kann ich nicht fahren?«

»Das soll bedeuten, daß ich es nicht kann. Es gibt unter den Absolventen der Karl-Liebknecht-Schule so etwas wie einen Ehrenkodex. Entweder man ist Kommunist, oder man gehört nicht dazu.«

»Und *Sie* gehören nicht dazu?«

»Nein.«

»Aber ich habe doch in Ihrem Wohnzimmer Fotos gesehen – aus Ihrer Jugendzeit. Mit dem Hemd und dem Schlips der Jungkommunisten.«

»Das war einmal...«

Jetzt sah ich, daß sie die Augen schloß. Ich war ihr zu nahegetreten. Aber ich wollte ja einen Film drehen und war gerade auf den Spuren eines Beziehungsfadens! Alles, was

Lore Neumann erzählt hatte, gehörte zur Geschichte meines Jugendfreunds – ich konnte da nicht abbrechen. Ich war bereits so tief in das Drama verwickelt, daß ich wissen *mußte*, wie es weiterging. So pirschte ich mich von neuem an sie heran und sagte: »Was ich bisher von Ihnen gehört habe, beweist, daß Sie eine unerschrockene Frau sind. Schließlich waren Sie entschlossen, nach Spanien zu gehen. Sie wären zweifellos auch gegangen, wenn Sie die Gelegenheit dazu gehabt hätten. Warum fehlt Ihnen der Mut, Olga zu schreiben und sie zu fragen, was sie von Fäsula weiß? Nur das. Ich wette, Olga antwortet Ihnen!«

»Sie verlieren Ihre Wette, denn nach meinem Abschied von Fäsula ist viel Unerfreuliches passiert! Hitler hatte die Sowjetunion überfallen, der schrecklichste aller Kriege war ausgebrochen. Ich wollte Soldat werden und meldete mich beim Rekrutierungsamt der Moskauer Universität. Aber ich wurde abgewiesen. Nicht nur das. Man verdächtigte mich vielmehr, als deutsche Spionin die rote Armee unterwandern zu wollen. Ich wurde verhaftet und nach Sibirien verschickt. In ein Zwangsarbeitslager für Deutsche, denn von jetzt an waren ja alle Deutschen verdächtig. Potentielle Todfeinde des russischen Volkes. Wir hatten zwar gelernt, daß alle Menschen Brüder seien, daß sich die Proletarier aller Länder vereinigen müßten, daß der Nationalismus die Grundtorheit des Jahrhunderts sei – doch mit *einem* Mal war ich ein Auswurf. Eine Aussätzige, weil ich aus Deutschland stammte. Noch im Rekrutierungsamt hatten sie mir den Parteiausweis abgenommen. Von jetzt an war ich nicht mehr die Genossin Neumann, sondern die Strafgefangene 699 179 …«

»Und darum schämen Sie sich?«

»Können Sie das nicht nachvollziehen?«

»Die Genossen sollen sich schämen! Sie waren doch kein Feind des russischen Volkes. Im Gegenteil. Ihr Leben wollten Sie einsetzen gegen Hitler, und als Dank …«

»Schickte man mich in den hohen Norden. In die Hölle von Karaganda. Ein halbes Jahr danach erhielt ich einen Brief. Geöffnet und zensiert. Nachgeschickt vom Dekan der medizinischen Fakultät. Olga hatte mir geschrieben, und ich las etwa folgendes: Herzlich geliebte Genossin, ich bitte dich um Hilfe. Im April werde ich ein Kind zur Welt bringen. Sein Vater ist gefallen. Auf dem Schlachtfeld von Smolensk. Darf ich zu *dir* kommen, damit mein Kind sein Leben in deiner Nähe beginnt? Es wird keinen Vater haben, aber – wenn du einverstanden bist – zwei Mütter. Ich warte ungeduldig auf deine Antwort und umarme dich innig, du meine geliebte Genossin. Salud, Olga Michailowa.«

»Was haben Sie geantwortet?«

»Ich habe *nicht* geantwortet. Ich verriet sie, weil ich mich schämte. Ich konnte ihr doch nicht sagen, wo ich war. Im Zwangsarbeitslager. Als Strafgefangene 699179. Ich antwortete ihr also nicht und riß alle Brücken ab zwischen uns. Damit strafte ich mich selbst – denn sie allein hätte mir Auskunft geben können über das Schicksal meines Bergadlers. Es gibt keine Olga mehr. Sie ist entschwunden. Tausend Lichtjahre liegen zwischen uns.«

Diese Meinung konnte ich nicht teilen. Überzeugt davon, daß es nichts Unmögliches gibt auf der Welt, behauptete ich: »Solange Olga lebt, kann man sie erreichen!«

»Ausgeschlossen«, antwortete Lore. »Sie wird sich nicht erreichen lassen. Sie hat sich abgewendet von mir.«

»Dann werde *ich* dafür sorgen, daß sie sich Ihnen wieder zuwendet…«

In diesem Moment platzte die Erdkruste, das ganze Stadion schien in die Luft zu gehen. Cottbus schoß sein zweites und eine Minute später sein drittes Tor. 60000 Zuschauer sprangen in die Luft und tobten, brüllten und liefen Amok. Sie schüttelten die Fäuste über den Köpfen und gaben raubtierähnliche Laute von sich. Sogar Lore Neumann verlor ihre

Haltung. Ihr Herz schlug eindeutig für Cottbus. Vorübergehend vergaß sie ihren Kummer und schrie sich die Seele aus dem Leib. Da pfiff der Schiedsrichter das Spiel ab, und innerhalb weniger Minuten leerte sich das Stadion. Von den 60000 Zuschauern blieben nur zwei übrig. Einsam. In sich verloren. Hin- und hergerüttelt zwischen Gegenwart und Vergangenheit…

Überrascht sah ich, wie Lore nun ihren goldenen Füllfederhalter einweihte, das Erbstück meines Jugendfreundes, das ich aus Zürich mitgebracht hatte. Was sie jetzt schrieb, war zwar ein Brief, aber nicht an Jerry, sondern an Olga Michailowa: Geliebte Genossin, ich schreibe Dir, um zu erfahren, ob Fäsula noch am Leben ist. Außerdem will ich mit diesem Brief eine alte Rechnung begleichen. Diese Rechnung frißt mein Gewissen auf. Vor 25 Jahren hast Du mich gefragt, ob Du Dein Kind bei mir zur Welt bringen könntest. Ich habe Dir nie geantwortet, obwohl ich wußte, daß ich durch mein Schweigen unsere Liebe zerstörte. Es war tatsächlich Liebe, die uns verband, teure Olga, und *ich* habe sie mit Füßen getreten. Nur einmal in meinem Leben habe ich jemanden verraten – ausgerechnet Dich. Man hatte mich damals beschuldigt, eine deutsche Spionin zu sein. Und ich befand mich im Gulag von Karaganda. In einem Dorf namens Skuka. In einem Zwangsarbeitslager, wo Dein Kind vor Hunger und Kälte zugrunde gegangen wäre. Skuka war die Unterwelt. Das Reich der Toten, aus dem es keinen Rückweg zu geben schien. Fast drei Viertel meiner Mitgefangenen sind dort umgekommen – weil sie die Qualen nicht ertragen konnten. Wie hätte ich Dir das alles mitteilen können? Du hättest mir nie geglaubt! Wie hättest du glauben können, daß in unserer sozialistischen Heimat solche Ungeheuerlichkeiten möglich waren? Auch Du hättest angenommen, daß ich zu den Faschisten übergelaufen wäre und Greuelgeschichten verbreite, die von Hitler erfunden waren. Du hättest mich ver-

abscheut, und ich wäre vor Scham gestorben. Die ange-
hende Spanienkämpferin, die treue Genossin, das uner-
schütterliche Mädchen vom kommunistischen Jugendver-
band saß hinter Stacheldraht und wurde beschuldigt, eine
Spionin zu sein. *Darum* schrieb ich nicht. Verstehst Du
mich heute, da wir etwas mehr wissen über diese Zeit? Bitte
antworte mir auf meinen Brief! Und sage mir auch, vielleicht durch Vermittlung des Überbringers dieser Zeilen,
was Du von Fäsula Namdar weißt. Dir ist ja klar, was er mir
bedeutet. Salud, Lore Neumann.

Mit diesem Brief reiste ich einen Tag nach meinem denk-
würdigen Stadionbesuch nach Moskau. Am Flughafen
nahm ich ein Taxi und ließ mich zur Karl-Liebknecht-
Schule bringen, die mir im Verlauf weniger Tage zum
Schauplatz erschütternder Dramen geworden war. Ich
wurde dort von einer Vorsteherin empfangen, die ihr Amt
schon damals versehen hatte: »Jerry Vonlanthen? Warten
Sie! Ein Schweizer, oder nicht? Der Sohn eines berühmten
Wissenschaftlers, wenn ich mich recht erinnere. Ach ja!
Nach der Reifeprüfung ging er zur Filmschule und mußte
dann in die Schweiz zurückkehren. Wie sagen Sie? Fäsula
Namdar? Ich erinnere mich genau. Ein fast unwirklich
schöner Mann. Ein Prinz aus Tausendundeiner Nacht. Aber
wo er jetzt ist, weiß ich nicht. Vielleicht ist er gar nicht mehr
am Leben. Er war zu zerbrechlich für jene Zeiten. Wie sagen
Sie? Lore Neumann? Sie war die Tochter von deutschen
Antifaschisten. Ein prächtiges Mädchen. Keine Ahnung,
aber ich nehme an, daß sie in der DDR lebt. Oder auch
nicht. Ja, ihre Freundin hieß Michailowa, Olga Michailowa.
Sie ist heute eine der beliebtesten Nachrichtensprecherin-
nen. Jawohl – beim Rundfunk. Rufen Sie nur an, und sagen
Sie, *ich* hätte Sie geschickt. Verlangen Sie die Michailowa
von der Informationsabteilung!«

Ich rief an, und alles klappte. Wir verabredeten uns für sechs

Uhr abends. Bei der Metrostation »Leninberge«. Bis dahin hatte ich vier Stunden Zeit und so schaute ich mir die Schule an, von der ich inzwischen so viel erfahren hatte. Alles war noch so, wie es mir Jerry geschildert hatte. Das Physikzimmer mit dem Projektionsapparat, durch den man die Brownsche Molekularbewegung betrachten konnte. Der Biologiesaal mit den Bildern von Darwin und Lomonossow und den Mendelschen Vererbungstafeln. Das »Iberische Zimmer«, in dem Olga und Lore ihre heroischen Träume geschmiedet hatten. Unverändert hingen da noch die Porträts von Cervantes und Lope de Vega, von Garcia Lorca und Rafael Alberti sowie ein riesiges Bild der Passionaria, welche die Soldaten zur letzten Schlacht anfeuerte. Dann zeigte man mir die Aula. Auch sie schien unverändert zu sein – denn noch immer wurde sie von der Bühne dominiert, auf der an einem Silvesterabend vor vielen Jahren Goethes »Faust« über die Bretter gegangen war. Schulen verändern sich nicht. Jahrzehntelang dünsten sie den gleichen Mief von vergilbten Büchern aus, von ältlichen Lehrern und komischen Bildertafeln, die bereits veraltet sind, wenn man sie an die Wand hängt... Ich war zerstreut und verlor mich in Grübeleien. Da hielt ich einen neuen Beziehungsfaden in der Hand, eine neue Verästelung meiner Geschichte über Jerry und die Generation der großen Illusionen. Bald würde ich sie sehen: die strahlende Jungkommunistin, die mit Lore hatte nach Spanien gehen wollen. Wie mochte sie aussehen? War sie ebenfalls ein Museumsstück? Oder glich sie mehr der feurigen Dolores Ibarruri, die den Feinden ihr »no passeran« entgegenschleuderte? Eine tolle Neugier ergriff mich. War Olga eine arische Walküre? Ein russisches Mädchen? Eine sture Stalinistin? Alles war möglich.

Um Punkt sechs Uhr fuhr die U-Bahn ein. Ein einziger Passagier kam auf mich zu. Das konnte nur *sie* sein. Olga Michailowa, die Fäsula einst »die schöne Wassilissa« genannt hatte, die Muse der Karl-Liebknecht-Schule, das Ideal von ein paar hundert Schülern. Oh, Gott! Sie war eine Matrone geworden, rundlich, kurzatmig, aber beweglich wie Quecksilber. Mit pulsierenden Augen und einer verführerisch weichen Stimme. Ich gab ihr die Hand und wußte, daß ich jetzt beim Höhepunkt meines Films angekommen war. Ich blickte sie lange an und sprach kein Wort. Dann reichte ich ihr den Brief. Wir setzten uns wortlos auf eine Bank, und nach einem Moment der Verlegenheit fragte sie, von wem denn dieses Schreiben sei. Ich sagte, von Lore Neumann aus Ost-Berlin. Olga wurde bleich, zerriß den Umschlag und begann zu lesen. Sie las halblaut, murmelte Satzfetzen vor sich hin und gab ihren Kommentar dazu. Nicht für mich. Sie sprach mit Lore und haderte mit ihr: »Alte Rechnung zu begleichen. Man stellt doch keine Rechnungen unter Freunden auf... Jemanden verraten. Lächerlich. Nicht du hast mich, sie haben *uns* verraten... Habe dir nie geantwortet. Das konntest du doch gar nicht. Wer durfte damals schreiben, was er dachte... Mich beschuldigt, eine deutsche Spionin zu sein. Eine Spionin! Ausgerechnet du eine Spionin. Ein Kristall bist du gewesen, der beste Mensch, dem ich je begegnet bin... Du hättest mir nie geglaubt. Natürlich hätte ich. Wenn ich jemandem glaube, dann für immer. Aber *du* hast an mir gezweifelt, Lore Neumann. Meinst du, ich wußte nicht, was geschah? Ich wußte es und schwieg. Wenn jemand plötzlich nicht mehr zu Hause war, war er verhaftet worden. Ganz Rußland war doch ein Gulag, ein einziges Konzentrationslager. Ich schrieb dir damals diesen Brief. Ja, aber die Geschichte mit dem Kind war doch gar nicht wahr! Ich wollte dir nur zu verstehen geben, daß ich dir die Treue bewahrte...«

Da packte sie mich an beiden Schultern und schüttelte mich: »Das verstehen Sie doch! Lore hat es nicht verstanden. Ein Kindskopf ist sie geblieben. Habe ich recht?«

»Wahrscheinlich haben Sie recht«, entgegnete ich, »aber was ist aus Fäsula geworden?«

»Fäsula? Der junge Gott aus Teheran? Sie haben ihn erschossen.«

»Wo?«

»Hier in Moskau. Am Tag seiner Abreise wurde er verhaftet. Im Gefängnishof haben sie ihn an die Wand gestellt.«

»Unschuldig, nehme ich an.«

»Schuldig.«

»Was hat er denn getan?«

»Nichts. Wie wir alle. Er wußte und hat geschwiegen.«

»Und Lore hat vergeblich auf ihn gewartet…«

»Nicht vergeblich. Alles hat einen Sinn im Leben.«

DER WEIHNACHTSMANN

> Wer nicht an Wunder glaubt,
> ist kein Realist.
> Mein Onkel Jimmy Goldbloom

Die einen können es. Die anderen nicht. Wer es kann, ist ein Weihnachtsmann. Wer es nicht kann, ein Sauertopf. Ich zähle mich zu den Weihnachtsmännern und bin ein hoffnungsloser Minderheitler. Wo ich hinkomme, belächelt man mich, weil ich standhaft behaupte: »Die Geschichte wird gut ausgehen.«

»Welche Geschichte?« höhnen die Leute.

»Jede Geschichte«, antworte ich. »Sogar die Weltgeschichte, sofern man will... Aber man muß es halt wollen und danach handeln. Man muß sich verhalten, als gebe es noch eine Chance, und nicht umfallen, wenn der erste Wind bläst.«

»Aha«, spotten die Nachbarn, »dann glauben Sie an den Weihnachtsmann?«

»Ich bin einer«, gebe ich zurück, »und glaube an das Unglaubliche.«

Ich bin zum Beispiel davon überzeugt, daß im Monat Dezember alles möglich ist. Zu anderen Jahreszeiten ebenfalls, aber zwischen Andreas und Silvester ganz besonders. Dann sind die Nächte am längsten, die Lichtbestrahlung in unseren Breitengraden ist am geringsten, und ein gewaltiger Strom von elektrisch geladenen Partikeln – Sie wissen, wovon ich spreche – durchquert unbehindert die Erdhülle. Milliarden und Abermilliarden von sogenannten Ionen machen die Luft zum Energieleiter, und zwischen den Menschen entsteht ein unsichtbares Band der Solidarität. Die Solidarität läßt sich quantifizieren wie jede andere Energie. In Mikrosol, Kilosol und Megasol. Im allgemeinen ist diese Energie lächerlich klein. Der Geigerzähler schlägt fast nicht aus, wenn man sie messen will, aber im Weihnachtsmonat wächst sie um das fast Hundertfache und schafft die Bedingungen für die Möglichwerdung des Unmöglichen. Bei den Christen spricht man dann von »Weihnachtsaura«, bei den Juden von »Chanukastimmung« und bei den Heiden von »Dezemberrummel«.

In so einer solidaritätsgeladenen Zeit – genau gesagt, am 24. Dezember 1965 – machte ich im polnischen Fernsehen eine Festtagssendung. Nun fragen Sie vielleicht: Was sucht ein anständiger Mensch beim Fernsehen? Oder in einer Spielhölle? Oder in einem Bordell? Die Frage ist gut, aber meine Antwort ist besser. Sie wissen doch, daß man die fähigsten Missionare zu den *Wilden* schickt. MacLellan opferte sein Leben bei den Menschenfressern. Monmoulin starb als Priester auf der Teufelsinsel. Johannsmann wurde, während er einen Lustmörder bekehrte, in die Gurgel gebissen und starb an einer Blutvergiftung. Ich jedenfalls arbeitete beim Fernsehen und träumte davon, diese frevelhafteste aller Institutionen mit Menschlichkeit zu erfüllen. Wie kam es, werden Sie möglicherweise fragen, daß man mich dort überhaupt eingestellt hat? Die sind doch nicht so blöd, einen Moralisten bei sich aufzunehmen! Auch diese Frage ist berechtigt, doch wahrscheinlich wissen Sie *nicht*, daß der Direktor schon über 70 Jahre alt war und hin und wieder an den Tod dachte. Er ahnte, daß er in nicht allzuferner Zukunft vor seinem Richter stehen und Rechenschaft ablegen müßte über die Sünden seines Lebens. Dafür brauchte er einen Pluspunkt – und so gab er mir eine Chance. Er machte mich zum Showmaster, und ich wurde – wenn ich es in aller

Bescheidenheit selber so sagen darf – zum Liebling der Nation. Wenn meine Sendungen über die Antenne gingen, waren die Straßen leergefegt. Das ist zwar ein wenig übertrieben, doch an dem genannten 24. Dezember schaute mir tatsächlich ganz Polen zu.

Ich hatte angekündigt, daß ich am Heiligen Abend ein Wunder vollbringen würde. Ich wollte zwischn 20 Uhr und Mitternacht in irgendeine Stadt der Welt telefonieren, in der es große polnische Kolonien gibt oder zumindest Leute polnischer Herkunft, mit denen ich Polnisch sprechen könnte. Ich dachte zum Beispiel an Chicago, wo man sich ja wie in Warschau vorkommen soll. Wer dort nicht Polnisch redet, braucht – so erzählte es mir jemand – ein Wörterbuch, um sich zu verständigen. In Chicago wollte ich versuchen, einen Menschen ausfindig zu machen, der aus irgendeinem Grund jede Hoffnung aufgegeben und keine Lust mehr am Dasein hatte. Ich wollte auch versuchen, dem Verzweifelten im Laufe eines Abends – innerhalb von vier Stunden also – Lebensfreude zurückzugeben und ihn wieder glücklich zu machen. Wenn mir das bis Mitternacht gelingen würde, müßten sich alle Sauertöpfe Polens geschlagen geben. Sie müßten sich zum Optimismus bekehren und mir das durch ein verabredetes Lichtsignal zu verstehen geben. Wenn mir mein Plan aber nicht gelänge, würde ich den Rückzug antreten und nie wieder – ich setzte aufs Ganze – eine Fernsehsendung moderieren.

Ich höre, wie Sie sich ins Fäustchen lachen. Ein Heilsarmist. Ein Missionar, der die Zulukaffer auf den richtigen Weg führen will. Ein barmherziger Samariter, der ein schlechtes Gewissen hat und sich den Weg ins Himmelreich erheucheln möchte. Ja, so haben sicher auch damals viele Leute gedacht. Ich aber ließ mich nicht entmutigen…

Ich erklärte also zunächst meinen Zuschauern, daß wir uns gegenseitig durch An- und Ausmachen unserer Lichter verständigen müßten. Wer der Meinung sei, man könne einem Hoffnungslosen innerhalb von vier Stunden Lebensmut einflößen, der möge seine Wohnung erhellen. Alle anderen sollten die Lichter löschen und eine Minute lang in völliger Dunkelheit verharren. Was Sie denken, traf wirklich ein. Warschau verfinsterte sich. Alle Lampen gingen aus. Nur ein paar Wirrköpfe glaubten an das Unglaubliche. Sie löschten ihre Lichter *nicht* und bewiesen mir, daß noch nicht alle Hoffnung verloren war.

Ich hatte fast die ganze Nation gegen mich. Die Aussicht, meine Wette zu gewinnen, war minimal, und ich begann meine Sendung mit weichen Knien. Vielleicht hatte ich das Maul zu voll genommen. Vor eingeschalteten Kameras und offenen Mikrophonen ließ ich mich nun mit Chicago verbinden. Es gab kein Kneifen mehr. »Bitte verbinden Sie mich mit der Auskunft. Jawohl. Mit der Telefonauskunft in Chicago. Was heißt, warum? Weil es so sein muß. Hier spricht das polnische Fernsehen in Warschau, und ich mache ein ungewöhnliches Experiment. Ohne Ihre Hilfe geht es *nicht*, Fräulein. Bitteschön! Ich kann warten.«

In Wirklichkeit platzte ich fast vor Spannung. Nicht nur ich. Drei Millionen Zuschauer platzten fast vor Spannung. Ich konnte nicht mogeln – denn alles geschah vor den Augen des Publikums. Live, wie man das heute nennt. Es durfte nicht schiefgehen – ich wäre erledigt gewesen. Das Fernsehen, wie Sie wissen, duldet keine Pausen. Schweigen bedeutet Langeweile, und wenn sich das Publikum langweilt, schaltet es aus.

Da meldete sich Chicago. Gott sei Dank. Ich stellte mich vor und erklärte meinen Plan. Das Fräulein vom Amt war in festlicher Laune, und ich wußte sofort, daß ich Glück hatte. »Ich bin ein Showmaster des polnischen Fernsehens«, sagte ich, »und möchte Sie bitten...«

»Was sind Sie?«

»Ein Showmaster des polnischen Fernsehens.«

»Das ist ja fabelhaft«, säuselte die Unbekannte, »das wird mir niemand glauben, daß ich mit einem echten Filmstar gesprochen habe. Ich bin schon 22 Jahre alt, und bis heute habe ich noch nie so etwas erlebt. Ich bin ganz aufgeregt, Mister Kaminski…«

»Sie haben mich falsch verstanden. Ich bin kein Filmstar, sondern ein Moderator. Ich moderiere jetzt eine Weihnachtssendung, und ganz Polen hört Ihre Stimme. Können Sie mir helfen?«

»Of course I can. Natürlich kann ich Ihnen helfen. Sie suchen einen Menschen, der alle Hoffnung verloren hat. Warten Sie mal! Da ist bestimmt einer, der heute arbeiten muß. Einer, der keine Familie hat. Auf den keiner wartet. Vielleicht ein Taxichauffeur. Das ist eine Idee, Mister Kaminski. Ich verbinde Sie weiter. Ich gebe Ihnen die Chicago Taxi Corporation. Okay?«

»Einverstanden, und frohe Weihnachten!«

»Good luck, Mister Kaminski!«

Ich wurde weiterverbunden: »Hallo, hier ist die CTC, was wünschen Sie?«

Ich erklärte zum dritten Mal, was ich auf dem Herzen hatte, und eine Männerstimme antwortete, als wären wir alte Kameraden: »Da sind Sie am richtigen Ort, Mister. Einen Kerl suchen Sie, der die Nase voll hat? Klar gibt es den. Wir haben Tonnen von solchen Kerlen. Bei uns haben alle die Nase voll. Da hab' ich zum Beispiel einen, der Gadomski heißt. Edek Gadomski, noch keine 50 Jahre alt. Gestern hat er versucht, sich in den Fluß zu stürzen, der Quatschkopf. Bei uns ist es aber nicht so leicht, sich in den Fluß zu stürzen. Wir haben die beste Wasserpolizei der Welt, und ein Cop hat ihn mit einem langen Haken aus dem Wasser gefischt. Und was meinen Sie, was *heute* passiert ist? Gadomski ist wieder zur Arbeit gekommen – als sei alles in bester Ordnung. Steht

jetzt... Warten Sie mal!... Jetzt steht er hinterm Water Tower und bekommt kalte Füße, weil niemand Taxi fährt am
Heiligen Abend.«

»Was ist er denn für ein Exemplar, dieser Gadomski?«

»Ach Gott. Ein Taxichauffeur wie alle anderen. Ein Höh-
lenbewohner, der noch keine 100 Wörter verloren hat, seit
er bei uns ist. Ein verdammter Sauertopf.«

»Ein stiller Bürger, wollen Sie sagen? Schweigende Mehr-
heit?«

»Das kann man wohl sagen. Schweigend zum Aus-der-
Haut-Fahren. Ein zugenähter Polacke. Sie wissen ja vielleicht, wie die sind.«

»Allerdings weiß ich das. Ich telefoniere aus Polen.«

»Oh, verzeihen Sie, Mister Kaminski. Ich wollte nur sagen,
daß man es schwer hat, an dieses Volk heranzukommen. Sie
sind fleißige Leute. Niemand kann sich beklagen, aber kein
Hund weiß, was die denken. Saufen sich voll, kneifen die
Kiefer zusammen und sind beleidigt.«

»Ich verstehe Sie ganz genau, lieber Freund. Aber würden
Sie bitte so gut sein, mich mit ihm zu verbinden?«

»Mit wem? Mit dem Selbstmörder?«

»Mit Edek Gadomski, der sich gestern in den Fluß gestürzt
hat. Ich möchte mit ihm reden.«

»Das möchte jeder, aber Sie werden nichts hören von ihm.
Keinen Piep, Mister Kaminski. Wenn Sie von diesem Kerl
was rauskriegen, fress' ich 'nen Besen. Gut, ich verbinde Sie
weiter.«

Meine Wette konnte losgehen. Die Uhr des Schicksals begann zu ticken. Jetzt knackte es in der Leitung. Am anderen
Ende der Welt würde mir gleich aus einem Taxi hinterm
Water Tower in Chicago ein Mensch entgegenknurren, von
dem ich nicht einmal wußte, wie er aussah. Ich war unheimlich neugierig. War er groß oder klein, dünn oder dick, gut-
mütig oder böse? Würde er überhaupt antworten auf meine

Fragen? Mir war nur eines klar: daß meine Zukunft in seinen Händen lag. Von ihm hing es ab, ob das nun meine letzte Sendung war oder nicht.

»Hier Gadomski, Nummer 23. Was wollen Sie?«

»Hier Kaminski, Nummer 24. Ich spreche aus Warschau.«

»Bin ich nicht zuständig. Ich fahr' nicht weiter als Baltimore.«

»Das schadet gar nichts, Mister Gadomski. Ich rufe Sie in einer anderen Angelegenheit an.«

»Nur bis Baltimore, hab' ich gesagt. Bis nach Warschau ist meine Kiste kaputt.«

»Ich pfeife auf Ihre Kiste, Mister Gadomski. Ich will nur ein paar Fragen stellen. Sind Sie bereit, mir zu antworten?«

»Stell deine Fragen, Landsmann, und wir werden sehen!«

Das war nicht übel. Er hätte einhängen können, aber er tat es nicht. Der Mann in der Zentrale mußte jetzt schon einen Besen fressen, denn Gadomski hatte gesprochen. Und zwar mehr als einen Piep. Jetzt aber kam der entscheidende Moment. Die richtige Frage. Wenn ich Gadomski aus dem Busch klopfte, war ich gerettet. Wenn nicht... Ich entschied, darüber lieber nicht nachzudenken. »Sie sind gestern ins Wasser gesprungen, Herr Gadomski. Am River Shore Drive, soviel ich weiß. Warum haben Sie das getan? Doch nicht, um zu baden.«

Es rührte sich nichts in der Leitung. Dem Taxichauffeur hatte es offenbar den Atem verschlagen. Dann aber pustete er in den Hörer hinein: »Jetzt hör einmal zu, alter Knabe. Das geht dich einen feuchten Dreck an, warum ich da reingehüpft bin. Der River Shore Drive ist meine stinkprivate Angelegenheit. Verstehst du? Meine und nicht deine. Was ich dort treibe, ist Privatsache. Wenn ich den Kanal voll habe, ist das *mein* Kanal, und ich frage keinen abgefuckten Kommunisten... Bist doch ein Kommunist, oder?«

Theoretisch mußte ich sofort Schluß machen. Der Rüpel

hatte mich beleidigt – und auch ein Showmaster hat seine Ehre! Fuhr ich jetzt fort, war ich ein Lump. Brach ich die Übung ab, war ich arbeitslos. Verdammt. Da hatte ich meinen Verzweifelten, aber der war entschlossen, mich zur Sau zu machen. Ich riß mich zusammen und antwortete mit väterlicher Geduld: »Ich bin ein Mensch, Herr Gadomski. Ein ganz gewöhnlicher Mensch – wie Sie. Bei uns feiert man jetzt Weihnachten. Bei euch ebenfalls, soviel ich weiß. Darum bitte ich Sie, ausnahmsweise mal etwas liebenswürdiger zu sein als sonst. Ich will ja nur wissen, warum Sie plötzlich keinen Ausweg mehr gesehen haben.«

»Weil es mich anscheißt, das alles. Von oben bis unten scheißt es mich an.«

»Aber es wird doch einen Anlaß gegeben haben. Einen unmittelbaren Grund.«

»Den hat es gegeben, Mann. Und wie es den gegeben hat! Meine Frau ist mir durchgebrannt, verstehst du? Verpißt hat sie sich, verkrümelt wie ein Taschendieb. Weg war sie und hat mich allein gelassen. Ist es das, was du wissen wolltest?«

»Es gibt doch drei Milliarden Frauen auf der Welt, Herr Gadomski. Mußten Sie da unbedingt gleich ins Wasser springen?«

»Allerdings, Klugscheißer, ich bin nämlich mit einer einzigen verheiratet und nicht mit drei Milliarden. Wenn die abhaut, bin ich fertig.«

»Das kann ich begreifen, Herr Gadomski.«

»Ich hab' nämlich was übrig für meine Frau.«

»Und warum ist sie davongelaufen?«

»Weil ich nie rede mit ihr, hat sie gesagt. Weil ich sie anschweige und nach Fusel rieche. Aber was willst du? Wir Polacken sind halt so. Wir gehen zur Arbeit, bringen Geld nach Hause, und hin wieder besaufen wir uns, weil alles so beschissen ist.«

»Und da hat sie die Koffer gepackt und ist gegangen?«

»Es sei eine Folter, hat sie gesagt, mit einem Kerl zu leben, der die Fresse nicht auftut, und wenn es einmal vorkommt, dann stinkt er nach Schnaps. Das sind *ihre* Worte, jawohl, und am letzten Montag hat sie ihre Siebensachen genommen und ist weggefahren. Zu ihrer Schwester nach Milwaukee. Wie ich zurückkomme von der Nachtschicht, ist die Wohnung leer. Ausgestorben. Tot wie eine überfahrene Ratte.«

»Und dann?«

»Merkte ich, daß ich was übrig habe für sie.«

»Also lieben Sie Ihre Frau, wenn ich recht verstehe.«

»Ich schon.«

»Und Ihre Frau?«

»Mich nicht, sonst wär sie ja nicht zu ihrer Schwester gefahren. Was sucht sie bei ihrer Schwester, wenn sie 'nen Mann hat? Und das Hochzeitsfoto – hat sie runtergenommen von der Wand, um mir zu sagen, daß es aus ist zwischen uns… Sie will mich kaputtmachen!«

»Woher wissen Sie das, Herr Gadomski? Vielleicht hat sie es mitgenommen zur Erinnerung.«

»Woran denn? An meine Visage, oder was?«

»Mag sein, daß sie Gefallen hat an Ihrer Visage. Vielleicht sitzt sie am Küchentisch. In Milwaukee, bei ihrer Schwester. Und schaut das Bild an und findet, daß Sie der schönste Mann der Welt sind.«

»Erzählen Sie keinen Blödsinn! Sie denkt an 100 Sachen, aber nicht an mich.«

»Wollen wir wetten, daß sie gerade jetzt an Sie denkt?«

»Hab' keine Lust zu wetten – aber sie fehlt mir. Der Teufel weiß, warum, aber ich hab' gar nicht gewußt, daß mir jemand so fehlen könnte. Seit sie weg ist, steckt mir was in der Kehle.«

»Was?«

»Kann ich nicht sagen auf polnisch. Bin schon lang nicht mehr drüben gewesen. Mehr als 40 Jahre.«

»Dann sagen Sie es auf englisch! Ich werde es schon verstehen.«

»Kann ich auch nicht... Dafür gibt es keinen Ausdruck.«

Ich spürte, daß Gadomski in diesem Moment nicht weiterkonnte. Er atmete schwer, und über zehntausende von Kilometern ahnte ich, daß er schrecklich allein war. Ich mußte etwas sagen, ganz egal was, denn ich wußte ja: Die Zuschauer wollen, daß etwas passiert. Also raffte ich mich zusammen: »Wie sieht sie denn aus, die Frau, die Ihnen so fehlt?«

»Sie heißt Rosa, und so sieht sie auch aus. Wie eine Rose. Eine Puertoricanerin. Mit langem Haar und grünen Augen. Ich weiß nicht, ob sie schön ist. Für mich ist sie schön. Ich würde sie erkennen unter 100000 Frauen. Weißt du was, alter Knabe: meine Frau ist eine Muschel. Wenn ich neben ihr liege, hör ich das Meer rauschen.«

Ich gebe zu: Am Anfang unseres Gesprächs war mir Gadomski unsympathisch gewesen, seine rüpelhafte Art hatte mich abgestoßen. Aber mit diesen Worten und der Anhänglichkeit an seine Frau hatte er mich erobert. Von jetzt an war er mein Bruder. Ich hatte keine Ahnung von ihm, doch ich begann ihn zu lieben und wollte ihm helfen: »Wäre es Ihnen recht, Herr Gadomski, wenn ich mit ihr telefonieren würde?«

»Wozu?«

»Um ihr mitzuteilen, daß Sie verrückt sind nach ihr. Daß Sie nicht leben können ohne sie.«

»Sag ihr, was du willst, aber nützen wird es überhaupt nichts. Wenn sie sich was in den Kopf setzt, ist sie stur wie ein Maulesel.«

»Ich bitte Sie – im Namen von drei Millionen polnischen Fernsehzuschauern. Geben Sie mir ihre Nummer in Milwaukee.«

»Muß das sein?«

»Es muß nicht sein – aber Sie wissen ja. In dieser Nacht kam der Erlöser auf die Welt…«

»Bitte schön, wenn Sie unbedingt wollen…«

Jetzt hatte er *Sie* zu mir gesagt: Bitte schön, wenn Sie unbedingt wollen. Gadomski hatte sich verwandelt im Verlauf unseres Gesprächs. Oder hatte *ich* ihn verwandelt? Oder *er* mich? Oder mischte da noch einer die Karten in diesem Spiel? Jedenfalls gab er mir die Nummer seiner Frau, und das Abenteuer konnte weitergehen.

Ich rief also in Milwaukee an und bat Frau Gadomski an den Apparat. Jawohl, Frau Rosa Gadomski. Ich zitterte, daß sie nicht zu Hause sein könnte… Aber sie war da, als hätte sie auf meinen Anruf gewartet. Ich stellte mich vor und sagte ihr das wenige, das ich wußte. Daß ihr Mann verrückt sei nach ihr und nicht leben könne ohne sie. Sie schwieg, und ihr Schweigen drückte Unglauben aus. Ich spürte das und fügte hinzu: »Ich habe Beweise dafür. Gestern früh hat er versucht, sich das Leben zu nehmen. Vom River Shore Drive ins eiskalte Wasser…«

»Um Gottes willen!«

»Er hat Glück gehabt, Ihr Mann. Sie haben ihn rausgefischt, und jetzt ist er wieder bei der Arbeit.«

»Ist das wahr, was Sie erzählen?«

»Ich hab' mit ihm gesprochen. Vor kaum einer halben Stunde. Und wissen Sie, was er gesagt hat? Daß Sie grüne Augen haben und langes Haar. Für ihn seien Sie die schönste Frau der Welt und…«

»Was?«

»Sie seien wie eine Muschel. Er höre das Meer rauschen, wenn er neben Ihnen liegt.«

»Was wollen Sie von mir, Mister Kaminski?«

»In zwei Stunden läuten die Glocken bei uns. Weihnachten. Ich habe einen Wunsch, den Sie nicht ausschlagen dürfen.«

»Ich höre.«

»Wären Sie bereit, Frau Rosa, ihn anzurufen? Er steht mit seinem Taxi hinterm Water Tower in Chicago – Sie kennen ja seine Nummer...«

»Warum?«

»Ich verstehe Sie nicht.«

»Warum soll ich ihn anrufen?«

»Weil man sich heute versöhnen soll. Und weil er Sie liebt. Er liebt Sie mehr als sich selbst.«

»Woher wissen Sie das?«

»Weil er's mir gesagt hat.«

»Warum sagt er das *Ihnen* – und nicht mir?«

»Das weiß nur Gott, Frau Rosa. Aber ich weiß mit Gewißheit, daß er Sie liebt. Ohne Sie muß er sterben...«

Und damit kam es zur zweiten Pause in meiner Sendung. Ich hörte sie atmen. Ich sah sie vor meinen Augen. Mit langem Haar und grünem Blick und winzigen Tränen an den Wimpern. Dann knackte es in der Leitung. Sie hatte aufgehängt. Schluß.

Warum wollte ich die beiden nur zusammenbringen? Warum wollte ich das unglückliche Paar glücklich machen? Warum mußte ich denn den Weihnachtsmann spielen? Wahrscheinlich, weil ich ein schlechtes Gewissen hatte. Weil ich mich schämte, immer so unbekümmert in den Tag gelebt zu haben. Mich satt gegessen zu haben, während die Welt hungerte. Viele Jahre lang hatte ich sensationshungrig in die Arena geschaut, in der sich die Gladiatoren gegenseitig totschlugen. Den Zweiten Weltkrieg hatte ich auf meinem Logenplatz in der Schweiz überlebt. Meine Motive in dieser Sendung waren lobenswert, aber bedenklich. Oder noch schlimmer: lächerlich und grotesk.

Es war inzwischen spät geworden. Es blieben noch 50 Minuten bis Mitternacht. Bald würde ich wissen, ob ich meinen Job aufzugeben hatte – oder nicht. War das also meine letzte Fernsehsendung? Wer würde gewinnen? Hans-guck-in-die-Luft oder die Sauertöpfe? Ich fieberte vor Spannung. Jetzt spielte Wanda Wilkomirska. Die A-dur Sonate von Mozart. Ich liebe diese Sonate. Aber an jenem Abend schien sie mir endlos lang. Die Turmuhren schlugen halb zwölf, als der letzte Ton verklang. Jetzt konnte ich nicht länger warten. Ich rief in Chicago an: »Verbinden Sie mich bitte mit Gadomski 23. Taxifahrer hinterm Water Tower, wenn er noch dort ist…«

»Aber gern, Mister Kaminski. Alle meine Freunde wissen bereits, daß ich Sie kenne. Gadomski 23, haben Sie gesagt? Sofort, Mister Kaminski, und grüßen Sie Ihre Landsleute von mir. Dowidzenia! Auf Wiedersehen!«

Ich war gespannt wie eine Reitgerte. Da knisterte es in der Leitung: »Gadomski am Apparat.«

»Hier noch einmal Kaminski aus Warschau. Was gibt's denn Neues bei Ihnen?«

»Was es Neues gibt? Nichts Besonderes…«

Das Herz blieb mir stehen, und ich glaubte, tot umfallen zu müssen. »Nichts Besonderes, sagen Sie – ist das wahr?«

»Außer einer Kleinigkeit.«

»Und zwar?«

»Der Weihnachtsmann ist gekommen. Er sitzt hinten in meinem Taxi und will, daß ich ihn in den Himmel fahre.«

»Machen Sie keine Witze, Herr Gadomski! Was gibt es Neues?«

»Rosa hat angerufen. Sie kommt zurück zu mir, hat sie gesagt, und an Silvester gehen wir tanzen.«

Nur Sekunden danach richteten wir unsere Kameras auf die finstere Hauptstadt. Schnee glitzerte auf den Dächern. Seidene Flocken schwebten vom Himmel, und das Wunder geschah: Warschau erstrahlte in 100000 Lichtern. Die Ionen segelten durch die Atmosphäre, und drei Millionen Polen wischten sich die Tränen aus den Augen. Es war Weihnacht. Ich hatte Schicksal gespielt und Glück gehabt. Dank Rosa und Gadomski.

STRENG VERTRAULICH

> Anonyme Briefe sind Sternstunden der Literatur,
> denn sie triefen vor Leidenschaft.
> W. Sokorski, langjähriger Vorsitzender
> des polnischen Fernsehens

Der Personalchef des Fernsehens zeigte mir einmal seine Sammlung anonymer Briefe. Alle waren niederträchtig – doch dieser schoß den Vogel ab:

Sehr geehrter Herr Personalchef, ich bitte Sie, mein Schreiben nicht als Denunziation zu verstehen. Ich möchte Sie nur warnen vor dem heute so gefeierten Christian Schmock – man nennt ihn jetzt beschönigend den Sahara-Schmock –, der seit einiger Zeit polizeilich gesucht wird und den *Sie*, wie es heißt, als Fernsehregisseur engagieren wollen. Dieses Gerücht hat sowohl mich als auch andere Mitbürger aufs höchste beunruhigt. Der erwähnte Bursche ist mir nämlich nicht unbekannt. Ich kenne ihn seit mehr als zehn Jahren. Er war mein Schüler am hiesigen »Institut für Film und Theater«, wo er sich durch eine, zugegeben, beträchtliche Begabung auszeichnete. Ich schenkte ihm natürlich meine Aufmerksamkeit, doch konnte ich nicht umhin, sein vorlautes Benehmen zu beanstanden, da es Unruhe und permanente Gereiztheit in die Klasse brachte. Schon damals verstand es Schmock, sich bei jeder Gelegenheit ins Rampenlicht zu stellen und Dreistigkeiten von sich zu geben, die rundherum Verdrossenheit auslösten. Nicht selten wurde auch ich zum Ziel seiner Ausfälligkeiten, was ich anfänglich als natürliche Äußerung eines jungen Mannes wertete, obwohl sie meiner

Autorität schmerzlichen Schaden zufügten. Bald kam es aber so weit, daß ich die Kontrolle über meine Herde verlor, weil der Kerl einfach wortgewandter war und schlagfertiger als wir anderen. Mein Stern verblaßte sogar beim weiblichen Teil der Schülerschaft, bei dem ich mich bisher einer uneingeschränkten Beliebtheit erfreut hatte. Ich mußte bald feststellen, daß die Mädchen aufhörten, mich überhaupt wahrzunehmen. Traten Meinungsverschiedenheiten auf, wartete niemand mehr auf meinen Schiedsspruch. Alle sahen nur noch auf Schmock, und was er verkündete, wurde als letztgültig betrachtet. Mit einiger Genugtuung konnte ich jedoch feststellen, daß auch *seine* Bäume nicht in den Himmel wuchsen. Eines Tages unterbrach er eine Mitschülerin – ein durchschnittlich begabtes Mauerblümchen –, als sie den großen Monolog der Antigone sprach. Es war ein Aufsagen, keine Meisterleistung – einverstanden –, doch seine Reaktion ging eindeutig zu weit. Er hob verzweifelt die Augen zum Himmel und schmähte, er begreife nun, warum König Kreon seine Tochter zum Tode verurteilt: weil ihr unbedarftes Geflenne ihm die Nerven zersägte. Da nahm das Mädchen einen Holzschuh vom Fuß und schleuderte ihn dem Spötter an den Kopf. Die Narbe unter seinem linkem Auge zeugt noch heute von jenem peinlichen Geschehnis. Was mich aber freute, war die gesunde Reaktion der Mitschüler. Sie standen auf und zollten der streitbaren Kollegin langanhaltenden Applaus. Ich schildere diese Episode, weil sein Benehmen gegenüber Gleichaltrigen voraussehen läßt, wie er sich eventuellen Vorgesetzten gegenüber verhalten könnte. Ich bezweifle sehr, ob sich unser Fernsehen solche Mitarbeiter leisten sollte.

Als Christian Schmock mein Schüler war, unterrichtete ich klassische Dramaturgie. Wir behandelten die Aristotelischen Gesetze der Erzählkunst, und ich bemerkte eines Tages, daß Schmock demonstrativ zu gähnen begann. Ich bin kein eingebildeter Schulmeister, doch fühlte ich mich persönlich angegriffen. Ich fragte, ob ihm etwas an meinem Vortrag mißfalle, worauf er zurückgab, mein Vortrag störe ihn zwar wenig, aber die klassische Dramaturgie langweile ihn zu Tode... Das war skandalös. Seit über 2000 Jahren unterrichtet man an allen Hochschulen der Welt, was die alten Griechen über die dramatischen Künste zu sagen hatten, und da kam so ein Großmaul und machte sich darüber lustig. Wenn er wenigstens *mich* aufs Korn genommen hätte. Aber nein. Aristoteles mißfiel ihm. Ich fragte, ob er sich denn für gescheiter hielte als die alten Griechen, worauf er mit Hohn in der Stimme entgegnete: »Die alten Griechen sind mir zu alt. Vergreist bis ins Rückenmark. Sie hindern uns daran, modernes Theater zu machen...«

Jetzt ärgerte ich mich so sehr, daß ich – ganz gegen meine Gewohnheit – aufbrauste: »Dann scheren Sie sich gefälligst zum Teufel, und kehren Sie erst wieder zurück, wenn Sie ein eigenes Stück verfaßt haben. Und zwar ohne die Regeln, die Ihnen so sehr auf die Nerven gehen. Wir wollen sehen, was Sie zustandebringen!«

Schmock stand auf, ging zur Tür und bemerkte verächtlich: »Haben Sie je von Beckett gehört oder von Ionesco? Sie sind die besten Dramatiker unseres Jahrhunderts und pfeifen auf die heiligen Gesetze, die Sie uns einzubläuen versuchen.«

Da stieg mir der Senf in die Nase, und ich schrie: »Man hat Sie gebeten, sich zum Kuckuck zu scheren. Ihre Bemerkungen sind unerwünscht.«

Meine Irritation könnte mit verletzter Eitelkeit erklärt werden. Das stimmt aber keineswegs. Der Grund ist ein anderer. Schmock ist nämlich ein Psychopath. Ein Geistesgestörter. In früheren Jahren war er das, was man heute euphemistisch als »Kind vom Bahnhof Zoo« zu bezeichnen beliebt. Er handelte mit Drogen *und* komsumierte sie. Er hauste im Gartenpavillon seines Großvaters, der ein ehemaliger

Nazi war und alles andere als ein nachahmenswürdiges Vorbild. Schmocks Vater wiederum war ein umjubelter Theatermann. Kurz nach der Hochzeit verließ er Christians Mutter und führte ein Lotterleben mit jungen Schauspielerinnen, die er wechselte wie seine Hemden. Der Knabe vergammelte im Berliner Milieu und kam dort mit äußerst fragwürdigen Elementen in Berührung. Von frühester Jugend an verkehrte er in verlausten Wohngemeinschaften. Von bürgerlicher Gesittung konnte dort keine Rede sein, geschweige denn von ethischen Grundsätzen. Und wenn er schon mit irgendwelchen Weltanschauungen konfrontiert wurde, dann mit Kommunismus, Anarchie und ökologischen Phantastereien, die seinen bereits verwirrten Geist noch mehr durcheinanderbrachten. Wenn ich also bei seiner Bemerkung unverhältnismäßig scharf reagierte, dann höchstwahrscheinlich deshalb, weil ich die Zwecklosigkeit einer vernünftigen Auseinandersetzung eingesehen hatte. Ich erkannte in Schmocks Attacke gegen die klassische Dramaturgie einen Angriff auf die abendländischen Ideale schlechthin. Mit seiner Aussage, Aristoteles langweile ihn, meinte er *mich*, meine humanistischen Ideale und jedwelche Form von Ordnung. Vor meinem inneren Auge sah ich seine Kommune in Berlin-Kreuzberg, wo ungewaschenes Gelichter skrupellos durcheinanderkopulierte. Ich sah unrasierte Wegelagerer, die sich allen Prinzipien menschlichen Zusammenlebens entziehen. Für dieses Volk – ich vermeide den Ausdruck Gesindel, um nicht in den Anruch der Voreingenommenheit zu geraten – sind Kamm, Seife und klassische Dramaturgie ein und dasselbe. Schreckgespenster, die man bekämpfen und zu Fall bringen muß.

Ich wiederhole, dieser Brief soll nicht denunzieren, obwohl ich es vermeiden werde, ihn mit meinem Namenszug zu unterschreiben... Ich will nur aufzeigen, daß Schmock und seinesgleichen eine Bedrohung unseres Staates darstellen.

Wie ich bereits andeutete, ist er nicht unbegabt, und sein gegenwärtiger Triumph mit den Höhlenkritzeleien des Tassili mag ein Beweis dafür sein – aber das heißt noch lange nicht, daß wir ihn beim Fernsehen gebrauchen können.

Einige junge Damen – es waren natürlich die attraktivsten unter den Mitschülerinnen – meinten seinerzeit voller Überschwang, Schmock sei ein Genie. Aber man weiß ja leider, was man von solchen Genies zu halten hat. In der Zeit, als er noch in Berlin herumstromerte, betätigte er sich – so behauptet er – als Instrumentenmacher. In Wahrheit stellte er die Instrumente gar nicht her, er besserte sie nur aus. Er war also weniger Instrumentenmacher als Instrumentenflicker. Er flickte an bereits bestehenden Instrumenten herum, um sie – so rühmte er sich – zum Klingen zu bringen. Das war eine Vorstufe seiner Perversion. Er wollte ja Regisseur werden. Wie sein Vater es war. Nicht nur Instrumente, sondern auch Menschen wollte er zum Klingen bringen. Er war ein archetypischer Regisseur, der davon träumt, seinen Gestalten oder Instrumenten eine Seele einzuhauchen, die er selbst nicht besitzt. Gottähnlich wollte er sein. Dabei betete er immer zu den falschen Göttern. Zu den Götzen des Abschaums. Er hat ja bis heute einen ausdrücklichen Hang zum Pöbel. Zum Extremen, zum Verzerrten, zum Billigen. Alles Harmonische widert ihn an. Er verspottet sowohl die klassische Musik als auch die klassische Dramaturgie. Die bürgerlichen Maßstäbe findet er häßlich. Er sucht seine Idole im Untergrund. Am Rand der Gesellschaft. In seiner Vermessenheit will er die ganze Menschheit zum Klingen bringen. Ausgerechnet dieser Kerl, der sich inzwischen einen Namen zu machen verstand, bewirbt sich jetzt um eine verantwortungsvolle Stelle bei unserem Fernsehen. Statt ein paar Dutzend Theatergänger will er jetzt Millionen Zuschauer am kleinen Bildschirm verführen und letztendlich verderben. Das kann man doch nicht zulassen, Herr Personalchef! Man hört, daß hervorragende Persönlichkeiten seine Kandidatur unterstützen und ihm universale Fähigkeiten attestieren. Mit welcher Begründung? Weil er die Saharaschrift entziffert hat? Das kann doch nicht genügen, um Regisseur zu werden. Und dazu noch an unserem Fernsehen! Was weiter? Daß er Instrumente zum Klingen bringt und Komödianten? Daß er sich als Stückezerstörer hervorgetan hat und Textvergewaltiger? Schmock ist alles andere als ein Dramatiker. Vielleicht hat er etwas Talent – aber Charakter hat er keinen. Das zeigt sich in seinen Beziehungen zum anderen Geschlecht. Auch seine Partnerinnen sucht er vorwiegend am Rand der Gesellschaft. In den Mülltonnen der Unterschicht. Er liebt – wie könnte es anders sein – den verworfenen Frauentyp. Wenn er schreibt – und das tut er ja ganz leidlich –, verherrlicht er Straßenmädchen der finstersten Sorte und bemüht sich, deren Engelhaftigkeit zu beweisen.

Ich bin der festen Überzeugung, Herr Personaldirektor, daß unser Fernsehen weder genial sein soll noch extravagant. Es ist schließlich – wie unsere Armee – die Schule der Nation. Es muß das Vorbild der Bürger sein und daher maßvoll, durchschnittlich und ausgewogen. Wenn wir aber utopisches Gedankengut verbreiten, dürfen wir uns nicht wundern, wenn eines Tages die Massen auf die Straße gehen und alles kurz und klein schlagen, was uns teuer ist… Wir müssen darauf hinarbeiten, daß Zufriedenheit herrscht in unserem Land. Und Wohlbehagen. Von solchen Schmocks können wir nicht erwarten, daß sie uns dabei helfen.

Schmock wird polizeilich gesucht, obwohl er den Millionenpreis der McGill University erhalten hat. Vorübergehend war er eine Berühmtheit – doch dann ist er von der Bildfläche verschwunden. Unauffindbar. Seine Ehe wurde übrigens unter den merkwürdigsten Umständen geschlossen. Trotzdem ist er aktenkundig verheiratet, daran gibt es nichts zu rütteln. Ich selbst figurierte damals als Trauzeuge, was ich heute bitter bereue – schließlich bin ich ein respektabler Zeitgenosse. Zusammen mit meiner Gattin hatte ich um zehn Uhr im Standesamt zu erscheinen. Wie es sich gehört, zog ich einen schwarzen Anzug an und eine silbergraue Krawatte. Wir trafen etwas zu früh ein, weil ich dem ehemaligen Studenten trotz allem mein Wohlwollen bezeugen wollte. Er hatte mich ja ausgezeichnet, meinte ich, indem er *mich* zum Trauzeugen erkoren hatte. Dafür mußte ich mich erkenntlich zeigen, obwohl er mir in der Vergangenheit manch üblen Streich gespielt hatte.

Wir standen also im kahlen Korridor und übersahen anfänglich, daß sich ein sonderbares Paar in die Brunnennische geschlichen hatte. Ein weißgepuderter Clown mit roten Tupfen auf der Nase und daneben eine Zirkustänzerin in kargem, violettseidenen Kostüm. Warum die beiden überhaupt hereingelassen wurden, konnte ich mir nicht erklären. Erst bei genauerem Hinsehen verstand ich: das war Schmock und seine kuhäugige Prinzessin, die hingerissen zu ihrem König emporblickte. Da erschien auch schon der Standesbeamte und fragte, ob Herr Christian Schmock und Fräulein Sylvia Itzenplitz bereit seien für die Trauung. Schmock verneigte sich ironisch bis zum Steinboden und deklamierte, es sei ihm eine außerordentliche Ehre. Er sei entzückt, und seine Braut werde diesen Augenblick nie vergessen. Der Standesbeamte starrte zuerst ihn, dann die Zirkustänzerin an und erklärte mit sterbender Stimme, *so* könne er die Eheschließung nicht vollziehen. Das Fräulein müsse seine Nacktheiten verhüllen, der junge Herr die Tupfen von der Nase wischen, und übrigens…

»Was?« empörte sich Schmock.

Der Beamte wußte nicht, was er sagen sollte. Er knetete an seiner Halsbinde herum und räusperte sich: »Eeer; wenn Sie heiraten wollen… ich meine den Bund der Ehe, verstehen Sie… Dann müssen Sie seriös aussehen…«

»Unser Aussehen ist untadelig, Monsieur. Als Angehörige des komödiantischen Gewerbes tragen wir sozusagen unsere Berufskleidung und haben weder Nacktheiten zu verhüllen noch Tupfen zu entfernen.«

»Dann werde ich Sie nicht trauen.«

»Ganz gewiß werden Sie das. Man bezahlt Sie dafür. Aus unseren Steuergeldern. Und außerdem gibt es keinen Paragraphen, der vorschreibt, wie man aussehen muß, um in den heiligen Stand der Ehe zu treten.«

»Seit Menschengedenken ist so etwas nicht vorgekommen!«

»Dann kommt es halt heute vor. Fangen Sie an, Monsieur! Wir haben keine Zeit zu verlieren.«

Schmock sprach mit seiner Regisseurstimme, die keinen Widerspruch duldet. Wir traten also ins Trauungszimmer, und die Zeremonie begann: »Herr Christian Schmock. Wollen Sie Fräulein Sylvia Itzenplitz…«

»Nein.«

»Was wollen Sie damit sagen?«

»Daß ich nicht will, Herr Zivilständler. Die Umstände oder, genauer gesagt, die anderen Umstände zwingen mich dazu.«

»Was soll das bedeuten?«

»Daß wir ein Kind erwarten.«

Der Standesbeamte traute seinen Augen nicht: Die künftige Frau Schmock war schlank wie eine Reitgerte. Er setzte einen Zwicker auf und betrachtete das Fräulein mit verständnislosem Kopfschütteln: »Ein Kind erwartet ihr? Seit wann denn, wenn man fragen darf?«

»Seit vielen Jahren, aber erfolglos.«

So ging es weiter. Es wurde immer peinlicher, und die Schande des Spektakels fiel natürlich auf uns zurück. Auf meine Frau und mich. Diesem Schmock war das so lang wie breit. *Wir* machten uns ja lächerlich, nicht *er*. Er hätte Dutzende von anderen Trauzeugen finden können, aber nein, er wollte *mich* kompromittieren. Wie damals in der Dramaturgiestunde. Warum hatten wir uns nur bereit erklärt, an dieser idiotischen Feier teilzunehmen? Aus Snobismus. Weil Schmock begann, bekannt zu werden. Er war bereits ein Geheimtip. Man fing an, ihn zu erwähnen. Man sah sein Bild in verschiedenen Zeitungen. Und deshalb haben wir uns verführen lassen – und teuer dafür bezahlt.

Aber kehren wir in die Jahre zurück, als Schmock noch mein Schüler war. Da er mir beweisen wollte, daß man auch ohne Aristoteles eine Geschichte erzählen könne, machte er einen Film. Nicht mehr und nicht weniger. Einen eigenen Film, der ihn ein Vermögen kostete. Die ganze Erbschaft, die ihm sein Vater hinterlassen hatte, ging dabei vor die Hunde. Wochenlang war meine ganze Klasse abwesend. Alle mußten an seinem »Meisterwerk« partizipieren. Als Schauspieler, Tontechniker, Bühnenbildner und Beleuchter. Bis dann die Premiere kam. Die Welturaufführung, wie er es nannte. Die ganze Schule war anwesend. Auch Leute von der städtischen Kulturabteilung und von den Massenmedien. Doch das Ganze wurde – wie konnte es auch anders sein – ein Reinfall. Eine Pleite ohnegleichen. Nach der Vorführung verkrümelten sich die Gäste ohne ein Wort des Abschieds. Niemand hatte Beifall geklatscht. Die Meinung war einstimmig: Schmock sei eben nur ein Schmock. Das Tagblatt bemerkte, daß an diesem Film – »Fritti Margheritti« hat er geheißen – nur der Titel bemerkenswert sei, ein ausgefallener Ohrwurm, weswegen sich namhafte Kritiker zur Premiere bemüht hätten. Der Film selber mache keinen Sinn und hinterlasse einen faden Nachgeschmack. Im Expreß konnte man lesen, »Fritti Margheritti« sei nicht mehr als ein marktschreierischer Mummenschanz mit einigen erstaunlichen Bildern. Die Szene mit der Stute zum Beispiel, die sich gefallsüchtig im Spiegel betrachtet und sich augenzwinkernd zugewiehert habe… Oder die mit dem Metzger, der sich vollfresse und dabei zusehends dünner werde… Oder die mit der nackten Seiltänzerin, die hoch über der Stadt den Dirigentenstab schwinge und Tausende von Fußgängern ihrem Willen unterwerfe. Ja, Schmock sei ein hervorragender Nachahmer, er erinnere an den jungen Buñuel, manchmal auch an Dsiga Wertow, aber ursprüngliche, eigene Ideen produziere er nicht. Kurz und gut, alle Welt war sich einig: Schmock ist ein Abenteurer, der das ganze Geld seines Vaters für ein Hirngespinst verpulvert hat. Und warum? Weil ihn Aristoteles langweilt. Weil er alles besser weiß. Weil er sich erhaben fühlt. Jetzt war er endlich ganz unten. Jetzt mußte er zu Kreuze kriechen.

Schmock suchte mich auf, um meinen Rat einzuholen. Er brauchte mich, weil er am Boden lag, und ich antwortete ihm – nicht ohne eine Spur von Schadenfreude: »Ich rate Ihnen, Herr Schmock, Ihr Leben einer Prüfung zu unterziehen. Ich sagte Ihnen vor einiger Zeit, daß es ohne die erprobten Regeln nicht geht. Jetzt haben Sie's. Jetzt müssen Sie einsehen, daß jede Geschichte ihren Anfang haben muß und ihr Ende. Jedes Drama beginnt mit einem Rätsel und endet mit dessen Lösung. Auch die Bilder eines Films – so dozierte ich – müssen in die Fabel intregiert werden, sonst sind sie nur hübsche Seifenblasen und schillerndes Gaukelspiel. Sie erinnern sich doch an meine Vorträge über Eisenstein und Griffith, über die Grundprinzipien der Filmdramaturgie. Damals höhnten Sie, weder Kausalschnitt noch Parallelhandlung würden Sie aus dem Busch klopfen. Nicht der Zusammenhang der Ereignisse interessiere Sie, sondern die subjektive Assoziation. Die ganz individuelle Aufeinanderfolge von Ideen. Begreifen Sie endlich, Herr Schmock, wie sehr Sie sich damals verrannt haben?«

»Und was raten Sie mir, Herr Professor?«

»Umzulernen, verehrter Herr Schmock. Sie meinen, die

Weisheit mit Löffeln gefressen zu haben, aber es fehlt Ihnen noch einiges zur Meisterschaft.«

»Was schlagen Sie mir vor, Herr Professor? Konkret.«

»Los Angeles. The American Film Institute. Eine bessere Schule gibt es nicht. Aber dazu braucht man klingende Münze, und die haben Sie verschleudert, soviel ich weiß.«

»Klingende Münze, sagen Sie? Wieviel?«

»40000 Dollar im Jahr, aber ich glaube kaum, daß Sie das zusammenbringen...«

Meine Zweifel erwiesen sich als unbegründet. Schmock brachte nicht 40000 zusammen, sondern das Dreifache. Der Kerl ist unwiderstehlich. Alle gehen ihm auf den Leim. Was er sich vornimmt, muß gelingen. Mit dem Geld jedenfalls sicherte er sich ein dreijähriges Studium an der teuersten Filmschule Amerikas, wo den Schülern die Dramaturgie eingetrichtert wird wie in der Volksschule das Einmaleins.

Ich berichte Ihnen kurz, wie Schmock an das genannte Geld gekommen ist. Nach unserem Gespräch begab er sich zum zuständigen Minister. Schnurstracks, ohne sich anzumelden. Bei jedem anderen Bittsteller hätte so ein Überfall mit dem Rausschmiß geendet, nicht aber bei Schmock, der den Würdenträger frontal beleidigte: »Man sagt, Herr Minister, Sie seien ein alter Geizkragen. Ein würdiger Sohn unseres Vaterlandes. Wir sind ja bekannt für unsere Knauserei. Wir jammern ewig, daß wir kein Geld haben, obwohl unsere Banken aus den Nähten platzen. Es heißt, daß Sie für kulturelle Zwecke nur die Brosamen verteilen, die von den Schlemmertischen fallen. Für junge Talente geben Sie überhaupt nichts aus. Darum mache ich mir keine Illusionen, von Ihnen etwas zu bekommen, aber...«

»Schluß damit, junger Mann. Was wollen Sie von mir?«

»120000 Dollar, um in Amerika meine Studien zu vollenden.«

»Und Sie haben gehört, ich sei ein Knauser?«

»Das pfeifen die Spatzen von den Dächern.«

»Warum sind Sie dann gekommen, wenn es die Spatzen von den Dächern pfeifen?«

»Um festzustellen, ob es wahr ist, Herr Minister.«

Ja, und am Montag danach bekam Schmock das Geld. Ohne irgendwelche Bedingungen. Weil er keine Hemmungen kennt. Weil er von einer unvorstellbaren Penetranz ist. Dazu kommt noch sein merkwürdiger Charme. Seinem kindlichen Lächeln widersteht offenbar keiner. Ich nehme an, daß auch Sie, Herr Personalchef, seinem Charme erlegen sind. Das ist es ja, was mich so beunruhigt. Schließlich wird Schmock von der Polizei gesucht, und die Polizei dürfte wissen, warum. Weil er grundsätzlich gegen den Strom schwimmt. Weil er nichts übrig hat für unsere Gesellschaft. Im Gegenteil. Er tut alles, um deren Untergang herbeizuführen.

Christian Schmock schrieb sich also im American Film Institute ein, und es dauerte nicht lange, bis seine Professoren auf ihn aufmerksam wurden. Nach wenigen Monaten – das erzählte er mir wenigstens – bekam er einen Produktionsbeitrag in Höhe von 25 000 Dollar, um eines seiner Drehbücher zu verfilmen. Und diesmal hielt er sich streng an die Regeln der klassischen Dramaturgie. Er schrieb eine einfache Liebesgeschichte, die einen Anfang hatte und ein Ende, einen klar umrissenen Konflikt und dramatische Gestalten, die nicht besonders originell waren, doch immerhin durchschaubar und überzeugend. Alles ließ erwarten, daß es diesmal gutgehen würde – doch Schmock scheiterte erneut an seinem Charakter. Es ereignete sich ein Mißgeschick, das ihn auf den Nullpunkt zurückschleuderte. In der Regieklasse gab es nämlich ein Mädchen, das bezeichnenderweise Judith hieß, Judith Leibowitz. Sie war von der Vorsehung dazu bestimmt, Schmocks Gegenspielerin zu werden. Sie haßte alles an ihm. Seine Penetranz und seine Selbstgefälligkeit. Seinen Größenwahn und vor allem sein Äußeres. Er, blond, groß und kräftig, war für sie der Inbegriff eines Ariers. Der geborene Herrenmensch, dem das Befehlen im Blut liegt und der über Leichen geht, um seine Ziele zu erreichen. Doch das Unerträglichste war sein Name. Ein Christ namens Christian und ein Deutscher namens Schmock. Die amerikanischen Juden nennen die Deutschen ja »Schmocks«, und Judith befand, daß nur SS-Leute so heißen können. Sowohl Judith als auch Christian waren außergewöhnliche Persönlichkeiten, und so beschloß die Schulleitung, daß Miß Leibowitz im zu produzierenden Film Schmocks Assistentin sein sollte. Fräulein Leibowitz hatte keine Einwände und hoffte, sie würde endlich die Gelegenheit finden, diesem »Obersturmbannführer« eins auszuwischen. Auch Schmock fügte sich in sein Schicksal. Er meinte, bei dieser Zusammenarbeit könnte man vielleicht einige Mißverständnisse aus dem Wege räumen, und alles käme in Ordnung. Er irrte sich. Die Zusammenarbeit peitschte die Gegensätze dermaßen hoch, daß Schmock eines Tages zum Äußersten getrieben wurde und… Aber lassen Sie mich die Geschehnisse in ihrer Reihenfolge darstellen.

Die ganze Klasse war sich bewußt, daß Schmock und Judith Rivalen waren, Konkurrenten, die auf die Dauer nicht koexistieren konnten. Es gab keine Übungen, keine Kolloquien oder Seminare, bei denen die zwei nicht aneinandergerieten. Und jetzt begann ihr Streit bei der Besetzung von Schmocks Film. Als Fräulein Leibowitz ein paar Fotografien möglicher Hauptdarstellerinnen vorlegte, ging Schmock in die Luft. Um die Meinungsdifferenz zu verstehen, muß man allerdings wissen, worum es sich handelte in Schmocks Drehbuch. Seine Hauptfigur war ein Mädchen, das nach Kalifornien trampt, um dort – gegen den Willen ihrer Eltern – Schauspielerin zu werden. Da sie sehr attraktiv ist und von den Männern unaufhörlich bedrängt wird, gibt sie vor, an Aids erkrankt zu sein. Sie fahre in den Süden, erzählt sie, um an einem einsamen Strand das Ende zu erwarten. Eines Morgens wird sie von einem Fernfahrer mitgenommen, der sich auf den ersten Blick in sie verliebt. Er ist ein verschlossener, einsilbiger Bursche. In den traurigen Augen des Mädchens vermutet er die Erfüllung seiner Sehnsüchte. Irgendwo in der Wüste müssen die beiden übernachten. Sie finden Unterschlupf im Gemäuer eines zerfallenen Motels. Zum Erstaunen der jungen Frau macht der Kerl keinerlei Anstalten, sie zu belästigen. Statt dessen fragt er sie unvermittelt, ob sie bereit sei, ihn zu heiraten. Sie antwortet, daß sie Aids habe und nur noch wenige Monate zu leben. Er solle vergessen, was er sie gefragt habe. An alles wolle sie denken, nur nicht an die Zukunft. Der Fernfahrer insistiert: er wolle sie trotzdem heiraten. Ihr Schicksal zwinge ihn geradezu, sie zu lieben. Er wolle ihr zur Seite stehen und sie begleiten bis in den Tod. Das Mädchen ist erschüttert. Sie hat viele Männer gekannt, aber keiner wäre bereit gewesen, für sie das Leben aufs Spiel zu setzen. Jetzt sieht sie den Fernfahrer mit anderen Augen und verliebt sich in ihn. Sie nimmt den Kerl in ihre Arme und verbringt mit ihm eine Nacht der Glückseligkeit. Wie der Morgen dämmert, spürt sie, daß sie ihm die Wahrheit offenbaren muß. Sie gesteht, daß sie geschwindelt habe, sie sei gar nicht krank. Mit ihrer Lüge wolle sie sich nur die Männer vom Leib halten. Für den Fernfahrer bricht eine Welt zusammen. Ohne ein Wort des Abschieds steht er auf, klettert in seinen Laster und rattert davon. Das Mädchen sieht den Geliebten in der Ferne verschwinden. Tränen rinnen ihr über die Wangen. Ende.

Das war Schmocks Geschichte: geradlinig und etwas läppisch, aber immerhin – eine Geschichte. Judith hatte ein halbes Dutzend Besetzungsvorschläge eingebracht, und

Schmock explodierte: »Wie stellen Sie sich das vor, Fräulein Leibowitz? Eine dieser Scheußlichkeiten soll die Hauptrolle spielen in *meinem* Film? Sind Sie verrückt? Das sind doch ganz gewöhnliche Vogelscheuchen. Schließlich verliebt sich da ein Mann auf den ersten Blick. Ein Mann. Wissen Sie, was das ist? Ist er blind oder blöd oder pervers?«

»Weder das eine noch das andere, Mister Schmock. Aber im Gegensatz zu Ihnen sucht er weder Mittelmaß noch Durchschnitt. Er verliebt sich in einen ungewöhnlichen Menschen…«

»Eine ungewöhnliche Frau, Fräulein Leibowitz…«

»In Ihrem Drehbuch steht geschrieben, daß er in ihren traurigen Augen die Erfüllung seiner Sehnsüchte vermutet.«

»In ihren traurigen Augen, ja, aber nicht in ihren traurigen Brüsten. Nicht in ihren traurigen Hüften und Beinen. Und da schlagen Sie mir lauter Schreckgespenster vor! Es gibt doch gewisse Grundregeln der Ästhetik. Lessing – das war ein genialer Deutscher – hat einmal gesagt, daß man die Schönheit am Gattungsdurchschnitt zu messen habe.«

»Und Spinoza – das war ein genialer Jude – hat einmal geschrieben, die wirkliche Schönheit liege in der *Abweichung* vom Gattungsdurchschnitt.«

»Ich will Sie etwas fragen, Fräulein Leibowitz. Nehmen wir an, Sie würden nicht *meinen* Film besetzen, sondern *Ihren*. Mit der Absicht, ihn später zu verkaufen. Ans Fernsehen beispielsweise, wo Ihr Erzeugnis einem Durchschnittspublikum gefallen muß. Würden Sie dann die Hauptrolle einem dieser Brechmittel anbieten?«

»Ich würde diesen Film gar nicht produzieren, Mister Schmock, denn ich finde ihn kitschig und absurd. Im Gegensatz zu *Ihnen* produziere ich nicht für ein Durchschnittspublikum. Dazu bin ich mir zu gut.«

»Dann müßten Sie – anständigerweise – auf die Mitarbeit an meinem Film verzichten.«

»Dieses Vergnügen werde ich Ihnen nicht bereiten, Mister
Schmock. Die Schulleitung hat mich beauftragt, an Ihrem
›Kunstwerk‹ mitzuwirken. Ich mache mit bis zum bitteren
Ende.«

»In diesem Fall verlange ich Besetzungsvorschläge, die *meinem* Schönheitsideal entsprechen und nicht *Ihrem*.«

»Sie verlangen zu viel von mir, Sir. Sie werden sich Ihre
Schauspielerinnen selber suchen müssen. Im Bordell, zum
Beispiel, wo Sie wahrscheinlich ein gern gesehener Gast
sind. Dort finden Sie den Gattungsdurchschnitt, der Ihrem
Geschmack so zusagt.«

»*Ihr* Geschmack ist zweifellos ein Spitzengeschmack, Fräu-
lein Leibowitz. Aber schauen Sie sich mal im Spiegel an!
Man kann auch übertreiben – mit der Abweichung vom
Gattungsdurchschnitt.«

Damit war er zu weit gegangen. Vor der ganzen Klasse hatte
er gehöhnt, daß die Jüdin eine Mißgestalt sei. Jetzt mußte sie
entweder zusammenbrechen oder zurückschlagen. Sie
schlug zurück. Mit blitzenden Augen ging sie auf den Deutschen zu und zischte: »Ihr sogenanntes Meisterwerk wird
nicht gedreht werden, darauf können Sie Gift nehmen, Mister Auschwitz!«

Das war ein Tiefschlag. Niederträchtig, aber begreiflich.
Schmock verlor die Selbstbeherrschung und tat, was seinem
Temperament entsprach. Er ohrfeigte sie zweimal mit einer
Wucht, daß sie gegen die Wand torkelte. Dann drehte er sich
um und mit hochrotem Kopf verließ er das Klassenzim-
mer.

Am Abend desselben Tages wurde Schmock aus der Schule
verwiesen. Man lehnte es sogar ab, ihm ein Abgangszeugnis
auszustellen. Er mußte die Koffer packen und den Campus
verlassen. Die Strafe war hart, aber angemessen. Man
schlägt eine Frau doch nicht einfach ins Gesicht! Zudem ist
es unzulässig, Schwächere vor allen Klassenkameraden zu

beleidigen. Sie hatte zwar auch *ihn* beleidigt, doch *er* war der Stärkere. Das Mädchen hatte Schmock Mister Auschwitz genannt – aber ich kann sie verstehen. Dieser Kerl ist imstande, die niedrigsten Instinkte zu entfachen und durchaus vernünftige Leute zum Äußersten zu treiben. Ich weiß: Schmock ist persönlich nicht mitschuldig an all den Verbrechen, die im Namen Deutschlands verübt worden sind; aber er benimmt sich immer wieder wie ein Landsknecht. Sie werden einsehen, Herr Personalchef, daß unsere Massenmedien keinen Platz für solche Leute haben. Wo kämen wir hin, wenn wir unsere Kollegen einfach verprügeln würden, weil sie ein anderes Schönheitsideal haben als wir, oder weil ihre Ansichten von den unseren etwas abweichen?

Falls Sie nun annehmen, sehr geehrter Herr Personalchef, Schmock sei nach Hause zurückgekehrt – er war schließlich verheiratet –, befinden Sie sich auf dem Holzweg. Schmock fühlte sich glänzend in Amerika. Das war der Rummelplatz, den er brauchte, um glücklich zu sein. Er hatte auch nicht das geringste Schuldgefühl. Es sei schließlich um seine Ehre gegangen, so daß er die blöde Ziege – das sind *seine* Worte – habe maßregeln müssen. In Wirklichkeit war alles so gekommen, weil sie sein Drehbuch für kitschig hielt. Aber ist das nicht ihr gutes Recht? Er sagte mir, sie habe ihn strafen wollen, weil er sie nicht gemocht habe. Dabei sei sie gar nicht häßlich gewesen, die kleine Leibowitz. Es habe ihr bloß etwas gefehlt. Man habe mit ihr reden können, ohne dabei auf gewisse Gedanken zu kommen. Das wußte sie – und darum wohl nannte sie ihn Mister Auschwitz. Das war vielleicht etwas stark, aber auch *er* war zu weit gegangen, obwohl er das Gegenteil dessen ist, was man einen typischen Deutschen nennt. Er ist lange nach dem Hitlerkrieg zur Welt gekommen und ist einer von jenen, die prinzipiell gegen den Strom schwimmen. Er hat schwarz umrandete Fingernägel, struppiges Haar und ungebügelte Hosen. Vielleicht wäre mir ein »typischer Deutscher« lieber, aber das steht hier nicht zur Diskussion...

Ich beschreibe Schmocks Laufbahn nur deshalb so weitschweifig, weil ich die Gefahren aufzeigen will, die bei seinem Engagement entstehen würden. Jetzt ist er ja in aller Munde, und meine Warnung mag unzeitgemäß erscheinen. Seit dem Sensationsbericht in der Herald Tribune ist er sozusagen zum Helden des Jahres geworden. Feininger nennt ihn den »Champolion unserer Tage« und stellt ihn als strahlenden Zeitgenossen dar. Leider werde ich den Verdacht nicht los, daß Schmock diese Reportage selbst verfaßt oder zumindest inspiriert hat. Er schreibt ja – wie ich bereits angedeutet habe – ganz gekonnt und unterhaltsam. Jedenfalls mag ich nicht glauben, daß diese Lobhudelei aus Feiningers Feder stammt. Schmock ist schließlich zu allem fähig und *muß* hier seine Hände im Spiel haben.

Unser Tausendsassa wurde also gefeuert und verließ die Schule umgehend. Da erinnerte er sich an einen Versandkatalog der Firma Borenstein & Co., in dem er gelesen hatte: »Bei uns bestellen Sie alles, von der Stecknadel bis zum Panzerkreuzer.« Er hatte noch den größeren Teil seines Stipendiums in der Tasche, welches ausdrücklich für »Studienzwecke in Amerika« bewilligt worden war. Als skrupelloser Luftikus sagte sich Schmock, »Studienzwecke« sei ein durchaus dehnbarer Begriff. Man könne auch etwas anderes studieren als Filmkunst. Die Kunst des Fliegens zum Beispiel. Filmregie und Fliegerei seien ja an sich verwandte Bereiche: Der Regisseur und der Flieger erheben sich hoch über die Erde. Beide setzen ihr Dasein aufs Spiel, wenn sie versagen. Beide überwinden die Schwerkraft und segeln durch die Wolken. Die Sache war also klar: Schmock schrieb an die genannte Versandfirma und bestellte sich ein Sportflugzeug der Marke Arizona Q 87, lieferbar ab sofort auf seinen Namen, Flugplatz von Bakersfield, California.

Am Tag danach begab er sich zu der erwähnten Adresse und fragte, ob man hier innerhalb von drei Monaten Flugzeugpilot werden könne. Natürlich, antwortete man ihm, für amerikanische Dollar könne man alles... Wobei ich hinzufügen muß, daß Schmocks Barschaft aus den Taschen unserer Steuerzahler stammte. Sei es, wie es wolle. Noch am gleichen Tag erhielt er seine erste Flugstunde. Und ein Vierteljahr später bestand er erfolgreich die Abschlußprüfung.

Als diplomierter Flugkapitän bestieg er seine Maschine, die nach Rohöl duftete und großem Abenteuer. Er schwang sich mit ihr – wie er sich ausdrückte – zu den Sternen empor und flog jauchzend seinem Schicksal entgegen. Sein Ziel war Alaska, wo man damals gerade Kurierpiloten anheuerte. Man stellte Schmock ohne Vorbehalt an, und zwar für den Postdienst zwischen Anchorage und Barrow, obwohl er diese Ortsnamen nie vorher gehört hatte. Er akzeptierte alles mit der ihm eigenen Unverfrorenheit und hoffte, seinen Weg schon irgendwie zu finden. Er fand ihn, doch riskierte er dabei mehrere Male sein Leben. Bei jeder Witterung – und in Alaska gibt es alle Witterungstypen der westlichen Hemisphäre – mußte er nun regelmäßig die Eiswüste durchqueren, um über gottverlassenen Eskimosiedlungen seine Postsäcke abzuwerfen. Manchmal bot sich eine Landungsmöglichkeit – manchmal auch nicht. In Alakanuk an der Mündung des Yukonflusses bot sich eine, und sie bestimmte den weiteren Verlauf seiner Biographie.

In einer Bar ließ er sich eine Flasche Black Label und eine Zeitung vorsetzen. Man brachte ihm beides. Er schlürfte seinen Whiskey in mehreren Etappen und las die Zeitung vom ersten Buchstaben bis zum letzten, denn er war ausgehungert nach Informationen aus der zivilisierten Welt. Da erfuhr er auf der 99. Seite, daß eine kanadische Witwe der berühmten MacGill Universität ein Vermögen gestiftet habe: eine Million Dollar für den Gentleman, der die geheimnisvollen Höhlenkritzeleien des Tassiligebirges entziffern würde. Die großzügige Spenderin – ihr Name war Geneviève de Foucault – sei eine Urenkelin des unvergeßlichen Vicomte de Foucault, der vor 100 Jahren in der Südsahara missioniert und die Poesie der Tuaregs erforscht hatte. Sein Ziel sei es gewesen, die Runen der Tassilihöhlen zwischen Djanet und Djabareen – die mysteriöse Tifinarschrift – zu enträtseln. Leider sei sein Traum nicht in Erfüllung gegangen, hieß es im besagten Zeitungsartikel, denn der Missionar sei im Jahre 1916 von einem Wüstenbewohner ermordet worden. Als Schmock diese Geschichte gelesen hatte, wollte er aufspringen. Vergeblich – der Whiskey lähmte seine Glieder. Er brauchte einen ganzen Tag, um aus dem Suff zu erwachen. Danach begab sich auf dem kürzesten Weg nach Anchorage, suchte seinen Boß auf und bat um unverzügliche Entlassung aus dem Postdienst. Eine einmalige Gelegenheit zwinge ihn zur sofortigen Abreise. Es stehe eine Million Dollar auf dem Spiel, die er nicht zu verpassen gedenke. Das waren Argumente, die ein Postbeamter verstand. Er zahlte Schmock die ausstehende Lohnsumme aus – sie belief sich auf 19 000 Dollar – und wünschte ihm viel Glück mit der in Aussicht gestellten Erbschaft. Daß es sich gar nicht um eine Erbschaft handelte, sondern um die Belohnung für die Entzifferung der Tifinarschrift, erklärte Schmock dem Vorgesetzten nicht. Er würde das auch nie verstanden haben. Auch hätte er nicht begriffen, daß man eine einträgliche Stelle bei der Post für einen Preis aufgibt, den man noch gar nicht gewonnen hat. So packte Schmock sein Geld zusammen und steckte es in eine Plastiktüte. Damit war die polare Hälfte seines Abenteuers beendet.

Was sich in den folgenden Wochen ereignete, hat Schmock mir nicht erzählt. Ich nehme an, daß dieser »Mann des Jahres« seine Zeit in Bibliotheken und geographischen Archiven verbrachte. Feininger – wenn es überhaupt Feininger war – schreibt jedenfalls, der preisgekrönte Abenteurer sei am 24. November in Algier eingetroffen, wo er ein entscheidendes Gespräch mit Sid Ahmed geführt habe. Dieser Mann war damals Direktor des Tassilimuseums und zweifellos der beste Kenner besagter Materie. Wahrscheinlich hat auch er sich von Schmocks verdammtem Charme umgarnen lassen, denn er vertraute ihm bisher unbekannte Erkenntnisse an, die »der Held des Jahres« dann als die seinen ausgab. Schmock hatte sich übrigens – das muß noch gesagt werden – in Amerika eine höchst lichtempfindliche Videokamera besorgt, mit der er die im Dunkeln liegenden Malereien und Höhleninschriften festzuhalten gedachte. Sid Ahmed gab ihm kostbare Ratschläge, wo und zu welchen Tageszeiten die Aufnahmen am ehesten Erfolg versprächen. Er erklärte sich sogar bereit, Schmock nach Djabareen zu begleiten, was dieser jedoch rundweg ablehnte. Schmock wollte lieber umkommen als den Ruhm der Entzifferung mit jemandem zu teilen.

Der südlichste Flugplatz der algerischen Sahara befindet sich in Djanet, und dort landete Schmock am 31. Dezember desselben Jahres. Seine technische Ausrüstung – heißt es in der Herald Tribune – sei lächerlich gewesen, seine Vertrautheit mit der Tuaregzivilisation gleich Null. Nach seiner Ankunft habe er einen Viehhändler gesucht, um ein Kamel zu erstehen, mit welchem er den halsbrecherischen Weg nach Djabareen zurücklegen wollte. Er hatte inzwischen Dutzende von Fotoreportagen durchblättert und besaß eine leidliche Vorstellung von den Wundern, die ihn erwarteten. Was er dann wirklich zu sehen bekam, übertraf seine fiebrigsten Phantasien. Feininger berichtet in seiner Lobeshymne, Schmock habe Farben gesichtet, die es im Sonnenspektrum gar nicht gebe. Er habe tausende Schattierungen der Stille erhorcht, die kein Sterblicher je vernommen habe. Er habe überdies eine Skala von Nachtfinsternissen wahrge-

nommen, die vom höllischen Pechschwarz bis zum perl-
muttrigen Milchweiß reichten. Gerüche hätten ihn betört,
die, von Wüstenakazien und Tamarisken ausgedünstet, sowohl nach Honig schmeckten als auch nach Fenchel, Ros-
marin und Zitrone. Das ist zwar pubertäres Geschwätz,
meine ich, und keine seriöse Berichterstattung – doch den
Leuten hat das imponiert. Und so heißt es bei Feininger
dann weiter, Schmock sei allein durch die olympische Einsamkeit des Tassiligebirges geritten und hier oben, am Ende
der Welt, zum ersten Mal im Leben Gott begegnet! Daß ich
nicht lache! Ausgerechnet Schmock, dieser unverschämte
Spötter, will Gott begegnet sein! Ich zitiere hier Feininger:
»Mit einem Minimum an Bildung hat dieser Mensch ein Ma-
ximum an Wahrheit gefunden. Ähnlich wie Kolumbus irrte
er durch die Nacht und entdeckte schließlich das Licht einer
neuen Welt. Solche Männer können dem Himmel danken
für ihre märchenhafte Ignoranz. Sie lassen sich leiten von
kindlicher Intuition und treffen – frei von universitärem
Ballast – direkt ins Schwarze. Hunderte von Sprachfor-
schern, Archäologen und weltberühmten Ethnographen
haben versucht, die Tifinarschrift zu enträtseln, doch erst
Christian Schmock, der Zigeuner aus Berlin-Kreuzberg,
sollte sie mühelos entziffern, indem er sich auf ein paar frag-
würdige, aber mitreißende Behauptungen stützte.« In der
gleichen Reportage lesen wir, Schmock sei davon ausgegangen, daß die gigantischen Einöden von Tamrit und Ued
Dscherat vor 10000 Jahren ein tropisches Paradies gewesen
seien, weil die dortigen Felsmalereien realistische Abbilder
von Elefanten, Giraffen, Flußpferden und Krokodilen zeigen. Die überdimensionierten Fresken von zweirädrigen
Pferdegespannen zeugten von einer hochentwickelten Zivi-
lisation, die infolge seismischer Katastrophen von der Erde
verschlungen worden sei. Die Herald Tribune versteigt sich
dann zu folgendem Weihrauch: »Die Grundhypothese, die

sich als Schlüssel zu Schmocks epochaler Entdeckung herausstellte und die er mit manischer Hartnäckigkeit verteidigte, war die Annahme von der kulturellen Kontinuität. Danach sei die heute noch lebende Tuaregbevölkerung ein Überbleibsel des prähistorischen Tassilimenschen aus der Zeit der Höhlenbilder. Wenn das so war, müsse eine Möglichkeit bestehen, Tuaregs zu finden, welche die Tifinarkritzeleien noch lesen könnten.«

Seine Hypothesen standen natürlich auf wackligen Füßen und besaßen nicht viel mehr Wert als die berühmte Weltkarte des Entdeckers von Amerika. Dennoch entdeckte Christoph Columbus die neue Welt und Christian Schmock das Geheimnis des Tifinar.

Ich will annehmen – obwohl es mir schwerfällt –, daß Feininger tatsächlich der Autor dieser Reportage ist und daß die Ereignisse *so* verliefen, wie er sie in der Herald Tribune beschrieben hat. Doch wie auch immer: Ich weiß, daß die oben erwähnten Hypothesen *nicht* auf Schmocks Mist gewachsen sind. Ich bin der Sache nachgegangen und kann jetzt mit Gewißheit erklären, daß er seine Erkenntnisse bei mindestens vier Autoren zusammengestohlen hat, und zwar bei Hans Biedermann, Gabriel Camps, Leo Frobenius und Henri Lhote. Keine dieser Koryphäen ist bei der Verleihung des Foucault-Preises auch nur mit einer Silbe erwähnt worden. Alle Lorbeeren wurden Schmock zuerkannt, der sich meiner Ansicht nach bestenfalls rühmen kann, die Forschungsresultate dieser Großen zu einer Synthese verschmolzen zu haben.

Aber lassen wir das! Schmock begab sich – so die Herald Tribune – mit seinem Flugzeug nach Tamanrasset, das etwa 500 Kilometer von Djanet entfernt ist. Dort ließ er sich zum Amenokal bringen – dem blaugewandeten König der Tuaregs – und setzte ihm auseinander, er, Schmock, wolle beweisen, daß die Untertanen des Königs das älteste Kulturvolk der Erde seien. Nachkommen der zehntausendjährigen Tassilizivilisation, von der die Höhlenmalereien beredtes Zeugnis ablegten. Der Wüstenmonarch fühlte sich geschmeichelt, und Schmock fragte ihn mit der ihm angeborenen Unverschämtheit, ob man einen gebildeten Tuareg abkommandieren könnte, der ihm den Sinn der Felsenbilder erklären würde. Der Amenokal, ebenfalls dem Charme des Teufelskerls erlegen, befahl seinem ältesten Sohn, den Fremdling nach Dschabareen zu begleiten. Was weiter geschah, entnehme ich dem Bericht, den angeblich Feininger verfaßt hat. Da heißt es: »Am fünften Tag erreichten die zwei Männer die Höhlen im Süden von Djanet. Schmock zeigte dem Prinzen jene Felswände, die von Tifinarinschriften überdeckt waren. Kreis-, kreuz-, strich- oder keilförmig zogen sie sich über riesige Steingewölbe hin, und der Königssohn bestaunte sie verständnislos, als hätte er nie etwas Ähnliches gesehen. Als Schmock ihn fragte, ob er das entziffern könnte, geschah etwas Unerhörtes. Der Tuareg verschränkte die Arme über der Brust und sagte: »Ich nein – Schwestern ja.«

Um diese Geschichte zu verstehen, muß man wissen, daß bei den Tuaregs noch die Weiberherrschaft erhalten ist, das sogenannte Matriarchat. Im Gegensatz zu den Arabern tragen dort nicht die Frauen den Schleier, sondern die Männer. Die Frauen bestimmen selbständig über ihr Schicksal und wählen auch selbständig den Jüngling, den sie heiraten wollen. Von ganz besonderer Bedeutung sind aber die kulturellen Vorrechte der Tuaregfrauen. *Sie* sind die Trägerinnen von Überlieferung und Wissen. Die Kunst des Lesens und Schreibens wird von den Müttern auf die Töchter übertragen. So und nicht anders erklärt sich die verblüffende Antwort des Wüstenprinzen, nicht *er* könne die Tifinartexte entziffern, sondern seine Schwestern.

Als Schmock und sein Reiseführer nach Tamanrasset zurückkehrten, berichtete der Jüngling, was er gesehen hatte, und schlug seinem Vater vor, die älteste Schwester nach Djabareen zu entsenden. Zum Erstaunen Schmocks willigte der Amenokal sofort ein und rief Amina zu sich, ein Mädchen mit goldener Seidenhaut und Gazellenaugen, umrahmt von langen schwarzen Wimpern. Als der Vater sie fragte – mit einer Ehrerbietung, die bei uns undenkbar wäre –, ob sie mit dem Fremdling nach Djabareen reisen wolle, nickte sie erfreut und streichelte zum Zeichen ihrer Sympathie Schmocks rechte Hand. So steht es wörtlich in Feiningers Reportage.

Und weiter heißt es dort: »Das Eindringen in die Höhlen von Ued Dscherat und der Anblick des Tuaregmädchens vor den Felsbildern und Tifinarrunen verquickten sich für Schmock zu einem einzigen, unwirklichen Traum. Fast hätte er alle Anstandspflichten und das Ziel seines Kommens vergessen, doch im letzten Moment riß er sich zusammen und fragte die Prinzessin, ob ihr diese Schriftzeichen bekannt vorkämen. Darauf lächelte sie und las mit trällernder Stimme, was hier vor 10 000 Jahren in die Wand geritzt worden war. Schmocks Kamera nahm alles auf. Sowohl den Ton als auch das Bild, und es entstand ein Videoband, das von historischer Bedeutung ist. Zum ersten Mal konnte die Brücke geschlagen werden zwischen unserer Gegenwart und einer längst versunkenen Urzeit. Es war dies eine Sternstunde. Die Königstochter entzifferte Botschaften, die vor 10 000 Jahren dem Höhlengestein anvertraut worden waren. Seit 10 000 Jahren geht die Kenntnis der Buchstaben von Müttern zu Töchtern, doch die Schriftzeichen sind dieselben geblieben.« Feininger schließt seine Hymne mit den folgenden Worten: »Nach der Rückkehr ins Königszelt von Tamanrasset führte Schmock das Mädchen zu seinem Vater und dankte für den unschätzbaren Beistand. Darauf entgegnete der Amenokal, wer von einem Tuaregmädchen in die

Überlieferung der Vorfahren eingeweiht werde, müsse dieses zur Frau nehmen. Wer ablehnt, büße dafür mit seinem Leben. Schmock lehnte *nicht* ab.«

Das, Herr Personalchef, ist die Geschichte Christian Schmocks, den Sie beim Fernsehen engagieren wollen. Story mit Happy-End, werden Sie sagen. Dutzendkitsch aus Hollywood: Schmock heiratet Prinzessin. Bekommt eine Million aus der Stiftung einer reichen Kanadierin, weil er die Tifinarschrift entschlüsselt hat. Nicht allein, wie man weiß, sondern mit Hilfe einer ganzen Reihe anderer Personen. Das unterschlägt uns Schmock.

Das Ganze hat aber einen Haken. Der »weltberühmte Held des Jahres« ist schuldig der Bigamie. Zum mindesten bei uns. Nicht in Tamanrasset, wo die Weiber befehlen und alles erlaubt ist. In *unseren* Breiten geht man dafür ins Gefängnis. Ich mache Sie mit Nachdruck darauf aufmerksam, Herr Personalchef: Wenn Sie Schmock trotzdem engagieren, engagieren Sie einen Delinquenten und machen sich damit selber strafbar.

Mit Hochachtung…
(Unterschrift unleserlich)

EINE KOMISCHE GESCHICHTE

> Diese Geschichte ist tatsächlich passiert.
> Nicht ganz so, aber auch nicht ganz anders.
> André Kaminski

Doris wünscht, daß ich eine komische Geschichte schreibe. Was meint sie damit? »Funny peculiar or funny haha?« Wenn sie »haha« meint, kenne ich keine. Oder doch – vielleicht *eine*: Wie ich in Amerika an der Rod Washington Show teilgenommen habe. Unterhaltungssendung der sechsten Kanalkette, die von 20 Millionen Yankees gesehen und bewundert wird. Sie ist so ungeheuer populär, daß man sie spät in der Nacht ausstrahlt, und dennoch bleiben von Alaska bis Hawaii die Leute wach. Statt auszuruhen, hokken sie vor der Glotze und lachen sich kaputt.
Ich weiß nicht, warum man mich eingeladen hat. Vielleicht, weil ich eine krumme Nase habe. Oder weil ich einen komischen Roman geschrieben habe. Oder weil ich Kaminski heiße und damit den gleichen Namen trage wie Danny Kaye und Ida Kaminski. Warum auch immer: Man bat mich mitzumachen – was ich als außergewöhnliche Ehrung empfand. Ich durfte auf die arglistigen Fragen des unvergleichlichen Rod Washington antworten, obwohl ich nur ein gewöhnlicher Schriftsteller bin und in Amerika so gut wie unbekannt. Es gibt zwar ein paar Personen, die von mir gehört haben. Zum Beispiel Anka Grayson, meine Tante väterlicherseits, die schon immer gesagt hat, daß aus mir nichts Gutes werden würde. Oder Harry Zohn. Er hat meinen Roman ins Amerikanische übersetzt und solche Witze in meinen Text

gestreut, daß der Schriftsetzer vor Lachen in Ohnmacht fiel. Und dann kennt mich noch die Sekretärin der Writers' Guild, die – wie es sich herausstellen sollte – mein Schicksal wurde. Außerdem kennt und verabscheut mich der Nachtportier des Hotels *Algonquin* an der 43. Straße, den ich alle zehn Minuten fragte, ob jemand angerufen habe. Seine Antwort lautete regelmäßig: »Jawohl, es hat jemand angerufen, aber nicht für Sie.« Selbstverständlich kennt mich auch Rachel Silbermann, deren Aufgabe es war, mich in Amerika berühmt zu machen. Sie beteuerte, alle meine Bücher gelesen zu haben und mich lustiger zu finden als Abbott & Costello. Es sei ihr ein Vergnügen, sagte sie, mich für den nächsten Nobelpreis vorzuschlagen, aber den Nobelpreis bekomme man eben nur, wenn man vorher in der Rod Washington Show aufgetreten sei.

Also hatte Rachel Silbermann bei Lilian Rosenthal angerufen, die ihr Büro an der Lexington Avenue hat und steinreich geworden ist, weil sie Leute miteinander bekannt macht. Zum Beispiel mich mit Rod Washington, was für die reizende Lilian eine Kleinigkeit ist. Für 10 000 Dollar macht sie einen mit Jacqueline Kennedy bekannt und für 20 000 mit George Bush persönlich.

Lilian Rosenthal leitete alles in die Wege. Der exquisite VIP-Service würde mich nach Secaucus bringen, auf die andere Seite des Hudson River im Staate New Jersey. Vor der Entdeckung Amerikas befand sich hier eine Indianersiedlung. Die Indianer verpflanzte man in ein Reservat und in Secaucus baute man eine Fernsehstation auf, die sich rühmen kann, mich der Menschheit vorgestellt zu haben. Während meiner Fahrt hatte ich Zeit, die Eleganz meiner Luxuslimousine zu bestaunen, die von einem echten oder vielleicht auch unechten Maharadscha mit hohem Turban chauffiert wurde. Neben einer riesigen Hausbar gab es da einen fabulösen Fernsehempfänger, ein Videogerät und zwei elektro-

nische Schreibmaschinen; eine mit englischen, die andere
mit japanischen Buchstaben, was mir ungeheuer imponierte. Japanische Buchstaben! Jetzt wußte ich, daß ich eine
VIP war. Eine Very Important Person. Ich war so stolz, daß
ich mich – entgegen meinen Grundsätzen – entschloß, ein
Glas Whiskey herunterzustürzen. Mein Maharadscha
mußte das im Rückspiegel bemerkt haben. Er öffnete die
kugelsichere Zwischenscheibe um einen Spalt und sagte:
»Vorsicht, Bruder. Da ist Sirup drin.« Als ich fragte, warum
denn Sirup, gab er zur Antwort, daß hier alles nur Sirup sei.
Ganz Amerika sei Sirup. Ich war noch ein Neuling in den
Staaten, also lächelte ich vielsagend in mich hinein. Nun
rollten wir lautlos durch das ehemalige Indianerdorf. Am
Ende der Straße ragte ein Betongigant zum Himmel empor.
Der Wigwam des Häuptlings, dachte ich. Irrtum. Es war
dies das sechste Programm in seiner ganzen Herrlichkeit,
und mein Chauffeur murmelte vergnügt: »Sechzig Stock-
werke – und alles nur Sirup…«
Staunend stellte ich fest, daß mein Maharadscha laut hupend
an der Eingangspforte vorbeirollte. Dann fuhr er eine
Schleife und wiederholte das Schauspiel in umgekehrter
Richtung. Beim zweiten Mal hupte er so gewalttätig, daß
der Pförtner herausrannte und meinem Driver gestikulie-
rend zu verstehen gab, daß man uns bemerkt hätte. Wir
lärmten noch drei weitere Male am Eingang vorbei und erst
beim letzten Mal hielten wir an. Der Maharadscha schob
seinen Turban zurecht, sagte, ich solle im Wagen warten,
und ging in die Vorhalle, wo ihn ein uniformierter Riese
empfing. Ohne gefragt zu werden, meldete mein Chauffeur,
daß Mister Kaminski angekommen sei, der künftige Nobelpreisträger aus Europa. Ich zuckte zusammen. Das war eine
arge Übertreibung! Woher wollte er wissen, daß ich ein
künftiger Nobelpreisträger war? Andererseits – vielleicht
war ich wirklich einer. Diese Orientalen sehen ja Dinge vor-

aus, von denen wir keine Ahnung haben. Jedenfalls dampfte ich vor Stolz und zog meine Wildlederhandschuhe an. Mit Wildlederhandschuhen sieht man imposanter aus. Ich öffnete die Tür meiner Limousine und schritt majestätisch auf den Betongiganten zu. Eine Empfangsdame begrüßte mich mit komplizenhaftem Augenzwinkern und flötete, ich sei eine halbe Stunde zu früh und müsse mich noch gedulden. Der Riese würde mich hinaufführen. Ins Personalrestaurant im 59. Stockwerk. Dort gäbe es eine VIP-Lounge und darin einen Spezialsalon für künftige Nobelpreisträger. Jetzt zwinkerte sie gleich zweimal, und schon eskortierte mich der Uniformierte zum 59. Stockwerk.

Das Personalrestaurant befand sich direkt unter den Wolken. Die Aussicht war atemberaubend und die Speisewägelchen unvergleichlich. Ich habe schon viele Speisewägelchen gesehen. Bei Vannini in Rom, bei Chapuis in Paris und bei Crispy in London – aber was im Personalrestaurant des sechsten Programms geboten wurde, übertraf meine kühnsten Erwartungen. Das Speisewägelchen war fast zwei Meter lang. Darauf lagen Leckerbissen ausgebreitet, die einem die Speicheldrüsen verwirrten. Ein italienisches Risotto, das gelber war als alle Sonnenblumen der Welt. Eine mexikanische Enchilada, die so knusprig war, daß man sie knuspern hörte. Ein marokkanischer Kuskus, so bunt, daß man sich auf einer Frühlingswiese wähnte. Ich weiß nicht, mit welchen Chemikalien die Tomaten gerötet und mit welchen Giften die Gurken gegrünt waren, aber so ein Farbenspektakel hatte ich noch nie erlebt. Mir blieb fast eine halbe Stunde Zeit. Der Riese stand neben mir und beschützte mich. Er gab mir zu verstehen, ich solle mich nur bedienen, denn alles werde aus Rod Washingtons Programmbudget bezahlt. Also bediente ich mich, und zwar nach Herzenslust. Ich entschied mich für einen homöopathischen Speisezettel und nahm von allem ein Kostpröbchen. Einen Fingerhut voller Paella. Einen Quadratzentimeter Wiener Schnitzel, einen Diätbissen Hummer, und zum Schluß probierte ich eine peruanische Banane in Schokoladensauce. Während ich das tat, sah ich mich bereits in Oslo, wie ich den Nobelpreis entgegennehmen und gescheite Sätze sagen würde. Dabei quetschte ich irrtümlicherweise eine halbe Tube französischen Senf auf mein peruanisches Dessert – und was geschah? Nichts. Es schmeckte sogar höchst angenehm, denn alles, was ich da kostete, schmeckte nach Sirup. Genau, wie es mein Maharadscha behauptet hatte. Ich nahm nun auch verschiedene Getränke zu mir: Yellow Bird und Cuba libre, Mao Tai und Singapore Sling, Gin Fizz und Manhattan – und war zufriedener als je zuvor. Alles Sirup.

Um Punkt drei Uhr wurde ich hinuntergeführt. Mein Riese stützte mich hochachtungsvoll, denn ich torkelte auf unsicheren Füßen. Mir war mulmig nach all den Sirupherrlichkeiten, die ich probiert hatte. Er öffnete mir die rosarote Tür der Maske, wo zwei wohlduftende Puppen mich zu schminken begannen. Ich war schließlich in Secaucus, einem ehemaligen Indianerdorf. Da ging es nicht ohne Kriegsbemalung. Ich war damals 64 Jahre alt und sah aus wie eine sorgendurchfurchte Trockenfeige – doch nach dem Schminkritual war ich ein strahlendes Osterei. Sie hatten auch aus *mir* Sirup gemacht, und eine der beiden Maskenbildnerinnen tätschelte mich zärtlich auf die Glatze: »Jetzt können Sie ausgehen, Mister Nobelprize, und heiraten.«

Statt dessen ließ ich mich in den Warteraum führen. Dort ereilte mich das Schicksal. Ich trat ein, und ein Orang-Utan tapste mir entgegen, der begeistert mit den Zähnen fletschte. Er trug violette Seidenhosen. Sein Oberkörper war nackt. Sein Nabel stoppelüberwachsen und von schwarzen Locken umwuchert. Er schien überglücklich und grölte mich an: »Luciano Mussi – Amerikameister im Ringen, unbesiegter Goliath von Cincinnati. Und wer sind Sie?«

»Mein Name ist Kaminski. Ich schreibe Bücher.«

»Und was treiben Sie in diesem Warteraum, alter Knabe. Sie wollen doch nicht in meiner Show auftreten?«

»Soviel ich weiß, ist das vorgesehen«, sagte ich vorsichtig und wollte mich gerade in einen Winkel verdrücken, als in den Augen des Ringkämpfers ein Licht aufflackerte: »Dann sind Sie vielleicht der Nobelpreis, ja?«

»Vielleicht«, antwortete ich unverbindlich, »man kann nie wissen.«

»Sie sind also inkognito? Und kein Hund weiß, daß Sie ein großer Mann sind?«

Ich hatte sechs Cocktails getestet und wußte nicht mehr genau, was ich sagte. So antwortete ich, daß mich hier wirklich, Ehrenwort, kein räudiger Hund kenne. Ich sei so inkognito, daß ich selbst nicht mehr wisse, wer ich sei.

Der Orang-Utan packte meine rechte Hand, zermalmte sie mühelos und brüllte: »Mussi und Kaminski in derselben Fernsehshow. Ganz Amerika wird sich bepinkeln vor Freude. Seien Sie willkommen in Gottes eigenem Land!«

Jeder weiß, daß ich seit drei Jahren die rechte Hand im Gips trage. Die merkwürdigsten Gerüchte gehen um zu diesem Thema. Alle sind erstunken und erlogen. Wahr ist: Luciano Mussi hat meine rechte Hand ruiniert, und seitdem schreibe ich linkshändig, was immerhin die Literaturkritiker sofort gemerkt haben.

Danach aber schimmerte wieder ein Licht in Mussis Augen auf. Plötzlich hegte er Zweifel an meiner Nützlichkeit. Was suchte ich in *seiner* Sendung? Ich könnte ihm Konkurrenz machen. Ihn an die Wand spielen. Witziger sein als er. Und übrigens – was wüßte ich schon zu berichten! Ein verdammter Intellektueller, dieser Schweizer. Hockt in seinem Studierzimmer und kennt das Leben nur aus dem Lexikon. Wer war ich schon im Vergleich mit dem Amerikameister im Ringen? Schließlich hatte er mit Al Mansur gekämpft und

Aaron Lichtenbaum. Dem MacCormick hatte er – das war *sein* Ausdruck – um ein Haar die Eier ausgerissen, und seit dem unvergeßlichen Treffen in Dallas liegt Zellerbach, der größte aller Großen, im Krankenhaus, weil er keine Nase mehr hat. Ich spürte, daß ich ihm vor dem Licht stand, und schon suchte ich nach einem Vorwand, mich zu verkrümeln, als eine Tür aufging und eine Primadonna den Raum betrat. Was sage ich? Das war keine Primadonna, sondern die Venus von Milo. Mehr noch. Die Nike von Samothrake. Die vollkommenste Gestalt, die ich je gesehen hatte. Und sie war noch nackter als der Goliath von Cincinnati. Nur zwei Rubinmonde bedeckten ihre Brustspitzen. Eine schmetterlingsförmige Brillantbrosche verbarg ihre Weiblichkeit, aber sonst war sie, wie Gott sie erschaffen hatte. Auf den Wölbungen ihres Gesäßes – wobei dieses Wort eine Beleidigung ihres göttlichen Hinterteils ist – prangten zwei Tätowierungen. MISS stand auf der einen Seite, NEW YORK auf der anderen. Sie tänzelte in den Raum hinein und zwitscherte: »Hello allerseits – Kitty Pinkerton begrüßt die starken Männer Amerikas.«

Luciano Mussi schien die Dame zu kennen. Offenbar hatten sie sich Dutzende von Malen auf dem kleinen Bildschirm getroffen. Hingerissen trampelte er auf sie zu, um ihr – seiner Gewohnheit entsprechend – die Hand zu zermalmen. Doch die Unvergleichliche wußte, was ihr drohte. Sie entzog ihm sanft ihre Rechte und küßte ihn beschwichtigend auf beide Wangen. Dabei erblickte sie *mich* und schwebte mir entgegen: »Hello Sweetheart, wir kennen uns doch aus Las Vegas.«

»Ich war noch nie in Las Vegas, Fräulein Pinkerton.«

»Sie können mich Kitty nennen. Letzten Sommer in Las Vegas…«

»Ich fürchte, Sie verwechseln mich. Ich heiße Kaminski und schreibe Bücher.«

»Ich verstehe. Sie sind der Nobelpreis, der mit uns auftreten soll. In der Sendung gibt es nämlich jedesmal einen langweiligen Dritten...«

»Und der bin ich, wollen Sie sagen?«

»Ich meine einen, der noch keinen Namen hat. Das ist doch Ihr erster Auftritt, nehme ich an.«

»In Amerika schon. Ich bin vor zehn Tagen angekommen.«

»Und wieviel verdienen Sie?«

»Das ist schwer zu berechnen, Miss Kitty. Fragen Sie meinen Steuerbeamten.«

»Aber so über den Finger gepeilt. Was verdient ein Nobelpreis?«

»Was weiß ich? Sagen wir 300000...«

»Im Monat?«

»Einmalig, Fräulein Pinkerton. Man bekommt eine einmalige Abfindung von 300000 Dollar.«

»Das tut mir aber leid, Mister Kaminski. Da werden Sie wohl Junggeselle bleiben.«

»Ganz und gar nicht«, gab ich zur Antwort, »und außer einmaligen Abfindungen habe ich noch andere Einnahmequellen.«

Daraufhin wurde das Mädchen sentimental und sagte, Armut sei keine Schande. Die Hauptsache sei eine positive Lebenseinstellung, worauf ich ihr ganz beiläufig mitteilte, daß ich vor kurzem zum dritten Mal geheiratet hätte. Da mischte sich der Orang-Utan in unser Gespräch und riet mir, in der Rod Washington Show darüber lieber *nicht* zu sprechen. Dreimal verheiratet sei eindeutig zu viel. Der Erfolg beim Fernsehen liege im Mittelmaß. Weiter bemerkte er: »Der Durchschnittsamerikaner ist, statistisch gesehen, 1,7 Mal verheiratet. Sagen Sie, daß Sie in Ihrem Leben 1,8 Frauen gehabt haben. Das liegt etwas über dem Mittelwert, zeugt aber von einer starken Persönlichkeit. Immer eine

Spur über dem Durchschnitt, aber nur eine Spur! Zu weit vom Mittelmaß entfernt, ist europäisch, und das mögen wir überhaupt nicht. Wenn der Showmaster fragt, wo Sie Ihren Anzug gekauft haben, dann antworten Sie: bei Bloomingdale. Wenn er wissen will, mit welcher Maschine Sie Ihre Bücher schreiben, dann mit IBM. Auch wird er Sie fragen, ob Sie viel oder wenig fernsehen, und ich würde antworten: 3,9 Stunden pro Tag, und zwar auf einem Pioneer für 999 Dollar. Wenn Sie das sagen, liegen Sie gut, und das ist schließlich die Hauptsache. Sagen Sie auch nicht, daß Sie ein Nobelpreis sind! Das hört man nicht gerne. Bleiben Sie bescheiden und unauffällig. Jeder Amerikaner soll sich mit Ihnen identifizieren können. Wie viele Nobelpreise gibt es schon? Ein paar Dutzend. Aber wie viele meiner Landsleute bewundern die Kurven einer Kitty Pinkerton? Fast alle.«

Ich beschloß also, das Thema Nobelpreis gar nicht anzuschneiden. Statt dessen wollte ich erzählen, daß ich ein Fan von Hot Dogs sei und von Cheeseburgers. Ich würde behaupten: Ich trinke nichts so gern wie Pepsi-Cola und Budweiser, wenn es besonders heiß ist. Und wenn ich Bücher schreibe, dann in Auflagen von höchstens 200 000 Stück pro Titel. Und den Urlaub verbringe ich in Florida, wo alle hingehen. Im Laufe eines kurzen Gesprächs mit dem Meisterringer und der Schönheitskönigin war ich also zum Amerikaner geworden und wußte nun, wie man beim Fernsehen die imposantesten Einschaltquoten erzielt. Doch plötzlich durchzuckte mich ein Zweifel. Der Orang-Utan war doch ein Superman, wie er im Buch steht. Er hatte Kanonen auf den Rücken gelegt – Al Mansur und Aaron Lichtenbaum. MacCormick und Zellerbach. Alle zittern hier, wenn sie nur seinen Namen hören – und da kommt er daher und predigt mir das Evangelium des Mittelmaßes. Warum?

»Ganz einfach, Mister Kaminski. Jeder Amerikaner ist schizophren. Er lebt zu zwei Dritteln in der Wirklichkeit. Und zu einem Drittel vor der Glotze. In der Wirklichkeit passiert alles das, was ihm auf die Nerven geht. Vor der Glotze hingegen verwirklichen sich seine Träume. Jeder Yankee möchte seinem Konkurrenten den Schädel einschlagen – doch leider kann er es nicht, weil ihm die Kraft dazu fehlt oder die Courage. Darum kauft er sich seinen Flimmerkasten für 999 Dollar und leistet sich ein Idol, eine Identifikationsfigur, einen Luciano Mussi, der an seiner Stelle den Widersachern die Eier ausreißt – oder deren Nase zertrümmert. Ich bin der Rachegott meiner Mitbürger zwischen Alaska und New Mexico.«

»Was Sie da sagen, trifft auch auf die anderen vier Erdteile zu.«

»Natürlich, aber die Quelle dieses Segens liegt bei uns. Das Mittelmaß stammt aus Amerika.«

»Und wie werden Sie sich verhalten, Mister Mussi, wenn Rod Washington Sie in eine seiner berühmten Fallen lockt? Er soll sehr hinterlistig sein.«

»Ich werde bescheiden sein wie ein Marienkäferchen. Schüchtern, kleinlaut und entgegenkommend. Aber plötzlich, wenn er zu weit geht, werde ich eine Wespe und steche ihn dort, wo er am empfindlichsten ist...«

Ich hätte mich noch lange mit dem Amerikameister im Ringen unterhalten können, doch eine Inspizientin betrat unseren Raum und führte uns ins Studio. Ich hatte kein Lampenfieber mehr, denn ich wußte ja jetzt, wie man beim Fernsehen zu Erfolg kommt. Als Marienkäferchen oder als Wespe. Ich hatte keine Wahl, denn ich war ja »der langweilige Dritte«: Ich entschied mich für das Marienkäferchen. Die sind ja, sagt Doris, Meister im Vertilgen von Blattläusen.

Rod Washington hat einen berühmten Namen – den des ersten Präsidenten der Vereinigten Staaten von Amerika. Verglichen mit seinem Vorgänger ist er allerdings ein Mann von beispiellosem Bekanntheitsgrad. Jeder hat Rod Washington schon mindestens einmal gehört und gesehen, und zwar in der größten Fernsehshow der westlichen Welt. Der erste Präsident der Vereinigten Staaten von Amerika, George Washington, kämpfte als Milizoberst gegen die Franzosen, gehörte dem Abgeordnetenhaus von Virginia an, beteiligte sich von Jugend an am Widerstand gegen die britische Regierung, war Mitglied des Kontinentalkongresses und hatte den Oberbefehl über die amerikanischen Revolutionstruppen inne, die bei Yorktown die Engländer in die Knie zwangen. Er war ein Gigant. Aber ihn kennt man nur aus dem Geschichtsbuch. Rod Washington, sein Namensvetter und Fernsehliebling unseres Jahrhunderts, ist klein – um nicht zu sagen: zwergwüchsig –, doch ganz Amerika kennt ihn. Jeder hat ihn schon bewundert, obwohl es keine Briefmarken gibt, auf denen er abgebildet ist. Es zeigt sich wieder einmal, daß Größe ein relativer Begriff ist und das Fernsehen der ungeheuerlichste Vergrößerungsapparat aller Zeiten. Durch seine Fähigkeit zur Vervielfachung macht es Zwerge zu Riesen und Mücken zu Elefanten.

Rod Washington, der Däumling unter den Fernsehhelden, empfing uns mit grimmigem Lächeln, und wir spürten sofort, daß wir einem Mammut gegenüberstanden. Es war uns klar, daß 20 Millionen Zuschauer uns anschauten und daß es der Liliputaner war, der uns zu Hünen oder zu Würmern machen konnte. Jetzt erst begriff ich die Worte von Rachel Silbermann, daß kein Sterblicher den Nobelpreis bekommt, der nicht vorher von Rod Washington interviewt wird – doch zuerst war nicht *ich* an der Reihe. Als erster kam Luciano Mussi ins Kreuzverhör, und Rod Washington begrüßte ihn: »Mister Mussi, Sie sind einer der populärsten Männer dieses Landes. Ganz Amerika redet von Ihrer beispiellosen Karriere, die Sie Ihrer Körperkraft und Ihrer Intelligenz verdanken, doch man erzählt sich auch, daß Sie ein skrupelloser Hundesohn sind. Was sagen Sie dazu?«

»Nichts.«

»Wie meinen Sie das? Es heißt, daß Sie MacCormick um ein Haar die Dingerchen ausgerissen haben, als Sie ihn im letzten Sommer auf den Rücken legten.«

»Um ein Haar, aber nicht ganz, denn er hat sie hart gesotten, seine Dingerchen...«

»Und daß Zellerbach noch immer im Krankenhaus von Dallas liegt, weil Sie ihm seinerzeit die Nase aus dem Gesicht geschraubt haben. Das war vor drei Jahren, wenn ich mich nicht irre.«

»Das stimmt, aber beim Ringkampf hat man keine Zeit, zimperlich zu sein. Man gewinnt oder verliert. Ich habe gewonnen und ihm die Fresse ramponiert. Er wird mir verzeihen.«

»Und nun frage ich Sie, Mister Mussi, was Sie vom alten Killroy halten, der im Daily Sport geschrieben hat, Sie hätten den Charakter eines SS-Mannes.«

»Wenn er jetzt den Mut hätte, sich vor diese verdammte Kamera zu stellen und seine Worte zu wiederholen...«

»Was würden Sie dann machen, Mister Mussi?«

»Ich würde ihm vor 20 Millionen Amerikanern seine dreckigen Eingeweide aus dem Bauch zerren! Und Ihnen, Sie Scheißliliputaner, würde ich beide Ohren abbeißen.«

Ich war außer mir. Ein solches Duell – und dazu noch in aller Öffentlichkeit – hatte ich nicht für möglich gehalten. Ich war überzeugt, daß man Mussi – trotz seiner Beliebtheit – jetzt an die frische Luft setzen würde. Schließlich gab es hier im Haus ein halbes Dutzend Schwerbewaffneter, eine kleine Privatarmee. Aber niemand machte Anstalten, in das Geschehen einzugreifen. Wir befanden uns im Vaterland der Redefreiheit, und jeder durfte hier offenbar alles sagen, was ihm – und dem Publikum – Spaß machte. Darum grinste Rod Washington herablassend und höhnte: »In meinen Kreisen pflegt man zu sagen: besser ein Scheißliliputaner als ein Nazihenker. Sie behaupten also, kein Nazihenker zu sein, Mister Mussi?«

»Ich behaupte überhaupt nichts, Sie elender Stinker, denn in meinen Kreisen pflegt man unverschämten Leuten die Knochen zu zermalmen…«

Jetzt mußte es losgehen. Mussi sprang von seinem Sessel auf und schickte sich an, den Showmaster unverzüglich in Hackfleisch zu verwandeln. Washington blieb unerschüttert, und ich ahnte, daß der ganze Auftritt ausgemacht war zwischen den beiden. 20 Millionen Zuschauer sollten glauben, für wenig Geld Zeugen einer infernalen Keilerei zu werden – aber sie wurden es nicht. Denn der Showmaster schmähte mit bewegungsloser Fassade weiter: »An Ihrer Stelle würde ich sitzen bleiben, Mister Mussi. Wenn Sie den Kopf verlieren, verlieren Sie Ihre Beliebtheit, und das sollten Sie nicht wagen.«

»Ich wage, was mir beliebt, Sie lächerliche Amöbe.«

»Und ich frage Sie noch einmal, ob Sie den Charakter eines SS-Mannes haben.«

Die Ruhe Rod Washingtons brachte den Meisterringer aus der Fassung. Er stammelte: »Ich… ich bin… ein Sportler bin ich und bekomme für jeden gewonnenen Ringkampf die Kleinigkeit von 300 000 Dollar. Das ist so viel, wie der Onkel da für den Nobelpreis… Und jetzt möchten Sie vielleicht wissen, was ich denn mache mit dem vielen Geld. Das kann ich Ihnen verraten, falls es Sie interessiert. Von jedem gewonnenen Ringkampf spende ich zwei Drittel für meine Kinder.«

»Wie viele Kinder haben Sie denn, Mister Mussi?«

»Eine halbe Million. Alle Wasserköpfe Amerikas sind meine Kinder. Ich bin Mitglied, Bibliothekar und Ehrenpräsident der American Hydrocephalic Society, und weil ich jetzt gerade vor der Kamera sitze und 20 Millionen Landsleute ebenfalls, will ich euch aufrufen, auch einen Teil eures letzten Verdienstes für meine Kinder einzuzahlen. Schauen Sie her, bitteschön. Das ist die Nummer des Bankkontos.«

»Und das machen Sie in der Tat? Zwei Drittel Ihrer Einkünfte für die Wasserköpfe Amerikas?«

Jetzt liefen dicke Tränen über das Gesicht des Meisterringers. Es waren die besten Tränen, die ich je am Fernsehen zu sehen bekommen hatte. Mussi schluchzte in die Kamera: »Da sehen Sie die Quittungen meiner letzten 20 Einzahlungen. 1 200 000 Dollar, und diese Drecksau von Killroy schreibt, ich sei ein Nazihenker!«

»Sie sind das Gegenteil eines Nazihenkers, Mister Mussi, Sie sind ein vorbildlicher Amerikaner. Ich beglückwünsche Sie zu Ihrer Großzügigkeit. Ich hoffe, daß zahllose Mitbürger Ihrem Beispiel folgen und auf dieses Bankkonto einzahlen. Da wird doch jeder mitmachen – was meinen Sie, Fräulein Pinkerton?«

»Ich verstehe Ihre Frage nicht.«

»Sie zahlen doch sicher ebenfalls ein.«

»Ich? Nein!«

»Ja warum denn nicht, Sie reizendes Kind? Haben Sie keine Lust, einen Teil Ihrer Einnahmen für ein höheres Ziel einzusetzen?«

»Nein, Mister Washington. Ich bin selbst mein höheres Ziel.«

»Das ist merkwürdig, Miss Kitty! Erklären Sie!«

»Ich will aufsteigen. Jeder will aufsteigen in Amerika. Aber *ich* habe ungeheure Ausgaben, um Karriere zu machen. Ich bin jetzt noch Miss New York. Ich will aber Miss America werden und danach Miss World… Ich gebe ja zu, daß ich spärlich bekleidet bin, aber was ich trage, kostet Millionen.«

»Sie sind ehrgeizig, Miss Pinkerton. Miss World wollen Sie werden, und dann?«

»Und dann zum Fernsehen. Als Miss World habe ich alle Chancen, als Schauspielerin anzukommen.«

»Und jetzt haben Sie keine?«

»Für kleinere Rollen schon – aber ich will Hauptrollen, und die bekommt man nur, wenn man mit dem Produzenten... Sie wissen schon, was...«

»Natürlich weiß ich das. Aber warum tun Sie's denn nicht?«

»Weil das ist wie mit den Briefmarken. Ein kleines Löchlein – und puff. Alles kaputt!«

»Was werden sie dann tun, Fräulein Pinkerton?«

»Heiraten natürlich.«

»Und wie?«

»So gut wie möglich. Vanderbilt zum Beispiel oder Rockefeller.«

»Haben Sie schon entsprechende Angebote?«

»Vorläufig mehrheitlich aus der Textilbranche.«

»Und als Miss America?«

»Aus der Automobilindustrie, nehme ich an.«

»Und wenn Sie dann ganz oben sind – als Miss World?«

»*Das* riecht schon sehr nach Erdöl, Mister Washington. Eine Miss World ist gut eine Milliarde wert.«

»Sie hoffen also, daß Ihre Teilnahme an meinem Programm für Ihren Aufstieg förderlich ist?«

»Davon bin ich überzeugt. Nach diesem Auftritt bekomme ich Hunderte von Heiratsanträgen. Und wenn ich Glück habe, eine Titelrolle bei der Columbia.«

»Und was bekomme *ich* bei dem ganzen Geschäft? Schließlich bin ich eine entscheidende Sprosse Ihrer Leiter!«

»Darüber sprechen wir *nach* der Sendung, Mister Washington. Aber Sie wissen ja, wie es den Sprossen ergeht. Man tritt sie mit dem Fuß und klettert höher.«

»Alles klar, Miss Pinkerton. Aber eines begreife ich nicht. Wozu brauchen Sie den Milliardär aus der Erdölbranche?«

»Für die Hauptrolle beim Fernsehen. Der Frau des Erdölty-
coons kann man nicht nein sagen.«

»Und was versprechen Sie sich von der Hauptrolle beim
Fernsehen?«

»Daß mich die Männer vergöttern. Dann heirate ich den,
der mir in den Kram paßt.«

»Auch wenn er ein Habenichts ist?«

»Dann paßt er mir eben nicht in den Kram, Mister Washington.«

»Sie wollen also die Hauptrolle *und* den Erdölmilliardär.
Bitteschön, mir soll es recht sein. Aber was tun Sie, wenn Sie
nicht Miss World werden? Ich habe gehört, Miss Japan sei
das süßeste Geschöpf, das man je gesehen hat...«

»Die Miss Japan? Daß ich nicht lache! Kurze Beine hat die
doch und keine Titten. Die sollen mir gar nicht kommen,
diese Japsen. Einmal haben sie uns in den Hintern gefegt, in
Pearl Harbor, weil wir nicht aufgepaßt haben – aber diesmal
sehen wir uns vor, und die Miss World können sie sich an
den Hut stecken...«

Als sie das gesagt hatte, stand sie von ihrem Sessel auf und
schwebte auf *mich* zu. Ich war ein Ausländer und konnte
unparteiisch urteilen. Sie stellte sich vor mir auf, verschränkte lässig die Arme hinter dem Kopf, streckte mir ihren Busen entgegen und schnurrte so verführerisch, daß mir
die Knie weich wurden: »Well, Mister Kaminski. Wir kennen uns doch aus Las Vegas, und ich schätze Sie als unvergleichlichen Frauenkenner. Bin ich oder bin ich nicht so gut
wie dieses Schlitzauge aus Nagasaki. Antworten Sie scho-
nungslos!«

Was sollte ich nur sagen? Was auch immer ich entgegnete,
konnte mir Millionen von Feinden einbringen. Darum antwortete ich, der Wahrheit entsprechend, daß ich kürzlich
geheiratet hätte und außerstande sei, eine andere Frau zu beurteilen als meine eigene. Das war offenbar die Antwort, die

20 Millionen Zuschauer von mir erwartet hatten! Überglücklich sprach mich nun Rod Washington an, um mit mir die Schlußrunde seiner Show in Bewegung zu setzen: »Endlich ein Mensch, der noch seine Frau liebt. Ein Überbleibsel aus besseren Zeiten. Sie kommen aus Europa, Mister Kaminski – was führt Sie zu uns?«

»Ein merkwürdiges Geschäft, Mister Washington. Ich bin ja eigentlich Schriftsteller. Aber nebenbei arbeite ich fürs Fernsehen und suche einen Mann, den ich kürzlich kennengelernt habe, einen Taxichauffeur namens Fishbein.«

»In New York?«

»Nein, wir trafen uns auf dem Flughafen von Bangkok. Wir warteten beide auf ein Flugzeug der Philippine Airlines, das 20 Stunden Verspätung hatte, und da gab er mir ein Manuskript zu lesen. Eine Komödie, die er geschrieben hat. Er sagte, sie würde mir möglicherweise die Zeit verkürzen.«

»Und?«

»Ich habe so laut gelacht, daß man mich wegtragen mußte.«

»Und weiter?«

»Ich sagte ihm, ich würde seine Komödie in Europa zur Aufführung bringen, wenn er einverstanden wäre und mir 10 Prozent seiner Einnahmen gäbe.«

»Und was hat er geantwortet?«

»Er gäbe mir 50 Prozent – aber ich sollte mir keine Illusionen machen. Kein Theaterdirektor der Welt würde seine Komödie haben wollen. Er warte schon seit 14 Jahren vergeblich auf die große Chance.«

»Und *Sie* wollen zuschlagen, Mister Kaminski…«

»Ja. Die STN hat mich beauftragt, Fishbeins Komödie zu kaufen und dafür zu bezahlen, was immer er verlangt.«

»Und warum kaufen Sie sie nicht?«

»Weil sie bereits verkauft ist!«

»Das ist doch unmöglich, Mister Kaminski! 14 Jahre lang

wollte keiner anbeißen, und da kommen Sie nach New York, und das Zeug ist verkauft. Woher wissen Sie das?«

»Weil ich bei der Writers' Guild war und dort mein Anliegen vortrug, um vom Boß empfangen zu werden. Ich wurde aber *nicht* vom Boß empfangen, und die Sekretärin verschwand in einem Nebenzimmer. Zehn Minuten später kam sie zurück und brachte mir die Nachricht…«

»Daß was?«

»Daß Fishbein seine Komödie verkauft habe.«

»Wann?«

»Heute, und zwar für 1000 Dollar. An die Anwaltsfirma Freudenreich und Sliwinski.«

»Und was haben Sie gemacht?«

»Ich ging zu Freudenreich und Sliwinski. Ich bot 1500 Dollar, aber leider kam ich zu spät. Das Stück war schon weiterverkauft. An die Treuhandfirma Schlitz und Eiermann. Für 2000 Dollar.«

»Ich sehe schon, wie es weitergeht. Sie gingen danach zu Schlitz und Eiermann und boten 3000 Dollar.«

»Stimmt. Aber da gehörte die Komödie bereits einem Spezialitätenrestaurant an der Second Avenue. 4000 Dollar hatte man bezahlt. Eine Kleinigkeit für Papardelli und Cullo. Zu diesem Preis wird dort ein Luxusdinner serviert. Ich ging hin, bestellte eine Pizza und verlangte Papardelli zu sprechen. Ausgegangen, lautete die Antwort. Dann eben Cullo. Ebenfalls ausgegangen, sagte der Kellner – aber was wünscht denn der Signore?«

»Ich suche eine Komödie. Von Moses Fishbein. Einem Taxichauffeur aus Brooklyn…«

»Tut mir leid, Signore, aber Fishbein ist verkauft. Ein libanesischer Kunde hat ihn erworben und bar bezahlt. Vor einer halben Stunde. 8000 Dollar hat er aus der Hosentasche gezogen. Einfach so, als wäre es ein Trinkgeld.«

»Ihre Geschichte ist unerhört, Mister Kaminski. Wie weit sind Sie jetzt?«

»Ich ging zum Libanesen – Damardschi mit Namen –, dann zu Gonzales, Bierbrajer, Feinstein und schließlich zu Kornetzky, und heute vormittag habe ich erfahren, daß Fishbeins Komödie für 512000 Dollar gehandelt wird.«

»Das ist ja phantastisch. Und was sagt Fishbein dazu?«

»Nichts. Er hat keine Ahnung, was da vor sich geht. Ich habe ihn angerufen – aber niemand antwortete.«

»Okay, Mister Kaminski. Das alles kann passieren bei uns. In den Vereinigten Staaten von Amerika. Aber *eine* Kleinigkeit übersteigt doch mein Fassungsvermögen. 14 Jahre lang hat er gewartet, Ihr Taxichauffeur, doch kaum sind Sie in Amerika, kommen Freudenreich und Sliwinski und erwerben die Autorenrechte für 1000 Dollar. Wie erklären Sie sich das?«

»Mir ist das unerklärlich, Mister Washington. Ein Rätsel…«

Während ich noch sprach, hob Miss New York ihr tätowiertes Gesäß und eilte zum Tischchen, an dem Rod Washington seine große Talkshow leitete. Der Kameramann fuhr unanständig nahe auf sie zu, und Kitty Pinkerton wandte sich mit folgenden Worten an die 20 Millionen Zuschauer: »Wir amerikanischen Frauen bestehen aus mehr als unseren Wölbungen. Wir sind nicht nur die besten Liebhaberinnen der Welt. Wir tragen die bestgeschnittenen Kleider der fünf Kontinente, aber – Ladies und Gentlemen – wir haben auch die besten Köpfchen der westlichen Hemisphäre. Die Sache ist doch ganz einfach. Mister Kaminski ging zur Writers' Guild und sagte ohne Hintergedanken, er wolle die Rechte an Fishbeins Komödie kaufen. Das aber sagte er nicht dem Big Boß, der ein alter Holzkopf ist, sondern dessen Sekretärin, die schlecht verdient und hin und wieder ihre eigenen Transaktionen tätigt. Sie verlangt 10 Prozent von der Vertragssumme und ruft ihre Kollegin an, die Sekretärin von Freudenreich und Sliwinski, und bittet um eine kleine

Hilfeleistung. Eine Hand wäscht die andere, und die Kollegin geht zu Freudenreich. Sie schockt ihn, indem sie ihm mitteilt, ein Vertreter von STN sei aus Europa gekommen und wolle jede Summe ausgeben, um die Rechte an diesem Fishbein zu erwerben. Eine Frau hätte gefragt: ›Wer ist Fishbein?‹ oder ›Was heißt STN‹, aber Freudenreich fragte nichts. Er unterschrieb einen Scheck über 1000 Dollar…«

»Und?«

»Fishbeins Stück machte Karriere. Niemand hat es gelesen, aber man bezahlt dafür schon 512000 Dollar.«

In diesem Moment summte das Haustelephon. Rod Washington griff nach dem Hörer, als erwartete er die Sensation des Abends: »Hello, hier Rod Washington, sechstes Programm, was wünschen Sie?«

»Mein Name ist Marshall. Steward Marshall junior. Ich bin der Inhaber des Summergarden-Theaters und will Fishbeins Komödie aufführen.«

»Das ist *Ihr* Problem, Mister Marshall, aber soviel ich weiß, liegen jetzt die Rechte bei Roman Kornetzky an der 82. Straße.«

»Ich will nicht Kornetzky, sondern Fishbein, verdammt noch mal, und bezahle zwei Millionen Dollar auf den Tisch!«

Das war zuviel. Rod Washington verlor den Faden und fragte mich, um seine Verlegenheit zu überspielen: »Und wie… ich meine wo… das heißt was… bedeutet STN?«

»STN heißt die Firma, die mich hergeschickt hat, und bei der ich als Dramaturg beschäftigt bin.«

»Wo haben Sie gesagt? In London?«

»Nein, Mister Washington. In Zürich. STN bedeutet Swiss Television Network. Zu Spitzenzeiten erreichen wir eineinhalb Millionen Zuschauer. Höchstens…«

Doris lacht, nachdem sie meine Geschichte gelesen hat, doch plötzlich verfinstern sich ihre Züge: »Und was ist mit den 50 Prozent?«

»Ich verstehe dich nicht.«

»Du solltest doch 50 Prozent bekommen! Das hat er dir doch versprochen.«

»Wer?«

»Fishbein. Auf dem Flughafen von Bangkok.«

Phantastisch, diese Doris. Jetzt kennen wir uns schon so lange, und noch immer glaubt sie mir die Geschichten, die ich ihr erzähle...

INHALT

Neue deutschsprachige Literatur
in den suhrkamp taschenbüchern

250/1/8.90

Neue deutschsprachige Literatur
in den suhrkamp taschenbüchern

Neue deutschsprachige Literatur
in den suhrkamp taschenbüchern

250/3/8.90

Italienische und spanische Literatur
in der edition suhrkamp und
in den suhrkamp taschenbüchern

Italienische und spanische Literatur
in der edition suhrkamp und
in den suhrkamp taschenbüchern

Italienische und spanische Literatur
in der edition suhrkamp und
in den suhrkamp taschenbüchern

114/3/10.90